ZHENGJIU

拯救

周林 ——— 著

重庆出版集团 重庆出版社

图书在版编目(CIP)数据

拯救 / 周林著. —重庆:重庆出版社,2022.8
ISBN 978-7-229-16861-2

Ⅰ.①拯… Ⅱ.①周… Ⅲ.①长篇小说—中国—
当代 Ⅳ.①I247.5

中国版本图书馆CIP数据核字(2022)第089660号

拯救
ZHENGJIU
周 林 著

责任编辑:袁 宁
责任校对:杨 婧
装帧设计:徐 图

 重庆出版集团 出版
重庆出版社

重庆市南岸区南滨路162号1幢 邮政编码:400061 http://www.cqph.com
重庆出版社艺术设计有限公司制版
重庆市国丰印务有限责任公司印刷
重庆出版集团图书发行有限公司发行
E-MAIL:fxchu@cqph.com 邮购电话:023-61520646
全国新华书店经销

开本:880mm×1230mm 1/32 印张:9.25 字数:230千
2022年8月第1版 2022年8月第1次印刷
ISBN 978-7-229-16861-2
定价:55.00元

如有印装质量问题,请向本集团图书发行有限公司调换:023-61520678

目　录　CONTENTS

第一章

01

东山，宛如一颗璀璨明珠镶嵌在华南大地。

源起钱江的锦河流经东山被牯牛峰生生劈成两条支流，一条穿山越岭，环绕东山日渐式微；一条滚滚西去，直奔长江欢腾不息。经年河水冲击和地质灾害形成的东山峡谷，绵延近百公里，沿途奇峰秀石、层峦叠嶂，风光无限。自古便有"白马岩中出，黄牛壁上耕"之誉。

这是东山一年中最美的季节，空山幽谷，翠色欲流。峡谷中游的鲤鱼滩是整个东山景色最宜人的地方，溪水见底，鸟啼虫鸣。往常每逢周末，这里必定游人如织，但今天却是格外的冷清。

已是正午时分，本应艳阳高照，但天边却乌云翻涌，大有遮天蔽日之势。峡谷里，本就疏疏落落的游客已陆续离散，唯有一个赤脚站在溪水中的姑娘，似乎浑然不觉。她裙袂飘飘笑靥如花，正举着个相机四下拍照，流连忘返。

一道闪电刺破厚厚的云层，天地之间猛地亮堂起来，跟着一声巨响，震天动地。豆大的雨滴先是疏疏落落，在溪水中溅起朵朵浪花，很快便失心疯般铺天盖地。顷刻之间，无数条水流裹着泥沙从山上向峡谷奔涌而来。

刚刚还沉浸在镜头中的世界的梨雨，像一只落单的小母鹿，在雨雾升腾的峡谷里横冲直撞。而那个之前忙着在岸边采集野花，信誓旦旦要保护她一辈子的追随者，在惊天的炸雷中早已不知去向。

暴风骤雨，电闪雷鸣。整个世界犹如末日降临般，笼罩在一片黑暗之中。

彼时的杭城街头，虽然与东山峡谷只隔着几十公里，却是天朗气清，一派祥和的景象。

路宽刚捧着一束白玫瑰从鲜花店里出来，坐进他的那辆老旧的北京212吉普，便看见两辆车顶绑着冲锋舟的黄色越野车从面前疾驰而过，车身上"耐特搜救队"的标志十分醒目。车载电台里正在插播一条紧急讯息："我市局部地区遭遇历史罕见超强对流天气，受此影响，东山峡谷鲤鱼滩景区有部分游客被困……"

路宽愣了一下，猛轰油门，朝着黄色越野车驶去的方向追去。

交通台的主持人一直在播报着最新的情况，被困人数不明，除了耐特搜救队，当地警方和民兵应急分队也已经出动。

一路狂奔，追到山脚，路宽都没看到那两辆黄色越野车的影子。乌云盘踞在东山顶上，大雨还在持续，再往前，目光所及处则是霞光万丈。他懊恼地用力拍了下方向盘，在下一个路口，果断拐进了通往峡谷的一条捷径。

这是一条鲜为人知的小道，半个月前，他曾经开着现在这辆吉普来这条路撒过欢。但他做梦都没想到，这条"秘道"中途被洪水撕开了一道口子。时间就是生命。他毫不犹豫地迅速倒车，跟着刹车换挡再猛轰油门，吉普声嘶力竭，在堪堪越过沟壑后落地失控，险些坠落山崖。他稳住车身，来不及后怕，便向鲤鱼滩疾驰而去。

雨终于停了，但峡谷里洪水肆虐，急湍甚箭。赶到现场时，耐特搜救队队长荆杨正在指挥队员测量水速，另外几个队员有条不紊地用绳索绑着冲锋舟。奔涌的洪水中，梨雨和两个游客蹲在一块巨大的岩石上摇摇欲坠。

路宽将车停在了离现场不远的拱桥上，飞奔过来，人未到声先至："快！从桥上垂降，顺水蹚过去救人！"

荆杨扭头看了眼路宽，又一声不吭地别过头去盯着水面。

路宽愣住，过了好一会儿才又叫道："大哥，磨蹭什么呢？冲锋舟根本就没办法靠近！"

"队长，他说得没错，我从桥上下去！"年近半百的搜救队军师耿超看了眼拱桥，迅速背起了救生绳。

"慢着！"荆杨一把拉住耿超，"风力、落差、水底情况都不清楚，太冒险了！"

"哪有救人不冒险的？"路宽的脖子上青筋暴起，一边脱衣，一边冲着荆杨怒吼，"你是来救人的，还是带他们来旅游观光的？"

没等众人反应过来，路宽已经扑进了水中，奋力向被困者游去。

"我晕！这哪儿来的疯子啊？"正在岸边固定绳索的龙大锤惊恐大叫。

荆杨眉心一跳，赶紧说道："大锤，你去接应他。你们俩配合好，安全第一。"

龙大锤游到岩石边的时候，路宽已经解下了腰带，梨雨正蹲在那里跟他讨价还价："别管我，先救他们！"

"都别乱动，听我的安排！"龙大锤说着，迅速嵌入岩钉固定好绳索，然后用力地拉了拉，冲着路宽说道："哥们儿，我们是专业的搜救队，不是来玩命的。好好在这儿守着，别再逞能了！"

梨雨还是坚持要最后一个离开。龙大锤没有再啰唆，就近拽起一名游客，飞速地交代了几句，便带着他下了水。

目送二人离开，梨雨抹了把脸上的汗水，歪着脑袋问路宽："喂，你不是跟他一路的呀？"

路宽置若罔闻，正屏气凝神地盯着水中两个战战兢兢的身影。直到现在，他才真正冷静下来。他知道，尽管拉了绳索，但在这猛浪若奔的洪水中，稍有不慎就会酿成大错。那个搜救队员的话虽然有点刺耳，但看上去，他们确实挺专业，现在他要做的就是耐心地等待。

"喂！"梨雨站了起来，举起挂在胸前的防水相机，一边"咔嚓咔嚓"冲着他拍照，一边问道，"哥们儿，你到底哪路的啊？"

路宽这才扭过头来，眼前这姑娘白色连衣裙已经被水浸透，紧贴在身上勾勒出一道迷人的曲线。他有点尴尬地转头看向一旁的大叔："什么地方不好浪，偏偏跑到这儿。"

大叔有点诚惶诚恐："谁也没想到这洪水说来就来，跑都跑不了。"

"雨还没下的时候脑袋就进水了？打雷刮风的时候不知道往山上跑？"

梨雨柳眉倒竖："你的脑袋才进水了！大叔是回来救我才没跑掉。"

话音刚落，一个巨浪袭来，梨雨猝不及防，下意识地一头扑进了路宽的怀里，紧紧地抓着他的胳膊。

路宽一边伸手拉住正在晃悠的大叔，一边叫道："蹲下来，别慌！"

几乎就在同时，远处的山体发出瘆人的"咔咔"声响。此时，龙大锤已经将那名游客送上岸，正准备折返。

路宽知道这声音意味着什么，如果山体滑坡，迎接他们的将是滔天的洪流和泥石，别说带上他们，就是他自己也没把握逃过这一劫。他晃了晃脑袋，深吸一口气，不敢再有半点懈怠，在快速地冲着岸边打了个手势后，一把搂住梨雨，冲着大叔叫道："你跟在我身后，抓紧绳索一起走！"

谁也没想到，当路宽带着梨雨下水后，那大叔因为紧张，竟然一个趔趄直接跌进了水里，顷刻之间便被冲出了十米开外。

"大叔！"梨雨惊恐大叫，"你快去救他！"

看着大叔在水中沉浮的身影，路宽也傻了，但他很快冷静下来，因为前方不远处相对狭窄的水道上，两艘冲锋舟用长长的绳索连在一起，几名耐特的队员正在那里严阵以待。

"会有人救他。闭上眼睛，别紧张。"他安慰着梨雨，奋力向岸边游去。

刚刚还惊慌失措的梨雨，像是被施了魔法，很快就安静下来，搂着路宽的脖子，乖乖地闭上了眼睛。

眼看着马上就到岸边了，谁也没想到一根漂浮的树木撞上了绳索，岩石一边的岩钉突然拔起，绳索一松，路宽猝不及防，二人瞬间便被卷入洪水中。

"抱紧我！"路宽大吼一声，在水中几个强行转身，将绳索缠在自己和梨雨身上。

眼见突如其来的变化，岸上惊呼一片。关键时刻，冷静的荆杨召集所有在岸上的队员奋力拖拽绳索，二人被洪水甩到岸边时，路宽用脚狠命地钩住了一块岩石。几乎就在同时，落水的大叔被一个搜救队员拖上了皮划艇。

当龙大锤赶到，将二人拽到岸边时，伴着骇人的巨响，上游一面山体像被巨斧劈落，轰然坍塌，泥水裹着山石与枯木烂枝劈头盖脸涌向了峡谷。

02

救人和被救的都来不及喘气，迅速往山上撤离。

早就精疲力竭的路宽，拖着梨雨奔到安全地带后，一头栽倒在地上。梨雨尖叫一声，扑上去费力地将他翻过来，双手捧着他的脸低头就要去急救。

路宽突然睁开眼，扭过脑袋说道："别动不动就人工呼吸，我只不过是摔了一跤。"

梨雨嘴唇已经贴近了他的脸，闻言愣了一下，张嘴狠狠地咬了一口。路宽"嗷"的一声，捂着耳朵直接坐了起来。还没等他说话，斜刺里突然冲出一个手捧野花，衣着光鲜的哥们儿，他一边张开双臂，一边冲着梨雨叫道："亲爱的，你没事吧？可吓死我了！"

梨雨闪身躲过，抬手就给了他一记响亮的耳光。那哥们儿被这一巴掌扇了个趔趄，低头抚着脸，不一会儿又抬头笑逐颜开，举起手里的花，觍着脸说道："呐，我给你采花去了。"

"渣男！"梨雨抓过花摔在他脸上，怒目圆睁，"滚远点，别让我再看到你!"

梨雨掉头而去。这哥们儿拿脚狠命地踩了几下地上的野花,转过头看见路宽一脸忍俊不禁的表情,怫然作色,伸手指着他:"看什么看? 找死啊?"

路宽抱头做惊恐状:"对不起啊对不起,我什么也没看见。"

乌云散去,骄阳似火。这场突如其来的强对流天气,摧枯拉朽,在经历暴风骤雨、地动山摇之后,很快便无声无息无影无踪,只留下一地狼藉、满目疮痍。

搜救队正在点检装备,看上去就要鸣金收兵了。那个被洪水卷走的大叔,此刻正在跟耿超愉快地交谈着,而荆杨则抱着双臂盯着峡谷发呆。没有人搭理刚刚死里逃生,这会儿还坐在地上心有余悸的路宽。

他本是救人的英雄,此刻却落寞得像一头斗败的公牛,只得尴尬地起身,默默地悻悻而去。从敏锐地追随搜救队的车到义无反顾地扑入洪水中,再到果断带着两个人泅水自救,他没有丝毫犹豫。这是多年军旅生涯铸就的胆识,更是经历世事无常后深入骨髓的本能反应。

他不需要鲜花与掌声,但他无论如何也无法面对这般漠视。

上车前,他看了看后视镜中的自己,又转头看了眼正在列队的搜救队员们,苦笑着摇了摇头。

荆杨确实在有意冷落这个艺高胆大,关键时刻一腔孤勇的年轻人。事实上,从路宽脱下衣服扑进洪水里的那一刻,他就已经对这个年轻人刮目相看,而且迅速调整了自己的救援方案。他要感谢这个年轻人,如果不是他在山体坍塌前的果敢,这次救援将会是一场谁也承受不起的灾难。

但他不想给这个年轻人太多的褒扬，因为他太冲动了，甚至有点狂妄自大。他绝不能容忍这种不要命的个人英雄行为在自己的队伍中发生，救援不仅需要科学部署、临场指挥和适时应变，更需要团队成员间紧密协作。他要确保自己队员的安全，"你连自己的安全都保证不了，还怎么去救人？"是耐特组建这一年来，他说过的最多的一句话。

看着路宽离去时孤寂的背影，耿超问荆杨："咱们是不是有点过分了？这小子是有点冲动，但确实有底气。你应该跟他聊聊。"

"我认识他。"荆杨答非所问。

"啊？"耿超瞪大眼看着他。

荆杨笑而不语。

龙大锤突然在背后说道："他叫路宽，前中国人民解放军某海军陆战部队一级士官，曾先后荣立两次三等功。退役后选择自主择业，梦想成为一名专业的救援队员。"

耿超的眼睛瞪得更大了："你们怎么都知道？"

荆杨笑道："他上周徒手爬到16楼救下了一只被卡在设备阳台上的猫，'杭城身边事'播了当时网友拍的画面，后来他们又跑去采访到了他的战友。"

"我去！"耿超倒抽一口凉气，"那还不赶紧挖过来？咱这儿最适合他呀！"

龙大锤赶紧说道："咱这庙太小了。再说，就他这个性，估计没人能hold住他。"

荆杨摇摇头，一脸自信的表情："我等着他来找我！"

路宽的车刚驶出景区，停在路边的一辆路虎车里突然奔出个姑娘举起双手拼命地冲他挥舞着。他定睛一看，竟然是那个被救的姑娘。而之前那个被她赏了一耳光的年轻人，也从车上跳了下来。

路宽不假思索，刹车开门，等到梨雨跳上车，猛轰油门扬长而去。

梨雨上车后紧张了好久，一边扭头盯着后车窗，一边催促路宽加快速度。等她扭过头来才发现，开车的竟然是自己的救命恩人。

"哇！这么巧？"她惊喜地叫道。

"是啊，冤家路窄。"路宽应着，问道，"那哥们儿到底是你什么人？"

"万古第一渣男！"梨雨说完，看见放在副驾上的那束娇艳的白玫瑰，正要伸手去拿，便听路宽低声喝止："别动！"

"送给女朋友的呀？"梨雨撇撇嘴，竭力掩饰着脸上的尴尬。

路宽拧了下车载CD机的声音旋钮，清脆的女声在车里回荡：

Today is over with a million tears

Still everyone has a wish to live

Oh，I do believe ever lasting love

And destiny to meet you again

I feel a pain I can hardly stand

All I can do is loving you

...

很熟悉的旋律，梨雨便又没话找话："这不是原唱吧？"

路宽很不耐烦地伸手关了音乐，然后抬头看了眼后视镜，过了好一会儿才问道："人我已经帮你甩掉了，你要去哪里？"

"回家。"

"我问你，在哪儿下车？"

"玫瑰花苑。"

路宽愣了一下，不动声色地说道："我是乡下人，跟你不同路，出了景区你自己打车回城。"

梨雨闻言，把脑袋伸过来说道："我是摄像师，回头给你宣传下英雄救美，你把美女送回家呗。"

"对不起，我不是'货拉拉'。"

梨雨做可怜状："我手机，钱包全掉水里了。你怎么忍心把这么漂亮的姑娘丢在路边？"

"我给你叫车。要不，就等着万古第一渣来接你。"

梨雨气得一脚踢在路宽的椅背上，然后满脸不忿地盯着那束白玫瑰："你这样的人，竟然还有女朋友，那姑娘是有多傻啊。"

"下车！"路宽一脚急刹车，对着后视镜低吼。

梨雨吓得一激灵，她不知道这小子哪来的火气，踌躇半天后才幽幽地说道："我叫梨雨，留个电话呗，你救了我，总得要给我个报答的机会。"

路宽一脸不耐烦地冲着车外摆了摆头。梨雨银牙一咬，只得悻悻下车。

目送路宽在前方路口转进了一条小道，梨雨奔了几步抬头一看，道路指示牌上赫然写着"白马陵园"。

03

"诚实汽修店"里，路宽将手里的可乐罐捏成一团，起身抹了抹嘴："能不能靠点谱？就这三个月，你都跟我谈了八个项目了！"

"人总得有点梦想嘛。"陈实嘴角挂着虾壳，眼睛眯成一条缝，"就现在这个了！你只管投资当好你的董事局主席，剩下的活儿都交给我这个CEO。咱俩双剑合璧，无往不利！"

路宽哭笑不得："你先把我那破车给整明白了，再来跟我谈你的梦想！"

"老板，你那车都给我修出心理阴影了，早该报废了！"陈实一脸不屑的表情，摇头晃脑，"大G、揽胜、红彬、切诺基、牧马人，起码也得搞辆二手猛禽才符合您的身份。"

路宽朝他脑袋扇了一巴掌，掏出车钥匙拍在桌子上，"给我换上防滑胎，明天早上六点准时拿车。敢耽误我的事，拆了你这破店！"

"得嘞！"陈实冲着他的背影叫道，"一条2000，四条7999，再赠送你一次全车桑拿！"

二人是战友，平素"焦不离孟，孟不离焦"。陈实老家在贵州山区，是个吃百家饭长大的孤儿，入伍的时候啥也不懂，全仗着路宽照应。单论军事素质，从小在山林里野蛮成长的陈实绝不在路宽之下，当年一起参加特战队考核，他关键的时候掉链子才成全了路宽，自己则进了心心念念的汽车连。

路宽一直觉得他是在故意放水，但这小子抵死不承认。陈实退伍的时候，路宽特意请假将他送到杭城交给了土豪老路。没想到，陈实在老路的公司开了三个月车后便辞了职，跑到城郊开了个汽修店。等到一年后路宽退役，陈实便整天撺掇着他一起创业，今天车联网，明天区块链，甚至还琢磨着弄个共享游艇的项目。

陈实不踏实，路宽也不着调。他既不想接老路的班，对创业也提不起兴致，更没打算找个轻松自在的工作。去年刚退役，他偷偷跑去应聘专职消防员，后来被老路发现给搅黄了，父子俩因此翻脸，路宽一气之下直接从杭城最豪侈的别墅区搬出来租房居住。

没人能理解路宽的行为，包括情同手足的陈实。在他的眼里，路大公子要风得风要雨得雨，去当消防员不是为了找刺激，就是脑袋进了水。而路宽对自己的行为从来都不解释，逼急了便拿"人生苦短，总得要做几件有意义的事"来搪塞他。

有些事你觉得毫无意义，但总是有人壮怀激烈、舍命坚守；有些事值得你穷老尽气，但总是有人不屑一顾、嗤之以鼻。人各有志，对大兵路宽来讲，至少到现在为止，当一名职业救援队员便是他的梦想。明天，他将面临又一个圆梦的机会。他热血沸腾，迫不及待，从陈实的店里出来，他甩开双腿，在六月正午的街头，猛兽般尽情狂奔。

"滨海红十字会水上应急救助队"考核现场设在杭城往西两百公里外象山脚下的白沙滩。因为濒临深海，这是一片还没有被商业开发的海湾，亦是"救助队"和当地海警的野外训练基地。

海湾两边山高林密，树影婆娑，白色沙滩被一片绿色的草坪环绕，从高处俯瞰，恰似半块翡翠镶边的和田美玉。放眼观海，宽阔的水面鸥飞浪静，海水在清晨的阳光下波光粼粼。远处隐约有汽笛声传来，一对情侣在海边徜徉，两个孩子在沙滩上放着风筝。

整个世界，一副岁月静好的模样。

路宽比约定的时间早到了一个多小时，此刻正将车停在通往白沙滩的傍山公路上，倚着栏杆临风观海。

早上拿车的时候，陈实死活要跟着他，前几天路宽跑到东山峡谷救人，陈实昨天晚上才知道，因为212破吉普上有女人的香水味。路宽不想搭理他，这小子眼里只有钱和女人，虽然他是个时常连店租都交不起的穷小子，也没有谈过女朋友。还有另外一个原因，没人知道他参加应急救助队选拔，包括陈实。他一直怀疑这小子是老路的"线人"，否则，以他在陆战队学来的保密本领，上次去消防队应聘，日理万机的老路是不可能知道的。

决定应聘之前，他花了大量时间仔细研究了这支队伍。由于机制等方面的原因，每次遇到险情，这支由政府领导，志愿者组成的队伍总是会比专业救援队慢上半拍，一度被民间嘲讽为"水上捞尸队"。此次公开招募职业搜救队员，预示着这支队伍正在向职业化变革。

半个月前，路宽以全优成绩通过了笔试和体能考核。而这次终试的项目只有两个，舟艇操作与潜水作业。这些项目对一个曾经远赴亚丁湾执行护航任务的前海军陆战队员来说，简直就是小儿科。但即便如此，他也不敢懈怠，这人间藏龙卧虎，耐特搜救队的龙大锤便是一个鲜活的例子。

离考核还有差不多一个小时的时间。路宽看了眼悬崖下幽蓝的海水，脱下T恤，扭腰踢腿，活动片刻后，突然发力猛跑几步，扬起手臂纵身一跃，如离弦之箭一头扎进了海水中……

04

考核时间安排在了上午十点，参加终试的人被分成了五个小组，每组四到六人。舟艇操作波澜不惊，单兵作业，所有参加考核的人几乎悉数过关。但潜水考核却要求两人同时下水协同作业，而且是现场抽签决定各自搭档。

路宽和一个与他年龄相仿，毕业于海警学校的小个子搭档。当他顺利完成规定动作浮出水面时，其他考生已经列队完毕，他猛然发现多了个熟悉的面孔，竟是耐特搜救队的队长荆杨。

荆杨一改昨日的冷漠，与峡谷里的救援队长判若两人，微笑着朝路宽伸出手："你好呀，我们又见面了。"

路宽伸出手，在触碰到他手指的时候，突然又垂下，面无表情地看向随艇观察的考官。

那考官笑了笑，向大家介绍："这位是我们红会请来的顾问，国际SOS救援组织专家组成员荆杨，荆教授。"

众人都一脸仰慕地看荆杨，但路宽却若无其事地问道："国际SOS不是提供医疗救援和保健服务的组织吗？跟潜水和这种应急救援有什么关系？"

事实上，峡谷救人后的那天晚上，他就上网查了耐特搜救队。这支队伍公开的信息很少，媒体报道的只有一次参与政府组织的联合救灾演习和年前在浙西山区搜救失踪驴友。他在杭城医学院的官网查到了荆杨的简历：旅美华人，神经外科专家，毕业于约翰霍普金斯大学医学院，杭城医科大学访问教授。

考官有点尴尬地看了眼荆杨，赶紧解释："荆顾问不仅是医学博士，还是资深的野外救援专家，曾任职国际搜索与救援咨询团（INSARAG）和美国海军潜水和救援培训中心。"

"你们怎么看待自己今天的表现？"没等考官说完，荆杨便打断他，微笑着问路宽和他的搭档。

路宽反应神速："看来荆顾问这是有话要说，愿闻其详。"

面对路宽的咄咄逼人，荆杨却十分淡定："如果我是考官，你们这组将会就此止步。"

路宽面色一沉，强自镇定。

荆杨兀自说道："整个作业过程中，你们至少有三次违规，或者说是自作主张。一是无视分工，一个人几乎包办了另一个人所有的工作；二是在完成任务后，有人抛开搭档，擅自下潜到深水区抓了只螃蟹，并因此多逗留了三分钟；第三，按照考核流程，你们上船后应该第一时间向考官报告作业情况。"

参加考核的其他人闻言后，议论纷纷。而路宽的那个搭档显然是被荆杨的气势吓到，嗫嚅了半天，一句话都没敢反驳。路宽也选择了沉默，看得出来，他在强抑着内心的不忿。

荆杨对路宽的情绪视而不见，不依不饶继续说道："协同作业就是团队合作相互配合，是取长补短，是荣辱与共，是一加一等于甚至大于二。而你们这样，为了出风头各自为政，在救援时只会害人害己。"

荆杨表面看似在点评这对组合，但大家都明白，他不满的是大兵路宽。而路宽更是听出了弦外之音，他这是借题发挥，拿峡谷救人来说事。

那考官倒是很直接，笑着为路宽解围，"第三个，应该是看到您来了，有点儿蒙，忘记了。整体而言，小路很自信，专业素养不错。"

"那不是自信，那是自满和自大！"荆杨毫不客气地说道，"人民解放军说'平时如战时'，搜救队更是如此，这样的表现和这样爱表现，谁敢把自己的后背交给他？"

"你这是在吹毛求疵！"路宽终于忍不住反驳，"我承认你说的都是实情，你可以鄙视可以挖苦甚至可以拂袖而去。但我绝不接受上纲上线，你不能随便给一个不熟悉的人扣帽子！"

"我对你并不陌生。"荆杨笑道，"如果我没记错，咱们这是第二次见面了。"

路宽稍稍平复了一下心情，按照考核要求，向那个考官报告了作业情况后，默默地卸下了身上所有的装备，最后才对考官说："考核已经完成了，我可以向顾问同志多请教请教吗？"

"当然当然。"考官迟疑了一下，看了眼荆杨后说道，"大家不用这么拘谨，机会难得，有什么问题多跟顾问交流交流。"

"什么都可以请教吗？"路宽笑呵呵地再次确认。

考官点头："当然！"

路宽转身突然对荆杨说道："对不起，我无意冒犯您，也无意跟一个专家打嘴炮；既然在荆顾问的眼里我如此不堪，那就斗胆向您讨教一下。"

荆杨不动声色地点点头。他显然错会了路宽的意思，以为这小子为了扳回面子要跟他争辩，问几个刁钻的问题。没想到，路宽却大声说道："大家想不想看看专家的潜水本领？我想跟他一起裸潜！"

众人愣了片刻，跟着轰然叫好。谁都想看"神仙打架"，何况路宽挑战的是权威。

"路宽！"考官这才反应过来，拉长脸出声喝止，"你小子给我挖坑是吧？我答应你的是可以提问题，不是让你来挑衅的。"

这考官是个部队转业干部，性情耿直，跟荆杨和大家一样，压根就没想到这小子会来这么一出。

荆杨仍旧是一副从容自若的模样，在众人期盼的眼神中，他不慌不忙地说道："不用证明给我看，这里不是秀场。我可以告诉大家，路宽同学的裸潜水深纪录是106米。"

众人倒抽一口凉气。路宽那个憋屈了半天的搭档，带头鼓起了掌。

路宽也有点意外，荆杨显然是研究过他的报名资料。但他并没有打算就此罢休，荆杨说得也没错，如果他完全是个陌生人，也许路宽还会选择隐忍，毕竟那些问题确实存在。他认定了因为那天在峡谷里对他的不敬，这个小肚鸡肠的鸟人才公报私仇，将问题无限放大，并且挥舞起了道德的大棒，公然羞辱自己。

事关名节，他绝不能容忍。此刻，他就像一个战士回到鼓角铮鸣的战场，他要用实力，用男人的方式去碾压这个小丑！

就在大家都以为路宽就坡下驴偃旗息鼓的时候，他瞅准机会，突然发力，一个箭步冲上去，侧身抖肩，直接将站在船沿边的荆杨撞落水中，自己也顺势跳了下去。

众人一片惊呼，纷纷涌上前去。谁也没想到，潜水顾问荆杨在水里像个"旱鸭子"般，狼狈不堪地来回扑腾着。大家开始还以为他在开玩笑，直到他呛了几口水后，那个考官才反应过来，赶紧扔下手机，跳进水里救人。

应试者们面面相觑，哭笑不得。

谁出这么大的糗都没法淡定，但荆顾问却若无其事地掏出手机甩了甩，然后脱下衬衣用力地拧了几下又穿了回去。等到一脸蒙的路宽回来，荆杨双手抱拳冲着他朗声说道："你赢了，大兵。祝贺你成功 KO 了一个嘴炮！"

第二章

01

喜马拉雅山脉，雪山连绵、冰峰林立。

绝壁之上，朔风凛冽。崖顶触手可及，脚下是万丈深渊，攀岩的男人已经精疲力竭，摇摇欲坠。一阵尖厉的鹰唳划破长空，他深吸一口气，咬紧牙关，蹿起身子奋力地扣住了头顶的隙缝。

"嘿！"有人拍了下他的肩膀，他扭头看去，眼前只有一轮似血残阳。

"我在这儿呢，宽哥。"打招呼的人衣袂飘飘，在他头顶俏皮地来回荡悠。

他伸手想要抓住她，她却闪身躲过，伏在崖顶探出扎满了小辫子的脑袋，"咯咯咯"地笑着，俏目似下弦明月。

"姐姐，你唱首歌吧，我快撑不住了。"他颤巍巍地再次伸出了手。

她点点头，指尖轻轻地抚摩着他的脸，微笑着抬起头看向远处的纳木那尼峰，轻声吟唱：

It's summer snow in the deep blue sea

I try to touch，but it fades away

It must be a dream I will never get

Just like my love that's crying for you

If there were something not to change forever

We could feel it deep，deep in our heart

"叮叮叮，主人，晚饭时间到了，小度可以帮主人叫外卖哦。"

路宽被智能音箱的声音惊醒，翻身从地板上坐起，茫然四顾，额头上的汗水顺着脸颊滑落到胸前。他似乎才缓过神来，苦笑着摇摇头。同样的梦境，退役回来这大半年已经重复好几次了，每一次都在最关键的时候醒来。

"小度，我要砸了你!"路宽脱掉几乎被汗水浸透的T恤，有点懊恼地冲着音箱叫道。

"主人，你开心就好。"

今天是他的生日，但他却一点也开心不起来。

他起身拉开了窗帘，江对岸的奥体中心，灯火璀璨、流光溢彩。一艘蓝白相间的客轮悠然地穿过雾霭缥缈的钱塘江面，似在水上，又在云中。

下午回来的路上，那个潜水时的搭档崔勇打电话安慰他，声称以他的能力，应该早就被内定了，那个顾问的意见根本影响不了结果。

这小子神神叨叨，在岸上刚抽完签的时候，就莫名其妙地说自己是被逼着来参加考核的。他在水里的动作明显比别人慢半拍，路宽看出他在消极怠工后，才抢了他应该干的活儿。最让人郁闷的是，荆杨打压他们的时候，这孙子连屁都没敢放一个。

他觉得今天自己就像个小丑，拼命地想要让荆杨难堪，结果既没有挽回颜面，更没有赢得尊严。他想揍他，从峡谷救人的时候就有了这个念头，这个道貌岸然的家伙用最轻松的语气说着最狠的话，即便当众出丑，仍是一副波澜不惊的模样。他不得不承认，即便自己再修炼几百年，也达不到他的境界。

手机躺在地板上"嗡嗡嗡"地振动着，不用看，肯定是陈实打来的。早上出门的时候，这小子就说晚上要给他庆生。

他顺手给了站在窗边那个笑眯眯的军偶一记重重的勾拳，然后拿起了手机。

"老板！蛋糕都长毛了，我都要当爹了，你能不能靠点谱？"电话一通，陈实就像端了挺马克沁。

"睡过头了。在哪儿集合？"

"到店里来接我，顺便带瓶拉菲过来。"

"不是你请我吗？凭什么要我带酒？"

"老规矩啊，我请客你埋单。好好收拾一下，我再给你叫几个姑娘。"

"别整那些没用的！"

陈实大笑着挂了电话。

这个世界上，能记住他生日的，除了老路，大概也就只有陈实了。本该欢乐的日子，他不想让这个兄弟失望。他洗了把脸，还涂了大宝SOD蜜。但他怕是做梦都没想到，自己25周岁的生日会在派出所里度过。

"诚实汽修店"离路宽住的地方并不远，他当初租下这个Loft公寓是想让陈实跟他一起住的，但这小子轴得很，说什么"'生于忧患，死于安乐'，多睡地板才能当好老板"。

路宽也不再坚持，因为两个人的生活节奏完全不一样。他还是部队的作息习惯，按时睡觉，按时起床锻炼；而陈实干活可以不眠不休，靠啤酒提神，时常通宵达旦。

陈实本来有个徒弟，为了多挣钱，关于车子的生意，他什么都敢接，两个人有干不完的活，过得其实挺滋润。但这小子心野，脑子也活络，等到路宽退役，便一门心思要抱紧哥们儿的大腿，把徒弟给辞退了，整天研究各种大项目，就等着路宽一声令下，关了店跟他一起干大事。

但路宽觉得他的那些能发大财的创业项目都是拍脑门想来的，总是劝他靠手艺吃饭才是王道。为了帮助陈实，他还硬着头皮跟那些决心要远离的富二代朋友逐个打招呼，让他们照顾汽修店的生意。没想到，这小子不仅杀起熟来毫不手软，还撺掇那些富二代给他投资，惹得人家避之唯恐不及。

"诚实汽修店"门口这会儿灯火通明，停了好几辆豪车，其中还有一辆价格不菲的跑车。路宽吓了一跳，下意识地以为这小子为了给他庆生，悄悄地把他那些富二代朋友全叫来了。他刚停好车，就听到店里传来叫骂的声音，跟着出来几个大汉挥舞着球棒猛砸店门。

他从车上跳下来赶紧冲了上去，正要喝止，却见陈实低眉顺眼地从店里走出来，身后还跟着个妆容浓烈的妖艳女子。

"老板来了，我们老板来了！"陈实抬头看见路宽，像见到了救星。

大汉们停止了打砸，上前将路宽团团围住。

妖艳女叉腰问路宽："你是老板？"

路宽看了眼冲着他挤眉弄眼的陈实，不假思索地点点头：

"嗯，怎么了大姐？"

"眼瞎啊，管谁叫大姐呢？"那女的一跺脚，抬手就是一个巴掌朝他扇了过来。路宽微微一闪，跟着抓住她的手，拿眼一瞪："有话好好说，别动手动脚。"

"是啊，我老板是特种兵，千万别跟他动手！"陈实话音未落，那女的转身对着他的裆部就是一脚。陈实"噢"一声，顺势捂着下身蹲在地上，一脸夸张的痛苦表情。

那女的还不解恨，冲着几个蠢蠢欲动的大汉尖叫："愣着干什么？打啊！"

路宽还没反应过来，后背上就挨了一下，他下意识地转身就是一个摆拳，一个比他还高半个头的大汉，闷哼一声，直挺挺地一头栽倒。另外几个一拥而上，路宽腾挪闪躲，瞅准机会飞起一脚，又将一个大汉踹到了跑车的车顶上。

眼瞅着事情要闹大，陈实赶紧站起来大声疾呼："哥几个赶紧收手吧，再来几个也不够我们老板收拾的！"

但那几个大汉已经打红了眼，变本加厉，挥舞着球棒拼命地朝路宽身上招呼。陈实只得硬着头皮冲上来拉架。没想到，一辆巡逻的警车从天而降，哥俩和那几个刚刚还嚣张的大汉，跟孙子一样乖乖地抱着头蹲作一排。

直到进了派出所，路宽才搞明白，原来那女的半个月前来店里给她的保时捷 Macan 补车胎，被陈实忽悠装了套二手的"Burmester"音响。孰料，这女的男朋友是个音响发烧友，感觉音响不对劲，拆了后发现是拆车件。关键是，全新的 Burmester 汽车音响在 4S 店装也不过才两万块钱，陈实竟然忽悠了她五万多块。而且人家找上门来，他还抵死不承认。

那女的意难平，在路宽答应退款加补偿后，仍然不依不饶，非要警察将这哥俩关起来。等到她男朋友赶来后，越发地狂怒，叫嚣着要将他们送进监狱。眼看调解不成，路宽突然将男的拉到一旁嘀咕了几句，那男的脸色一沉，硬生生地将正在撒泼的女人拖出了调解室。

警察以为路宽在威胁他，没想到那男的摇摇头，拿到路宽转给他的赔偿后转身就走。这警察也轴，非得搞清楚路宽跟那男的说了些什么才肯结案。路宽磨叽了半天才说道："那姑娘看着也就二十来岁，男的都能当她爹了，手上还戴着婚戒。"

"老夫少妻多的是，你凭什么就认定了人家是有问题？"警察刨根问底。

路宽笑道："我没说什么啊，是他自己心虚。"

警察板起脸："给我老实点儿，不交代清楚，这事没完。"

路宽挠挠头："他那婚戒是十几年前的款式，现在根本买不到。"

"忽悠我呢吧？"警察一脸不可思议的表情。

"真不是忽悠您！"陈实在一旁说道，"我老板家开珠宝行的。卡莎蒂儿的老板是他亲爹！"

路宽跟着说道："那女的车子前挡玻璃边有个出入证，那个大厦里只有一家公司，这男的是她领导。当然，这个纯粹是我猜的。"

"你小子……"那警察在电脑上捣鼓了一会儿，拿手指着路宽，晃悠了半天说道："你这兵没有白当，但当兵的不守规矩就得重罚。今天就甭回家了，留这儿陪我值夜班吧！"

"不是吧，警官。"陈实急道，"我们老板今天过生日，蛋糕都买好了。咱能不能改天来报到?"

警察扑哧一下乐了:"那正好,把你俩关一起好好庆祝下!"

整个晚上,路宽靠着"留置室"的墙角呼呼大睡,中间连眼皮都没抬一下。陈实几乎彻夜未眠,偷鸡不成蚀把米,他在心痛路宽为他垫付的那笔赔偿款,这些钱得折腾半年才能赚回来。

路宽终究是意难平。第二天一早在派出所的院子里,对着陈实就是一顿组合拳:"奸商!你的人性呢?"

陈实抚着胸口撇着嘴:"你这是在污辱我的人格。商场本就是尔虞我诈,成功从来都不会是一帆风顺。再说了,我这是劫富济贫,只是不小心翻进了阴沟里。"

路宽气得飞起一脚。

陈实闪身躲过:"天降大任于斯人也。此劫难逃,必定是老天在考验我们。"

路宽哭笑不得:"你到底有多缺钱?那破店开不下去就别硬撑着!凭你的能力,找个地方上班不好吗?"

"燕雀安知鸿鹄之志。"陈实摇头晃脑,"你那钱就算是给我们未来的事业注入的第一笔投资,以后有事咱开董事会,别动不动就动手动脚。"

路宽"扑哧"一下,被他气乐了。

02

梨雨在"玫瑰花苑"门口准备过道闸时,瞥见路宽一路讲着电话进了小区。她兴奋地跳下车冲过来挡在路宽面前。

路宽正在接耿超的电话,他刚从健身房撸完铁回来,手里还拎着一盒打包的酸辣粉。抬头看见梨雨，吓了一跳。

"你是来找我的吗？"梨雨开心地问道。

路宽拎起酸辣粉在她面前晃了晃："我送外卖呢。这么巧，你住在这里啊？"

"对呀！不是告诉过你吗。"梨雨说着看向大门外，"你车呢？这里可以进来的呀。"

"没油了，改跑腿。"

"不对呀，你们不都是骑电瓶车吗？"

"没电了，在充电呢。"

"你在哪个平台？"

"美团。"

"不是应该穿黄马甲么？"

"我今天刚入职，这是第一单。"

"你再编，我就打电话报警了。说，你来这儿到底想干什么？"

路宽擦了把汗："姐姐，我马上要超时了。还在试用期呢，能不能放我条生路？"

梨雨不依不饶："不行，除非告诉我你的电话号码。"

"你点个外卖，备注上要最帅的骑手，系统就会自动给我派单。"路宽说着，身形一闪，撒腿就跑。

"骗子！"

梨雨正要去追，身后传来汽车喇叭的声音，保安大叔在后面大叫："姑娘，快把车挪开，别堵着门啊！"

耿超将路宽约到了"漫咖啡"，寒暄几句后，便直奔主题，郑重邀请他加入耐特搜救队。这让路宽有点意外。他以为耿超约他出来不过是因为峡谷救援时对自己的冷落，客气一下罢了。压根儿没想到耿超会来这么一出，而且看上去，他并不像在开玩笑。

"想必你也知道，我前两天刚参加完红会水上应急救助队的终试。"路宽定定神，说道。

"当然了。"耿超笑道，"包括那天发生的一切。"

路宽愣了一下："他让你来找我的？"

"我是副队长，负责耐特队员的招聘与考核。"耿超既没承认，也没否认。

"那么，在结果还没有公示之前，你来找我，我是否可以理解成你已经得到了什么消息？"路宽直接不讳，表面淡定，内心却是十分慌张。

"你别误会。基于你过往的经历与能力，我纯粹是想告诉你，你还有更多的选择。"耿超说完，将刚上来的咖啡往路宽面前推了推，他自己点的则是一杯绿茶。

路宽端起咖啡喝了一口，说道："我没有误会。事实上，荆杨提前知道并不奇怪，他甚至完全有能力左右结果。"

耿超笑着摇摇头，没有继续这个话题，转而说道："如果有兴趣的话，不妨听听我介绍下我们的队伍。"

"不必了。"路宽打断他，"我更相信我看到的。我和荆队长肯定不合路数，而且我相信你来找我一定是和他商量过，这是我最无法理解的，因为在他眼里，我什么也不是。"

耿超朗声大笑："我想，你对他一定是有什么误会。"

路宽道："道不同不相为谋。恕我直言，我不喜欢他，无论他头顶多少光环。"

"他是个外科医生，更是个完美主义者，严苛、自律；对待救援，一直在追求手术刀般的精准无误。"耿超停了停，又说道，"他求贤若渴。而且以我对他的了解，他并不介意对他个人的不敬。"

"处女座？"路宽下意识地问道。

耿超愣了下，点头道："我对这个真没概念，但确实听队员们说过他是处女座。怎么，是有什么说法吗？"

路宽摇摇头，欲言又止。实事求是地说，耐特像那个著名的"蓝天救援队"一样，是一个综合性的民间公益救援组织，救援的范围更广更灵活机动，也更加符合他的愿景。但两次与荆杨接触下来，他实在是无法想象往后要怎样与之相处。尤其是在类似东山峡谷那样极端的情况下，他到底是要服从这个医生的安排，还是要遵从自己的判断？

耿超似乎察觉到他内心的变化，漫不经心地说道："应急队考核的结果应该很快就会出来了，那确实是个不错的地方，但我还是建议你慎重考虑一下我的建议。千军易得，一将难求，耐特的大门永远向你敞开着。"

离开咖啡馆的时候，路宽突然问将他送到门外的耿超："荆队长的老家在哪里？他是什么时候回国的？"

"都是同乡啊。大学毕业后去美国读研究生，两年前才回国。"

路宽愣了下，但很快便点点头，转身离去。

荆杨此时正坐在咖啡馆二楼钢琴边的卡座上，专心地听着一个小女孩弹钢琴。耿超悄然坐到了他的对面，一曲终了，荆杨才扭头看向他。

耿超耸耸肩："这小子，果然傲娇。"

"意料之中。"荆杨笑道，"要是马上就答应了，他就不是路宽了。"

耿超有点沮丧："但我看他那意思，肯定是等着进红会的应急队了。毕竟是体制内。"

荆杨微笑着摇摇头。

"什么意思？"耿超瞪大眼，"不会是因为冲撞你，被刷了吧？"

"那天考核前，老朱像捡了个宝似的，专门拿他资料给我看。虽然我打击了他，但仅从能力上看，他绝对是无可挑剔的，最终的综合成绩铁定是头几名。"荆杨说完看向窗外，过了好久才又说道，"从第一次看到他，我就莫名其妙地觉得，跟这小子有缘分。"

耿超兴奋起来："他心高气傲，你那么打击他，他一定会想尽办法证明给你看！"

"对！"荆杨说道，"以他的个性，在体制内肯定不好受。我听说他之前应聘过职业消防队，不知道为什么被淘汰了，你帮我去查查。"

耿超点点头，跟着笑道："老朱那天晚上给我打电话，特别紧张地问你到底会不会水。"

"你怎么说的？"

"我说，我也不知道。"

荆杨忍俊不禁，一脸灿烂。

03

路宽接到红会电话通知他落榜的消息时，正被陈实拉着去邻县考察"户外拓展基地"。陈实早在路宽还没退役的时候，就跟他提起过这个"天下军迷大本营"的项目构想，这也是陈实无数个商业计划中让路宽觉得最靠谱的一个。

打电话的人公事公办的语气，说路宽的考核成绩没问题，但主管部门在审查的时候，发现他前几天因为打架斗殴被行拘，按照规定，被一票否决了。

接完电话，路宽坐在车上愣了好一会儿，突然冲着一旁的陈实低吼："滚下去。"

陈实不明就里，嬉皮笑脸地问他："老板，出什么事了？"

路宽咬牙一字一句地斥道："我让你滚下去！"

陈实从未见他发过这么大火，赶紧打开车门跳了下去。路宽一脚油门，车子窜出去几百米后，又突然停在了路边。陈实愣了一下，追上来拍打着车门。路宽打开窗户问他："你是我兄弟吗？"

"这得问你了！"陈实没好气地怼过去，"哪个没长眼的，会把自己兄弟扔下车？"

路宽抬手一划拉："别废话，走，跟我砸场子去！"

虽然到现在都没想明白荆杨既然那么讨厌他，为何还让耿超来找他，但被应急队淘汰，路宽的第一反应却是荆杨在捣鬼。因为应急队的招募书里除了一些特殊的资格要求外，其他的规定基本上都跟国家公职人员招募一样，压根儿就没有受过行政拘留的人不能被录用这样的条款。何况，他只是被派出所留置了一夜。

了解了前因后果，向来能言善辩的陈实选择了沉默。他太清楚路宽的个性了，这第二次梦碎对他的打击绝对是核爆级的。他知道路宽脑子清醒，绝非好勇斗狠之人，最重要的是，这祸是他陈实闯下的，因为帮他才被派出所关了一夜。所以，哪怕是上刀山下火海，他绝不能当缩头乌龟。

"耐特搜救队"驻地是原武警消防支队的野外训练基地，国家消防改革后，政府重又选址新建了一个现代化的消防教训中心。荆杨设法拿到了这块闲置土地的免费使用权，然后在自己的朋友圈里募集了一笔资金，将这儿改造成了耐特的办公和训练场地。

升级改造完，耿超的战友带了一群人来参观，几天后，训练场门口便竖了块"杭城民间救援组织训练基地"的立牌。

荆杨当时在日本参加学术会议，回来后差点跟耿超翻脸。费尽周折争取来的自留地变成了公共场所，全杭城在政府备案的民间救援组织有七八支，要都涌到这儿，还有耐特什么事儿？耿超不以为然，觉着别人未必会来这儿训练，而且挂了这个牌，政府每年还能给点补助，何乐而不为？但荆杨较真，先是逼着耿超找人把牌子撤了，跟着又召集那几个民间救援组织的负责人开会，最后定了个原则，凡是来训练的必须要提前预约，而且按人头收费。

荆杨这么一折腾，那几支队伍都跑去告状，若不是耿超硬着头皮从中斡旋，加上荆杨自带光环，这块地搞不好就被收回去了。但荆杨在官方那还是落下了个"刺头"的印象。

不过，自从有了这个地儿之后，之前到处蹭训练场，被其他救援组织视作游击队的"耐特"队员们算是扬眉吐气了，像打了鸡血似的，一到周末就主动跑来训练，还时不时地带上几个亲朋好友来这儿体验。

车子刚驶进训练场，路宽便看到一座倾斜的楼房已大半坍塌，遍地的瓦砾和裸露的钢筋，荆杨正全副武装地站在水泥墩上，抬着头全神贯注地盯着45度斜上方。路宽把车子停到路旁一排整齐停放的私家车后面，打开窗户目不转睛地注视着。

四五个身穿橘黄色救援服的队员在瓦砾间忙碌着，有人背着

"伤员"从楼梯口往外奔跑；有人顺着排水管道攀到三楼准备破窗入室；有人在操场上紧急救护转移来的"伤员"。整个场面是救灾现场的即视感，一切都显得那么紧张而又有条不紊。

路宽不免心生感慨，一腔怒火不自觉间已然消除大半。耐特的正规与专业是他始料未及的，在此之前，他一直觉得他们就是游击队，头顶光环的荆杨不过只是个沽名钓誉的书生。

"我去，这是支正规军啊！这是在救灾演习，竟然还布了仿真场景。"陈实跟着盯了半晌后，冷不丁地说道。

路宽点点头。

陈实试探着："看这架势，他们人多势众。咱要不要改天再来？"

路宽转头看着他，陈实被盯得浑身发毛，嗫嚅了半天才试探着："那……那咱们还砸不？"

"怂啦？"路宽笑眯眯地问道。

"我怕个怂！"陈实说着打开手套箱，摸索了半天抓出一只扳手，打开车门就要下车。

路宽一把拽住他的胳膊："讲道理啊！拿那玩意儿干啥？卸轮胎？"

陈实放回扳手，讪笑着："对，咱要以德服人！"

"走，看我的眼色行事。"路宽说完打开车门，跳了下去。

哥俩刚进训练场的时候，荆杨就看到了。早上还在床上，红会那边的老朱就把路宽落选的消息提前告诉了他，他当时第一反应就是，这小子肯定得找自己麻烦。果不其然，他只是没想到这小子来得这么快。

演习还没结束，荆杨担心这个愣头青胡作非为，见哥俩从车上下来，赶紧拿起对讲机呼叫耿超。

这边，刚走了几步，陈实就指着不远处一个抱着"伤员"奔跑的队员惊呼："我去，那不会是个女的吧？"

路宽定睛一看，果然，那队员看上去娇小玲珑，在瓦砾间腾挪跳跃、健步如飞，一条马尾辫在空中来回晃荡着，英姿飒爽，煞是惊人。

"一个姑娘家，这素质！"陈实站在那里咂巴着嘴，兀自称奇。扭头再看，路宽已径直走向了仍然站在那里不动声色地观察着演习的荆杨。

耿超从"危楼"里钻出来，老远就扯开嗓门叫路宽，然后跟听到叫声的龙大锤一起迎了上来。

"什么风把兵王同志给吹来了？"耿超笑吟吟地说道。

路宽看了眼不远处对他视而不见的荆杨，正要说话，便听身后的陈实说道："你们这儿竟然还有女队员？"

"我们这儿不管男女老少，只要有能耐就行。"龙大锤没好气地抢先答道。

"那就是一群散兵游勇，我还以为是什么王牌部队呢。"陈实一脸不屑的表情。看路宽冷着脸，再加上龙大锤的语气，这小子瞬间进入角色，说话夹枪带棒地准备挑事。

龙大锤正要发作，耿超知道他的脾气，笑着拍了拍他的肩膀，然后问陈实："你和路宽是战友吧？"

路宽点点头。陈实却是昂起头信口开河："他是我老板，我是他的司机兼生活助理。"

龙大锤直摇头，那神情明显就是想告诉陈实，"别跟我这儿装大尾巴狼"。事实上，他早就认出了陈实就是之前路宽"高楼救猫"后在电视上露面接受采访的路宽战友。

"你们这是快要结束了吗？"路宽等陈实表演完，才不慌不忙地问耿超。

耿超点头："还要一会儿。要是有兴趣，就观摩观摩，等会儿结束了咱们好好聊聊。"

"小儿科，没啥好看的！"陈实端着肩膀，摆着不屑一顾的神态。

耿超笑而不语。

龙大锤本不想跟陈实计较，见路宽放任自流，还是忍不住冷笑道："兵王，不露一手么？还是直接砸场子？"

路宽闻言冲着陈实扬了扬下巴："露两手吧？要不，这位大哥要急眼了。"

陈实下意识地缩了缩脑袋，一脸哀怨地看着路宽。路宽则是满脸促狭，仿佛在告诉他，"就知道逞口舌之快。自己挖的坑，还指望我来给你填么？"

"那，我就不客气了。"陈实心一横，冲着龙大锤抱拳，"咱俩走一个？"

"石小丽！"没想到，龙大锤看都不看他，扭头冲着不远处那个娇小玲珑的姑娘一招手，"过来下，这儿有人要向你讨教！"

04

陈实的能力，路宽再清楚不过了。这小子当新兵的时候，就破了基地400米障碍纪录；第二年参加陆战队选拔前，又击败了在基地号称"武装越野之王"的作训股参谋，夺下第一。如果陈实当年不莫名其妙地失误，今天站在这里的兵王，非他莫属。

但在龙大锤的眼里，这个打完嘴炮后秒怂的小个子，虽然是路宽的战友，却像极了仗势欺人又"浑不吝"的街头小混混。他并不知道，陈实习惯了"扮猪吃老虎"，只要跟路宽在一起，挑事的是他、怕事的是他，最后平事的一定是路宽。

龙大锤竟然让那个姑娘来跟自己比试，陈实像遭受了莫大的羞辱，正要反诘，但见石小丽风一般已经奔到了跟前。陈实话到嘴边，又生生地咽了下去。这石小丽远看着瘦小，近看五官还算标致，但肤色黝黑，手臂上的肌肉纤毫毕现，一看就是个常年在户外风吹日晒的狠角。

石小丽歪着脑袋看看路宽，又转头盯着陈实："是你要向我讨教？"

"好男不跟女斗！"陈实躲避着她犀利的眼神，挠挠头，忙不迭地转向耿超，"能换个人么？这么漂亮的姑娘，胜之不武啊。"

石小丽拿眼一瞪："消遣我们是吧？想讨教，就得先过了姐这关！"

两个人斗嘴的时候，路宽悄悄地问耿超，"这姐姐什么来头？"

耿超笑而不语。

龙大锤轻声回应道："前国家队队员，女子搏击俱乐部总教练，耐特大内总管兼体能教练！"

"我去！"路宽倒抽一口凉气。他原本放任陈实"造次"，就是想借他震震场子，现在看来，这小子凶多吉少，估计得翻船。但他转念一想，让他吃吃苦头也不错，省得到处惹事。

"算你赢了，行不？"陈实面对石小丽的挑战，赶紧摆摆手看向路宽。

路宽扭头盯着"危楼",一副事不关己的表情。陈实又想抓住他的胳膊,路宽闪身跳到了一边。

"尿样!"石小丽见陈实这畏头缩尾的样子,翻了个白眼,一脸无趣地转身就要离开。

陈实两手一摊,兀自嘴硬:"我怕伤着你!"

"你就是个嘴炮!"石小丽头也不回地说道。

"说谁呢?"陈实跟着上前,拿手去拍她的肩膀。石小丽反应神速,反手一把抓住他的手腕,躬身错步,陈实措手不及,等他反应过来,已经被石小丽一个背摔狠狠地砸在地上。

哄笑声起,陈实躺在地上一脸懵懂地抬头看去,一群人站在不远处乐不可支。演习已经结束,这群看热闹不嫌事大的搜救队员,正一边鼓掌一边围了上来。

陈实笑嘻嘻地从地上爬起来,跟没事人一样拍拍屁股。他当众出丑不是第一次,路宽早已见怪不怪,而且他知道,这小子一定会想办法找补回来。可当他瞥见站在人群中的荆杨那鄙夷的眼神时,脸上就挂不住了,放眼看了一圈耐特的队员们,然后指着龙大锤说道:"我这兄弟今天不在状态,要不,咱俩走一个吧?"

不料,陈实这会儿却来劲了,灰头土脸地挺着胸脯叫道:"杀鸡焉用屠牛刀!画个道道吧,小爷好久没活动筋骨了。"

众人轰然叫好。龙大锤看看耿超,又看看荆杨,二人皆是微笑点头。没想到,石小丽不依不饶,从人群里蹿出来往陈实跟前一站,铁了心地要让陈实难堪:"咱俩先热热身。"

"好!比什么你说了算。"陈实这回倒是干净利落。

石小丽指着跑道尽头的小山坡:"从这儿过去直线距离800米,谁先登顶算谁赢。"

陈实抬头看了眼，不怀好意地笑道："赌点什么吧，你要是输了怎么办？"

"你说怎么办就怎么办！"石小丽不假思索地说道。

"真的吗？"陈实一脸轻佻，"这可是你说的，别反悔。"

石小丽似乎意识到了什么，满脸绯红，正要发作，便听路宽说道："来点有技术含量的，既然是救灾演习，那就看看谁的搜救能力更强！"

路宽来这么一出，明显是给石小丽解围。陈实的实力摆在那里，只是他藏拙露怯太会演了。既然要比，那就跟他们擅长的地方较劲，输了不丢脸，赢了，才能让人心悦诚服。而且，当年参加陆战队选拔前，基地曾组织过一批尖子兵特训了三个月，攀登和垂降啥的都是基本功，陈实不太可能会输。

说好的比拼，在耿超的干预下变成了协同救人。荆杨一直没说话，耿超作决定的时候也没有跟他沟通，只是抬头看了他一眼。

四层高的危楼下，队员们自觉站成了一排。荆杨一手提着耿超泡着红枣和枸杞的大玻璃杯，一手提着个大喇叭，默默地独自坐回先前站立的那个水泥墩上。与群情激奋的队员们相比，他面无表情，显得有点格格不入。

陈实虽然心有不甘，但他精明过人，而且和路宽之间有着仅凭眼神和表情就能秒懂对方意图的默契。本来稳操胜券的事，这家伙偏偏给他挖个坑，只能理解成他转变了策略——砸场子已经不重要了，重要的是展示哥俩的实力。

随着耿超一声令下，穿戴整齐的陈实就着下水管徒手往上攀爬，石小丽则被安排在楼下准备接应。陈实虽然换上了龙大锤的大号救援服，上衣下摆都快到膝盖了，但丝毫不影响他的发挥。

他身手敏捷，跟猿猴似的在管道和阳台间来回腾挪，眨眼工夫便攀上了楼顶。

耿超拿着对讲机还在提醒楼顶配合的队员注意保护时，站在楼下观摩的人们便看见陈实抱着一个"伤员"从楼顶一跃而下，急速下坠。

楼下一片惊呼，坐在远处的荆杨也下意识地站了起来。

此时的陈实，突然停在了二楼的位置，身上的绳索弹了几下后忽地打起转来。再往下几公分就是一块断裂的预制板，裸露的钢筋直指上方。

众人不由得倒抽一口凉气。路宽也被吓着了，这小子简直是在玩命。

在楼下接应的石小丽惊出一身冷汗。按照计划，她在楼下接过"伤员"，着地后再返身上三楼救另外一个人，陈实再变成辅助人员。但陈实来了这么一出，她来不及细想，便深吸一口气，猛冲几步，施展"三步上墙"法，几个腾挪就到了他身边。

"你搞什么？"石小丽一边去接"伤员"，一边气喘吁吁地怒斥，"这样好玩吗？是不是觉得自己特了不起？"

此时陈实已经带着"伤员"挪到了二楼阳台，见石小丽黑着脸圆目怒瞪，吓得抱紧"伤员"，撇嘴争辩："看清楚了再训人，绳子打结了！"

石小丽一看，果然如此，正要伸手去帮忙，却见陈实突然身子一扭，顺手解开了腰上的"安全扣"，抱着"伤员"从二楼纵身一跳，然后在瓦砾中一个翻滚稳稳地站了起来，志得意满地冲着众耐特队员四下抱拳："献丑了，献丑了！"

没有预想中雷鸣般的喝彩声，空气像突然凝固了般。

"收队!"片刻之后，喇叭里突然传出荆杨震耳欲聋的声音。

人群中一阵骚动，队员们跟着四散离开。荆杨脸色铁青，拂袖而去。

"什么素质？怎么啥都不说就走人了呢？"陈实一脸委屈地发着牢骚。

石小丽怒怼："你这是救人，还是同归于尽？"

陈实抱起地上的"伤员"狠命地捏了几下，又扔到地上："就是个充气娃娃，用得着这么较真么？"

那边，路宽追上耿超和龙大锤，商量着想跟龙大锤再比拼下。荆杨这火发得有道理，陈实确实太过了，要真是"伤员"，他这么一折腾，救人的和被救的都得玩完。出了这么大丑，他必须要扳回一局，至于被红会淘汰的事到底是不是荆杨从中作梗，已经变得不重要了。

耿超犹豫着，龙大锤也跃跃欲试。不想，刚刚兀自离开的荆杨又突然冒出来，根本就不听他们在商量什么，大手一挥，冲着路宽厉声道："我知道你为什么而来。你的失败是注定的，跟我无关。还有，这儿绝不是你们为所欲为的地方！"

荆杨压根儿就不给路宽说话的机会，说完便掉头离开，耿超紧随而去，只有龙大锤无奈地耸耸肩，冲着哥俩做了个鬼脸。

"我感觉咱们中计了！这帮孙子料到咱们要来砸场子，早就编排好了。"陈实追上灰头土脸的路宽，恨恨地说道。

路宽沉着脸，不说话。

陈实一脸无趣地接着叨叨："咱不能就这么算了，得想个法子好好收拾收拾他们。不然，他们都不知道马王爷长了几只眼！"

路宽默默地打开车门上了车。

"咱喝点去吧，不值得跟他们生气！"陈实坐上车，嘴里仍说个不停。

"你下次能不能别跟着我？"路宽一拍方向盘，"你就是个灾星！"

陈实觍着脸："老板，咱要讲道理。是你硬要拉我来的！"

05

被荆杨收拾完不过两小时，路宽便宣称要加入耐特搜救队。做出这个决定的时候，他习惯性地将喝完的可乐罐捏成一团，然后仰起头，目光如炬，像一个攥着手雷随时准备冲进敌营舍生取义的敢死队员。

头顶老旧的吊扇吱呀作响，七月的杭城，就是个大火炉，光着膀子的陈实就像架在火炉上的乳猪，瞪大眼，一脸蒙地盯着路宽。

"这个世界真是太奇幻了！"过了好久，陈实长叹一口气，胡乱地抹了把脸上的汗水，打开一瓶啤酒往地上一划拉，倒了小半瓶，跟着又举起酒瓶晃了晃，说道："致我们即将逝去的美好时光！"

"矫情！"路宽笑道，"看你这意思，似乎对我有什么不满？"

陈实夸张地摆着手："岂敢，岂敢！"

"想说什么就说吧，你不絮叨几句，我还不习惯了。"

"我在想，是什么神奇的力量促使一个刚刚还誓死要炸掉敌人碉堡的英雄，突然间卖身求荣。是因为敌人太强大了，还是一场蓄谋已久的苦肉计？"

"你的戏真多！纠正一下，他们不是敌人，我也算不得英雄。我只是审时度势、顺势而为！"

"你的尊严呢？你的操守呢？你的老子天下第一，谁也不服的气概呢？"

"人生苦短，总得要做几件有意义的事！"路宽起身来回走了几步，似乎想接着说点什么，但终究还是没说出口。

陈实兀自喝了口酒，从茶几下面摸出半盒烟，抽出一根叼在嘴上。

"你不是戒了吗？"路宽关了风扇，顺手打开窗户，"明天我找人来给你装台空调吧。"

陈实并没有点烟，也不接话。气氛突然变得尴尬了起来。

路宽重又坐下，轻声道："当年你成全了我进陆战队的梦想，而没能与你并肩作战却成了我人生迄今为止最大的遗憾。我在想，咱们这次兴许真的可以双剑合璧。"

陈实不为所动，过了半晌才笑问："你知道咱俩最大的区别是什么吗？"

路宽没有搭腔。陈实一贯"不正经"，突然变得如此深沉，让他有点猝不及防，不免心下惶然。

陈实接着说道："你曾经告诉我要面对现实，忠于理想。按照马斯洛的理论，摆在我们面前的现实是：在这个酷暑难耐的夏天，我还在纠结着要不要装上一台空调，而你，早已站在让人遥不可及的山顶忙着自我实现。"

"人各有志，我不该将自己的意志强加给你。"路宽深吸一口气，"你一直问我为什么要当消防员，问我的梦想是什么。今天我有一个故事想讲给你听……"

头顶吊扇的声音越来越大，咕噜咕噜，不绝于耳。陈实不自觉地点上了第二根烟，他的眼睛一直没离开过眼前这个相识多年却刚刚才熟悉的兄弟。

路宽眼睛是红的，脸上却带着笑："对不起，我并非刻意要瞒着你。"

陈实摇摇头，目光转向窗外，过了好久才说道："我担心你拿热脸去贴人家的冷屁股，更担心你这性格跟那位荆先生水火不容。而且，他看上去并不欢迎你！"

"放心吧！"路宽笑了笑，"他有真本事我肯定会服从，没本事，迟早得被我干掉！"

陈实苦笑着："老板，你先冷静冷静。咱们好好合计下，怎么才能让人家接受你。"

路宽点点头。

此时的耐特搜救队会议室里，刚刚看完汶川地震纪录片的队员们已陆续离开。耿超拿着个文件夹递给荆杨："这是我从消防队弄来的资料，他们做了全面政审，把他的底摸得很清楚。当时他考了第一名，听说他父亲从中干涉，报到的第一天就离开了消防队。"

"还有这种事？"荆杨接过资料，一边翻动一边瞪着耿超。

"不仅如此。"耿超接着说道，"他大学只上了一年便退学去当兵，据说学的是声乐。后来可以留在部队的，但他坚持要退役。"

"又是他父亲的意思？"荆杨问道。

耿超头摇得像拨浪鼓，"这就不知道了！他父亲是个知名的企业家，现在来看，当年应该不会支持他退学去当兵。"

荆杨点点头："看来，这小子还不是我们想象的那么简单。"

"我再去找他谈谈吧。你话说得太狠了，我担心伤了他的自尊，再也不会来了。"

"我一点儿都不担心他会打退堂鼓。"荆杨说完，起身拉开了窗帘，过了好久像是下了莫大的决心，"不要再惹麻烦，这个人我想放弃了。"

耿超一愣："这不是你的风格啊。"

荆杨正色道："老耿，你应该明白我的意思。很明显，他和他父亲有矛盾，这是颗雷。而且，以他的个性，跟至亲关系都处理不好，你让我怎么相信他未来能跟队友们和谐共处？"

耿超尴尬地笑了笑，他没法不认同荆杨的观点。因为他自己一直被类似的问题困扰，妻子视搜救队如洪水猛兽，已经来耐特闹过好几次了。

见耿超沉默，荆杨赶紧找补："说这些你别误会，我只是就事论事。至于那小子，看缘分吧。"

话音刚落，耿超的手机铃声响起。他低头看了眼，扬起手机屏对着荆杨，道："看来，这小子不到黄河不死心！"

荆杨定睛一看，面无表情地摇摇头，跟着走出了会议室。

耿超犹豫片刻，按下静音键，将手机揣回了裤兜。

路宽临走前给陈实布置了个任务，让他设法帮自己在耐特搜救队找个"卧底"。为此，他还当场给陈实预支了一笔"活动经费"。但他怎么都没想到，离开不过半小时，这个胸脯拍得咣咣响的兄弟，就被女摄像师梨雨收买，变成了她安插在自己身边的"卧底"。

从峡谷被救后，梨雨就像魔怔了般，满脑子都是那个救她的男人身影。但直到现在，她还不知道这个救她的人叫什么名字，是何方神圣。她曾经打电话给耐特搜救队，对方一问三不知。这几天她四处打听，直到电视台的朋友给她发来了一段路宽高楼救猫的新闻视频，她才找到了陈实这条线索。陈实当时在现场接受采访时，不仅将路宽一通海吹，顺道还给自己的汽修店打了个广告。

梨雨见到陈实便开门见山。陈实瞬间就意识到，眼前这位就是路宽在东山峡谷救起的姑娘。路宽最怕跟女孩们纠缠不清，退役回来后除了和他陈实厮混，从来都是独来独往，将自己跟异性之间筑了一道又高又厚的防火墙。

陈实不想惹麻烦，他操着一口贵州口音装傻充愣，死活不承认认识路宽，就算梨雨拿出他接受采访的视频也无济于事。

梨雨软磨硬泡了许久，终于失了耐心，正要离开，陈实看见她的座驾红色牧马人，心里直痒痒，一时忘乎所以，舰着脸追上去说道："姑娘，你这车要改装不？"

梨雨愣在那里。

陈实跟着说道："这车是用来越野的，不然就白瞎了。你把它交给我，最多三天，你再开着它上天入地、刀山火海、狼窝虎穴，想上哪儿上哪儿，谁也挡不住你！"

梨雨转过头来嫣然一笑："想坑我是吧？就你这破地儿，我信你个鬼！"

"姑娘此话伤人了。"陈实不急不恼，"你在这周围打听打听，咱这店啥时候坑过人？我当过兵，受党教育多年，自从入了这行，便矢志为天下车友谋福祉。"

梨雨笑道："改装就算了，你给我封釉吧。"

"好嘞!"陈实忙不迭地说道,"咱用最好的材料,再送你个香薰。这么好的车,价格可能要贵点,给你打五折,收2999。"

梨雨翻了个白眼,二话不说,拿出手机对着店门上的支付码扫了扫,跟着就转去了9999块钱。

陈实听到手机收款的声音,一脸蒙:"姑娘,我可是卖艺不卖身。您这是要包养我么?"

"你不是说9999么?"

"我说的是2999。"

"你说的就是9999。给你2999和9999没啥区别。"

陈实咂咂嘴:"有钱人就是任性!"

梨雨一脸灿烂:"反正我都得去工商局走一趟。我这有转账记录,收得越多,罚得越狠!"

陈实两眼一黑,但很快稳住:"姑娘出手大方,想来必定是有大格局之人。如果觉得不值当,马上退款,再给您免费洗个车。这以后在哪儿撞见,我都给您请个安。"

梨雨忍俊不禁:"你这个奸商!我去年只花了五百块。到你这儿竟然翻了六倍!"

陈实兀自嘴硬:"我这是航空级的纳米材料,专门用来给远程核弹、航天飞机和人造卫星封釉的。再说了,两千多也没到六倍啊。"

"那我就让质监局来检测一下你这材料。"梨雨说着,便掏出了手机。

"别啊!"陈实赶紧告饶,"咱就别兴师动众了。买卖不成,情义在。才发现姑娘长这么漂亮,往后来洗车,直接刷脸就行了!"

梨雨扑哧一下乐了:"现在的男人都这么会忽悠人么?看来路

宽跟你也是一路人。"

"姑奶奶，我真不认识他！"

陈实知道这姑娘在套路他，她越这样，他就越不敢说。前车之鉴，他真担心给路宽再招来什么麻烦。

梨雨突然弯下腰伸手抹了抹脚下的一摊油渍，然后涂到脸上，跟着就嘤嘤抽泣了起来："你个臭流氓，敢摸我的脸蛋。"

"我去！"陈实快崩溃了，"姑奶奶，您这是要干啥呀？"

梨雨还在戏中，吸了吸鼻子，好一会儿才说道："你明明跟他是战友，偏说不认识他。今天你要是不告诉我他在哪里，就等着警察来抓你！"

"那你告诉我，你找他想干吗？"陈实动摇了。

梨雨直言不讳："他是我的救命恩人，你说我能干什么？"

这话陈实没法反驳。他踌躇着拿出手机说道："他是我老板，我现在就给他电话，让他来找你。"

"不用了。你告诉我他住哪儿就行了，我自己去找他。"

"玫瑰花苑。他搬进去不久，我还没去过，所以不知道具体的房号。"

梨雨一愣，忍不住骂道："你这个骗子，真会演！"

陈实一缩脑袋："怎么了，这是？"

梨雨平复了一下心情，柔声问道："是他让你骗我，说不认识他的？"

陈实忙道："你想多了。老板最近心情不好，我怕他伤着你。"

随后，陈实便将路宽被消防队退货、遭救助局淘汰、他俩去耐特砸场子惨遭荆杨打脸，以及他"死乞白赖"地想进耐特，加油添醋地说了一遍。

梨雨听得两眼放光，还想打听更多关于路宽的事。但陈实已经看出来了，这姑娘眼睛里闪着星星，肯定是喜欢上了路宽。他不知道哪些该说哪些不该说。

果然，见陈实在犹豫，梨雨问道："那你只要告诉我，他现在有没有女朋友。"

陈实摇摇头："好像，似乎，应该……我也不知道。到底有没有，你自己去问他。"

梨雨噘着嘴，虽然不甘心，却也不再纠缠。踟蹰片刻后，她又试探道："咱俩做个交易呗？那钱别退了，算情报费。回头再把车交给你改装，但你得随时向我通报他的行踪。"

"好嘞！"半个小时前还信誓旦旦要助路宽一臂之力的陈实，不假思索地应道，"您放心，往后咱就是一家人了。我保证不多收你一分钱！"

"就这么愉快地决定了！"

梨雨说完，举起双手，二人击掌相庆。梨雨看着后视镜里自己的花脸，笑得像这个季节怒放的向日葵。

第三章

01

梨雨强按住迫不及待想去找路宽的冲动，回到了自己的摄像工作室。她需要花点时间平复一下心情，以及好好想想要怎么对付这个"狡猾"的男人。

梨雨的工作室有个很文艺的名字，叫"95年的夏天"，她有个小名叫七月，只是这个名字已经很久没人叫过了。

工作室很小，六十多平方米的空间，一半用来摆放各种摄影器材，一半用来办公。墙上挂着她最喜爱的纪录片导演的黑白画像以及她和父亲的照片。

她父亲英年早逝，当过兵，生前是个颇有名气的纪录片导演。母亲是越剧团的当家花旦，在她一岁半的时候，就去了法国，此后便音讯全无。对于母亲，梨雨完全没有记忆，家里甚至找不到一张她的照片。梨雨小时候听到些传言，说是母亲背叛了父亲，但父亲一直讳莫如深。直到她上中学的那年，她和父亲搬到了舅爷爷不到六十平方米的老房子里，那天晚上，父亲喝了很多酒，然后告诉她，她母亲看不上他的职业，既辛苦又挣不到钱，一心指望着他能转型当商业片导演。

她现在仍清晰地记得，父亲未语泪先流，说这些的时候一度情绪失控，直至号啕大哭。他说，即便被全世界遗弃，他也绝不违心而为，他无法容忍一个人一辈子碌碌无为，但他害怕终其一生也没人能记住他的作品。

那一年，父亲四十五岁，已经卖了三次房子和爷爷留下的一整套明清时代的紫檀家具，拍了九部纪录片。

因为父亲的宠溺，小时候，她过得像公主般，从来就没觉得自己跟别的孩子有什么不同。父亲为了拍摄藏羚羊迁徙，在青藏公路遭遇车祸的那一年，她刚刚参加完中考，赶到青海去见了父亲最后一面。父亲临终前还在关心着那台在车祸中损坏的Phantom Flex4K摄像机还能不能修复。也就是那一刻起，从小梦想当演员的小梨雨，决定继承父亲的遗志，也因此大学选择了冷门的"影视摄影与制作"专业。

但理想很丰满，事实很残酷。摄像师这个职业几乎是男人们的天下，几个当初被调剂才上了这个专业的女同学，毕业后悉数转行，唯有她选择了坚守。在混了好几个剧组，一直得不到表现的机会后，她无奈之下才成立工作室，当了一名自由摄像师。

这两年凭着自己的努力和父亲生前好友的帮衬，虽然片约不断，但都是些不入流的广告片。她一直在寻求突破，梦想着独立创作一部专题纪录片。那天她在东山峡谷为景区宣传片勘景，没想到遭遇险情，意外结识了路宽和耐特搜救队，之后便动了为耐特这样的民间公益救援组织拍摄纪录片的念头。但峡谷的惊魂经历，洪水呼啸来袭时的惊恐与无助，又让她心有余悸。

如今，那个救她的男人一门心思要加入搜救队，瞬间便给了她莫大的勇气与信心。

她打开音箱，泡了杯速溶奶茶，然后坐到飘窗上翻出手机里那天被救时用相机拍下的照片。看着那个急赤白脸的男人，她心潮澎湃，久久不能平静。在她已经绝望之际，他脚踏祥云，穿风越雨如天神般从天而降，当他展开怀抱，她像一只受惊的小鸟紧紧地依偎着他宽阔而又炙热的胸膛。她清晰地记得那一刻的感受，她感觉不到害怕，甚至还听见了这个男人如战鼓擂动的心跳声。他是那么冷酷，又是那么炽烈，像雾像雨像熊熊燃烧的火焰。

共同经历生死考验后又瞄准了同一个目标，如若殊途同归，那将是多么奇妙的缘分啊？梨雨深吸一口气，手指轻轻滑过路宽的脸庞，举起手机，端着奶茶冲着他晃了晃："当兵的，等着我！"

那天中午，在"玫瑰花苑"的地下车库转了两圈后，梨雨终于在一个角落里发现了路宽那辆老旧的北京吉普。她将车子横在吉普车前，留下电话号码，径直回了家。

看到堵在自己车前的那辆牧马人，路宽立刻想到了梨雨，为了不跟她照面，他愣是将车停了三天没挪窝。梨雨也轴，你不挪我也不挪，宁愿骑着共享单车上班，看谁能耗过谁。

路宽这几天宅在家里刷完了能在网上看到的几乎所有救援题材的电影与纪录片，还搜集了世界各地大量的真实救援案例。陈实那边迟迟没有消息，他便想着找耿超直接摊牌，但耿超的电话总是无人接听，也不回他电话。

几天前耿超还郑重其事地向自己抛出橄榄枝，怎么说翻脸就翻脸呢？既然在峡谷和红会应急队考核时得罪了荆杨，他们还能来邀请他，那么就算那天在训练场上演砸了，他们也不应该就这么轻易地放弃他，更犯不着连电话都不接。

他不想再胡思乱想下去，更不想坐以待毙，决定直接去找荆杨。该低头时便低头，没什么了不起的。

似乎是心有灵犀，就在路宽准备去找荆杨的时候，陈实的电话来了。这小子终于不辱使命，不仅发展到一个"卧底"，还摸清了荆杨最近的日程安排，当天他在玫瑰花苑附近的传媒学院参加红会组织的讲座。

路宽放下电话愣了好一会儿，又给了那个笑眯眯的军偶一记摆拳，才出了门。

02

偌大的阶梯教室里，几乎座无虚席。路宽进来时，西装革履的荆杨正坐在讲台上侃侃而谈。投影幕布的PPT右上角显示的讲座题目是"急救医学在灾难救援中的应用"，往下的内容写着"营救，分诊、稳定和转运"。

显然，讲座已经开始好一会儿了。

路宽戴着棒球帽，压低帽檐悄无声息地在最后排寻了个空位，但他刚坐下抬起头，便发现了前排过道边一个熟悉的身影。还没来得及反应，那位便扭过头来冲着他嫣然一笑。路宽头皮发麻，正四下张望着想换个地方，便听荆杨大声在提问："如果开车时突发地震，正确的应对方法是什么？"

"我应该在车底，不应该在车里……"，荆杨余音未落，一阵响亮的手机铃声响起。短暂的平静过后，哄笑声起，学生们前仰后合，教室里瞬间乱成一锅粥。

这是梨雨为陈实设置的专用铃声。

全世界的人仿佛都在看着梨雨，而她却手忙脚乱地从包包里翻找手机。路宽像逮小鸡似的，把她从座位上拎起来，连拖带拽，在阿杜嘶哑的歌声中，三步并作两步，逃出了教室。

"哥们，你是不是有点反应过激了？"梨雨粉腮飞红，在门口甩开路宽的手，气喘吁吁地呵斥他。

路宽没有搭理她，摘下帽子，兀自向校门口走去。

梨雨紧追了几步，手机铃声再起，这次改成了微信视频电话。她按下了接听键。

"怎么样？见着我老板了吧？"陈实声若洪钟，得意扬扬。

梨雨下意识地翻转手机对着前面的背影。没想到，路宽突然转身。陈实吓得一激灵，赶紧挂断。

"接上！"路宽以不容置疑的口吻，命令着梨雨。

梨雨揣着明白装糊涂："什么？"

路宽欺身上前："刚才那位，拨过去。"

梨雨怯了，正想着要如何应对，便听见路宽的手机铃声响起。

他按了免提。

"有没有见到荆教授？好好跟他谈，别绷着。"陈实在电话那头没事人一样。

路宽抬头看了眼梨雨，故意压低声音，说道："嘘。我在听他上课，等会儿再说。"

梨雨忍俊不禁，赶紧转过身去。

"你在店里等着，完了我去找你。"路宽又对着手机说了句，便挂了电话。

梨雨转过身问道："朋友电话啊？"

"他是不是被你收买了？金钱还是美色？"路宽冷声问道。

梨雨深吸一口气："路老板，你是打算羞辱我吗？"

"你为什么会在这儿？"

"我还想问你呢！怎么进来的？"梨雨说着，摸了下胸前佩戴的校徽，一脸傲娇，"看见没，这是我的母校！"

"你这个学校毕业的？哪一届？什么专业？"路宽不动声色地问道。

"查户口呢？早跟你说过了，我是摄像师。现在还在这儿读研。"

梨雨怕是做梦都想不到，路宽竟然是自己的校友。她要是知道这个高考时有机会冲刺清华北大的家伙，在交了一张白卷后仍以最高分被她拼了命才勉强考上的传媒学院录取，她一定会当场跪伏于地。

"我没你俩会演戏，也不缺女朋友。还有，赶快把你那破车给我挪开！"路宽说完便掉头而去。

梨雨哑口无言。父母离异后，她从小就跟着拍纪录片的父亲四处奔波，被一帮糙老爷们众星捧月般地宠着，怼天怼地，横行霸道惯了。但面对眼前的这个男人，她却卡了，看着他离去的背影，气得直跺脚。

梨雨给陈实发了条微信"咱们已经暴露了，你好自为之"后，转身进了教室，堵住了刚刚下课的荆杨。自我介绍一番后，她信心满满地提出了跟着耐特拍摄纪录片的设想。

不料，刚刚还在讲台上激情飞扬的荆教授，虽然不及路宽那般又臭又硬，却沉下脸来怼得她更加难堪："你的梦想跟我无关。但我记住了这个学校一个在读研究生的素质，公然破坏课堂秩序，并且毫无歉意！"

梨雨红着脸，尴尬得恨不能钻到讲台下面。荆杨毫无怜香惜玉的意识，在她鞠躬道歉的时候，冷着脸拂袖而去。

梨雨在教室里枯坐了许久。她没想过要打退堂鼓，但连遭打击，内心确实很受伤。眼前的困难远远超出她的想象，这两个男人挥起斧头轮番劈得她体无完肤，让她意识到过往占着年轻貌美，屡试不爽的"一横二哆三耍赖"的行事做派，在钢铁直男面前根本就行不通。

在传媒学院有着超高人气的老帅哥荆教授，是从骨子里讨厌梨雨的。不仅因为她今天引起课堂混乱，早在东山峡谷的时候，她就将自己被救视作理所当然，甚至都没有跟救她的队员们打一声招呼就离开了。当然，救人是耐特的责任与使命，他并不在乎有没有被感激。他只是觉得，一个受了高等教育的人不应该是这种素养。

更要命的是，耐特搜救队的队员们对梨雨的印象跟他们的队长保持着高度的一致。因为她的态度，以龙大锤为首的几个参与救援的队员，气得差点儿骂娘。

从学校回去的路上，荆杨接到耿超的电话。他声称这几天因为跟老婆闹别扭，手机被她收缴了，刚刚才拿到手。还说路宽给他打了十几个电话都没接到，刚刚回过去，这小子竟然关机了。

荆杨笑道："那你就甭管他了，总不能老是让我一个人唱黑脸吧。他刚刚到我上课的地方踩过点，我倒要看看他到底想唱哪一出。"

路宽没有去找陈实算账，也没有回家。这是他退学后，第一次回到母校。这里藏着他短暂而甜蜜的过往，是他无数次晨练路过时想进来，却始终没有勇气踏入的锥心蚀骨之地。当陈实告诉他，荆杨在这里上课的时候，他犹豫了好久，最后告诉自己"也许冥冥之中早有安排"，才鼓起了勇气。

和荆杨不一样，平心而论，他并没有多讨厌拼命想要亲近他的梨雨。他只是不想与她纠缠，无论她多漂亮，温柔还是奔放，他的内心都毫无波澜。他心里只住着一个人，从17岁那年一个绵绵秋雨的清晨开始，这个世界上，就再也没人能够取代她。

暑假的校园，寂静安详。他沿着他和她曾经无数次并肩走过的林荫小道，在夕阳的余晖中路过琴房、转过英语角、横穿足球场，在图书馆前驻足、在练声房边徜徉、在她向他献出初吻的湖畔黯然神伤⋯⋯

03

攀岩的男人摇摇欲坠，精疲力竭。他瞄了眼脚下的万丈深渊，又抬头看向触手可及的崖顶，深吸一口气，猛地蹿起身子扣住了头顶的隙缝。

"嘿！"有人拍了下他的肩膀，他茫然四顾。

"我在这儿呢。"仓拉在他头顶咯咯笑着，俯身轻轻地抚摸着他的脸。

"姐姐，你唱首歌吧，我快撑不住了。"他抬起头，像个孩子般乞求着。

> Today is over with a million tears
>
> Still everyone has a wish to live
>
> Oh，I do believe ever lasting love
>
> And destiny to meet you again

他忽地从沙发上坐起，满头汗水，光着上身像只刚爬上岸的海狮，奋力地甩了甩脑袋。歌声依旧，仿佛从另外一个世界传来，周遭一边漆黑，他分不清是现实还是在梦境中。

呆坐良久，他终于反应过来，伸手从屁股下面两块坐垫的缝隙里抠出了手机，来电显示的是一个陌生的号码。

"路老板，不要挂电话，我是梨雨，听我说……"电话刚接通，那边劈头盖脸像打机枪似的。但路宽还是残忍地挂断了电话。

铃声又起，他再次挂断。手机屏幕上很快跳出一条短信："我朋友的老婆要跳楼，我在车库等你。"

路宽愣了一下，起身抓起T恤套在身上，飞速奔向门外。

梨雨看到路宽奔过来，赶紧从自己的车里跳下来，老远就哭丧着脸，说道："我那朋友的老婆怀疑他有外遇……"

"在什么地方？"路宽打断她，一个箭步蹿进了驾驶室。

"斐乐居。"

"报警了没？"出了地库路宽才问道。

"不敢报，我打电话也不接。她性格偏激，是个舞蹈演员，后来得了抑郁症，已经割过一次腕了，才出院不到一个月。她给我朋友限定了时间，看不到人就会跳下去。但我朋友去香港出差了，他老婆以为在骗她。"梨雨说着，拿起手机递向路宽，"这是我朋友发给我的照片。"

路宽瞄了一眼，这是一个穿着红色睡衣的少妇自拍照，从角度判断，貌似正坐在楼顶的女儿墙上。

路宽正色道："你跟那男的什么关系？为什么要找你？"

"他其实是我的客户。死要面子，应该是不想让身边的朋友知道。也可能觉得我是女生，好说话吧。"梨雨说完，像是怕路宽误会，又补充道，"他是我最大的客户，这个忙我不敢不帮。"

"你认识那女的吗？"

梨雨头摇得像拨浪鼓。

路宽思忖片刻，说："等会儿你得好好配合我。"

"要怎么配合你？"梨雨挺直身体问道。

路宽嘴角泛起一抹坏笑，不再说话。他一脚油门开足马力冲了出去。刚驶近小区门口，便看见陈实正骑在电动车上冲着他们招手。

陈实也刚刚到。梨雨在求助路宽前先给他打了电话，这小子磨叽了半天，一会儿说人家在演戏，一会儿又说自己在补胎来不了。没想到，他比兔子蹿得还快。

这是杭城最早的高档小区，清一色的八层平顶建筑。梨雨的客户住在号称小区楼王的最中心那栋的顶楼。等他们赶到时，楼下已经人头攒动，但看不见楼顶上有人。几个小区保安来回穿梭，似在驱散人群。路宽稍一打听，便得知几分钟前那少妇还站在女儿墙上，兴许是见人越来越多，又缩了回去。

一个保安说他们刚刚上去过，那女的情绪比较激动，将通往楼顶的门锁死了，还警告他们不要报警。说她站在楼顶看着，只要发现警车进来就直接跳下去。他们也联系了这女人的老公，对方也叫他们不要报警，说自己正在赶回家的路上。

梨雨就站在身边，一边听保安说话，一边拿起手机向耐特搜救队求助。但接电话的队员断然拒绝了梨雨的请求，宣称此类事件搜救队不便干预，并建议她报警处理。就在梨雨拿着电话纠缠不休的时候，身后突然一阵骚动，跟着就听到有人尖叫。原来那少妇又站上了女儿墙。

路宽翻腕看表，离少妇规定的时间只有不到十分钟了。他低声跟陈实交代了几句，突然一拽梨雨的胳膊，将她拖到了围观的人群前，扯直喉咙冲着少妇大叫："姐你别激动，张哥太不像话了，那女的我给你带来了！"

人群再次骚动，纷纷围上前来。梨雨和那少妇还没反应过来，路宽便朝一旁的陈实使了个眼色，然后低头对梨雨说道："好好表现，演砸了就得出人命！"

陈实上来抓住梨雨胳膊的时候，路宽已经悄悄地挤进人群，猫着身子飞也似的绕到了楼的另一侧，就着下水管道飞速向楼顶攀爬。

路宽的想法很简单，拿梨雨来吸引少妇与围观者的注意力。一切都是在路上就计划好的，今天是周末，只要那少妇整出动静，肯定会引人注目。少妇可能不信，但他坚信那些不明就里的围观群众会唾骂梨雨。只要场面一乱，他就有机会攀上楼顶。

这边，曾做过演员梦的传媒学院在读研究生梨雨，在人民群众的声讨中，终于硬着头皮进入了角色。她没有跟楼顶虎视眈眈的少妇说话，而是"瘫倒"在陈实的怀中，半真半假一把鼻涕一把泪地跟那些指责她破坏别人家庭的大爷大妈们解释着，她不过是跟张哥吃了几次饭，陪他打了两次高尔夫球而已。

说这些的时候，她那只被陈实别在身后的手，像只钢爪一样，暗地里拼命地抓挠着陈实的肚子。可怜的陈实，嘴里倒吸着凉气，一边还得秀出满脸正气。

梨雨的卖力出演，产生了意外的效果，楼顶上的少妇退下去伏在女儿墙上先是拿着手机对着楼下拍了几张照，接着又将手机放在了耳边。这突如其来的变故，让她有点蒙，大约是在打电话向自己的男人求证。

一切似乎都在按路宽的设定发展，但人算不如天算，就在他即将翻上楼顶的时候，一个玩气球的熊孩子发现了他，举起胖嘟嘟的小手指着楼顶尖声大叫："奶奶快看，有个叔叔爬上去了！"

刚刚还闹哄哄的人群下意识地呼啦一下，目光都兴奋地涌向了楼侧。少妇猛然警醒，正当她要再次爬上女儿墙的时候，已经上了楼顶的路宽，冲出几步后从侧面纵身飞扑，硬生生地揽住她的腰部就地一个翻滚，将少妇毫发无损地拖回了安全地带。

楼下一片欢呼，陈实赶紧放开了梨雨。有明白人猜到了梨雨和拧着她胳膊的陈实是在配合救人的那哥们儿演戏，有人鼓掌、有人竖起大拇指，还有人朝他俩抱拳作揖。陈实灵机一动，冲着人群无比自豪地叫道："我们是耐特搜救队的，上面那位叫路宽。"

那少妇是个颇有涵养的人，除了有点蒙，不吵不闹。路宽紧贴在她身边，见她这副模样，忍不住说道："'自杀是卑怯的行为'，除了换取亲友的悲伤和博得同情的眼泪，毫无意义。"

少妇抱臂颔首。

"这世上除了民族大义和拯救别人性命，再无事情值得献出自己的生命。"他说完，搀扶着少妇打开了楼顶铁门，将她交给了守候在那里的物业工作人员后，便悄然而去。

直到接到热心群众报警的辖区派出所民警赶到，少妇的情绪已经完全稳定下来后，梨雨才如释重负，拖着沉重的双腿下了楼。

陈实并没有离开。他因为出卖兄弟还抵死不承认，刚刚被路宽收拾了一顿。梨雨看见他的时候，他正夸张地一手揉着被路宽拳击过的肩膀，一手抚着被梨雨挠过的肚子，冲着她龇牙咧嘴。

梨雨则视而不见，魂不守舍地四下张望。

"别找了，他早就走了！"陈实识相，不无醋意地说道。

梨雨没好气地回应："你为啥不走？赖在这儿等着领赏么？"

陈实撇撇嘴："他叫我在这儿等着送你回家。"

梨雨眼睛一亮："真的？"

"煮的！"陈实咬牙道，"他那么羞辱你，我都忍不了，咱一起去把他煮了吧！"

梨雨笑问："他还说什么了？"

陈实挠挠头，又摸摸肚子："你先跟我道个歉。我招谁惹谁了？人救下来了，没功劳也有苦劳吧？看把你俩能耐的，一个王八拳，一个白骨爪，尽欺负我这老实人。"

梨雨忍俊不禁："之前的承诺不变。我再请你吃大餐，帮你带客户。"

"他说你演技不错，再接再厉，假以时日，必封影后。"陈实信口胡诌。

梨雨一跺脚，拉开车门就坐了进去。

陈实见她要生气的样子，赶紧说道："他让我谢谢你的配合。还说今天的事你别往心里去，说他当时急眼了，才出此下策。"

梨雨愣了一下，说道："我没生气，我也没那么小气，我应该谢谢他帮了我。但他根本没有急眼，把我拖出来是在来时的路上就计划好的！"

"嗯。"陈实点头道，"他是个不按常理出牌的家伙，一般人跟不上他的节奏。"

梨雨说："今晚就请你吃大餐吧，地点你来定。我想了解他更多。"

"我叫上他一起吧?"陈实犹豫着说道。

"不用。"梨雨苦笑着摇摇头,"他不会见我的。"

04

路宽勇救跳楼少妇的事,当天下午就传到了荆杨这里。原来,石小丽的姑奶奶就住在"斐乐居",救人时她虽然不在现场,但消息很快就在小区里传开了。老太太错将扮作小三的梨雨当成了自己的侄孙女,打电话责怪她到了家门口也不打声招呼。

石小丽满头雾水,问荆杨到底派谁去救人了。荆杨也莫名其妙,好在负责接听求援电话的队员说之前有个叫梨雨的姑娘打过求助电话。荆杨这才反应过来,那几个冒充耐特队员救人的,应该就是梨雨和路宽以及路宽的那个战友。

如此一来,荆杨就有点沉不住气了。之前在传媒学院,路宽明显是冲着他来的,他也做好了当面锣对面鼓的打算。没想到这小子抽风,竟然"临阵脱逃"了。现在他必须要作出选择,要不马上收编这小子,要不彻底和他划清界限,绝不能再放任他打着耐特的旗号行侠仗义。

这天下午,在杭城一个大型商超顶层的"王品台塑牛排"里,陈实吃了两份牛排喝了一整瓶波尔多AOC级干红葡萄酒。这是他平生第一次吃西餐,为了这顿饭和梨雨的一句"人靠衣装马靠鞍",他咬牙专门在商场的品牌折扣店买了件西裤和衬衣,并且十分绅士地给了服务生二十元小费。

陈实盛赞梨雨是天生的游说家加嗅觉灵敏的商业奇才,因为她几乎不费吹灰之力就说服了陈实跟着路宽一起加入耐特。

　　基于对民间救援组织运营机制的了解，她给出的理由很简单，搜救队"聚是一团火，散是满天星"，不是每一次救援都需要全员参与。也就是说，与实际工作的冲突与矛盾并没有想象中的那么大。而救援组织舍己为人的精神和自我价值的即时体现，是任何职业都很难媲美的。

　　最让陈实心动的是，搜救队跟户外爱好者的关系最紧密，这些人有钱有闲，是他汽修与改装业务的优质客户。她甚至建议陈实去保险公司兼职当销售，这行入职门槛不高，救人和被救的都是潜在的客户。

　　"我要跟自己的兄弟并肩作战！"陈实亢奋地挥了挥拳头，当场表了态。当然，以他的风格，习惯性是要拔高自己的，他说："救人于水火之中，是我毕生的追求与梦想！"

　　事实上，那天路宽讲完那个故事后，陈实就动了要和他一起加入耐特的念头，只是没有明说。

　　虽然说服了陈实，但梨雨的情绪并不高。陈实虽有意回避了诸如路宽家世与有没有女朋友之类的敏感话题，但她还是发现陈实对路宽并没有她想象中的知根知底。看上去，路宽当兵前的经历，他几乎一无所知。

　　两个人最后商定，开启"死缠烂打"模式，耐特一有行动，三个人就跟着去，用实际行动昭示他们的态度与决心。

　　机会很快就来了。

　　荆杨刚打电话将耿超招到搜救队，准备和他商量路宽的事，耐特就接到了求助电话，一个美国留学生在浙闽交界的山区旅行时失联。陈实的"线人"陈显凡在接到召集令后，马上就通报给了陈实。这小子当时正给人家车子贴膜，接到电话后咬咬牙给客户免了单，并立马换了部队的作训服，骑上小电驴直奔玫瑰花苑。

荆杨迅速点将，要求参与搜救的队员各自前往，在离最后失联的古镇会合。然后由耿超驾车，转回城区捎上向他们求助的杭城大学留学生辅导员后直奔目的地。

路宽出发时，在公寓电梯里碰见了拖着行李、一边打电话一边抹口红的梨雨。冤家路窄，两个人都没想到竟然与对方住在同一幢楼里，而且梨雨就住在路宽的楼上。

"你好呀，路老板！"梨雨收起口红，抿抿嘴唇歪着脑袋打招呼。

路宽盯着她那个超大的旅行包，说道："你这是去度假？"

"和你们一起行动呀！"梨雨有点尴尬地回应道。

路宽一脸嫌弃加不可思议的表情："当我们去旅游呢？你能干什么？去给我们拍照？"

"这话我可不爱听了。"梨雨一边说着，一边从旅行包外层口袋里掏出一本红会急救员证书，在他眼前晃了晃，"看清楚了，这是我的资格证明！"

没等路宽回应，电梯门打开了，守在电梯口的陈实先是一愣，跟着便咋呼起来："你俩这是什么情况？双宿双飞？"

路宽飞起一脚，陈实一闪身，跟梨雨撞了个满怀。梨雨粉腮绯红，拎起旅行包一把塞进了他的怀里。

陈实一边开车，一边详细通报了情况。失联的留学生叫伯尼小龙，是李小龙的粉丝，来中国留学三年，利用假期几乎走遍了中国。去年暑假去"816"核工洞旅游时曾在涪陵深山短暂失联，惊动了当地的救援组织，后来才发现是这小子手机丢了，虚惊一场。

这次失联到现在已经过去了48小时，而且在失联之前他还通过微信给辅导员发过几张古镇建筑的照片，等到辅导员晚上看到照片联系他的时候，他一直都没有应答，之后手机不在服务区，再往后直接提示手机关机。

梨雨突然想起，小时候她曾经去过那个古镇。当时她父亲在古镇拍纪录片，听说离那儿二十公里外有个叫磁山的地方，发生过很多诡异事件，便将她留在古镇然后带着摄制组打算进山探秘。当时她父亲准备找个本地人当向导，但没人敢去，后来在镇政府的协调下，给他们派了个林业站的老职工当向导。结果摄制组刚进山，摄影设备就接二连三莫名其妙地发生故障。之后又赶上雷暴，摄制组还没进入腹地就铩羽而归。

她后来还听说抗战时期有一小队日军在磁山失踪，多年后有人在山洞里还发现了日军的武器；之后的半个多世纪，那里又陆续发生了多起失踪事件。最后一次是2006年，两个勘探队员进山，虽然都走出来了，但没过多久便先后暴病身亡。

路宽上车就没再说话，不停地在刷着手机，之后又闭上眼睛休息。直到车子下了高速驶上县道，他才突然睁开眼说道："咱们单独行动，不跟他们会合。"

"好呀！"陈实说道，"老板，你说了算！"

"你们哪来的自信？"梨雨瞬间紧张起来，"多危险啊？说好了一起行动的，还可以互相照应。"

路宽不以为然："凡是传说，难免言过其实。那地方并没有我们想象的那么危险。"

"你就别卖关子了。"陈实知道他一路在研究，必定是胸有成竹了。

"这里有几个关键的信息，有未经证实的传说，也有来自官方考证过的。一是传说磁山有汉代墓群，日本人当年进山是为了盗墓；二是，那里盛产磁铁矿，早在民国的时候就已经有记载；三是，那里有溶洞。"路宽说着，突然指挥陈实，"前面路口左转，往前三十公里左右有个叫百丈村的地方，那儿离磁山最近。"

陈实翻看导航："还有三十二公里，半小时就能到。你确定去那儿？"

"让你怎么走，你就怎么走！"梨雨有点急不可耐地要听路宽的下文。虽然她早就见识了路宽的能耐，但她已经过了对一个人盲目崇拜的年龄。她必须要听到令自己信服的说法，这是个性使然亦是她的职业习惯。

路宽接着说道："我找到了伯尼小龙的微博。这小子痴迷中国文化，是个资深的户外玩家。今年刚去了五指山和花果山。"

陈实扑哧一下笑了："去找大圣么？"

路宽说道："把这些信息汇集在一起，你俩会怎么判断？"

"肯定去找那个传说中的汉代墓群了。"陈实张口就来。

梨雨跟着说道："你是说日本人当年去盗墓的传说不可信？但伯尼小龙相信了？"

"未必。"路宽摇头说道，"他已经在中国待了好几年了，不应该会轻信这些传说。但以他的性格，非常有可能会去那里，这也是很多探险玩家的通病。"

"那也不能说明他就一定去了磁山。按道理，像他这样的资深玩家，去一个地方前肯定会做足功课，绝不会贸然进山。而且，山区的手机信号不好，联系不上也很正常。"梨雨据理力争。

"你的脑子至少比开车的那位灵光。"路宽笑道，"他很可能是来了古镇后才听人说起磁山，然后临时起意。我刚查了资料，那地方到处都是发射塔，不应该没有信号。"

路宽东一下西一下，那两位越来越迷糊，完全跟不上他的节奏。

陈实有点不耐烦了："你到底想说什么？那边通报的情况是，对方一直不在服务区，后来还关机了。"

"磁山藏着磁铁矿，强磁场会干扰手机信号和电子设备。当年就是因为这个原因，摄影设备才会发生故障。伯尼小龙如果临时起意的话，就可能没有准备足够的备用电源。"路宽说完，深吸一口气，"而且，我怀疑当年日本人进山是在勘探磁铁矿，打算掠夺我们的矿产资源。传说的失踪事件发生在1945年的夏天，也就是说，没过多久他们就战败投降了，这一队人很可能悄悄地离开了那里，谁也没看见。"

"你说得头头是道，那怎么解释后来的事？"梨雨不依不饶。

陈实抢着说道："我家就在山区，从小到大听多了这种事。哪个深山老林都有人失踪，迷路的、被野兽吃了的、从山顶上摔下来的，还有自己把自己吓死的。过去通信不发达，出了事没几个人去找。一旦出了事，就开始以讹传讹。"

"对。多半都是人吓人，事后渲染的。我们要做的，就是要敬畏自然。"路宽点头说道。

快到目的地的时候，梨雨又突然说道："我们通知下搜救队吧？他们从古镇那里上山肯定得耽误时间。"

"他们都没长脑子吗？不是我说什么就是什么！这是我的猜测，他们有他们的判断。万一人在别的地方呢？"路宽没好气地说道。

梨雨红着脸回怼："杠精！直男癌！你这样的人，永远都不配有女朋友！"

路宽瞬间沉下脸，扭头看向窗外。空气仿佛突然凝固了，陈实打开了收音机。

05

时近正午，但百丈村却笼罩在一片氤氲柔和的光晕里，远远看去，犹如仙境一般。

梨雨的担心是多余的，因为耐特搜救队也来了这里，而且比他们的速度更快。路宽能想到的，他们也想到了。

荆杨与耿超还有那个辅导员一路研究分析，最后得出了一样的结论：伯尼小龙临时起意去了被当地人列为"禁地"的磁山。得出这个结论后，他们兵分两路，两个队员陪着辅导员去了古镇，余下的队员全部集中到了百丈村。

路宽发现耐特搜救队的时候，他们正站在村口狭窄的水泥路边整装列队。回避已经来不及了，路宽问梨雨："他们见过你的车子吗？"

梨雨摇头。

"关上车窗，一直往前开！"路宽的语气不容置疑。

百丈村的历史可以追溯到一百五十年前，"太平军"被清军追剿时，一个福建籍的卒长带着残部十多人翻山越岭逃到这里，见此地景色宜人、草肥土沃，便垦田开荒扎下了根。但这里并不是什么世外桃源，当农耕生活无法满足物质欲望后，这儿便跟多数闭塞的山村一样，青壮年外出打拼，只有老人和他们的孙辈们留守家中。

村子里安静得能听见车胎驶过路面的声音。路宽让陈实将车子停了一幢崭新的洋楼前，下车去敲门，梨雨也跟着追了下去。路宽和梨雨的感觉一样，失踪者作为一个资深的户外达人，即便是临时起意要上山，也不可能一点功课都不做。

果不其然，开门的大爷说前天一早村里来了个外国年轻人，好像在打听上山的事。因为这里时常有游客造访，村里人也都见怪不怪。大爷还说，磁山确实邪乎，闹饥荒的年岁几个村民曾结伴去那里淘山货，进山时还做了记号，结果在里面愣是转了一天一夜才走出来。自那以后，百丈村就再也没人敢去那里。

至于汉代墓群的传说，大爷更是深信不疑，说一代一代传说下来的，那地方风水好，肯定错不了，只是没人发现而已。

路宽说了此行目的，问大爷从哪里上山。大爷说有两条路，最近的一条在村口；另一条路鲜为人知，据说是解放后地质勘探队留下的，从来都没有人走过。临了，大爷还警告他们，无论如何天黑前必须得下山，因为之前出事的，都是在山上过了夜的。

大爷说的那条路就是搜救队走的那条。他们只得返回去，此时搜救队已经上山了。路宽一脸沮丧，他铆足劲想扳回一城，没想到还是落在了搜救队的后面。

梨雨察言观色，明知道他心情郁闷，还是忍不住怼他："刚才就该和他们会合了。看到没，搜救队就是专业，功课做得也细致！"

"我们老板向来都是不走寻常路。"陈实跟着补了一刀。

路宽从后备箱里抓起背包，奋力地关上门，然后转向梨雨，以不容置疑的语气说道："你得留在这里！"

"凭什么呀？我又不赖着你，摆个臭脸给谁看？"梨雨重新打开后备箱，拖出那个大旅行包拔腿便走。

陈实小声对路宽说道："别担心。人家是学校的长跑冠军，这些年扛着摄影机跋山涉水，去的地儿比咱俩加起来都多。"

路宽扒拉开挡在前面的陈实，上前拉住梨雨的旅行包："人可以上去，这些累赘必须得留在山下。"

梨雨紧把住包带，奋力一扯："我这里的东西没有一样是多余的！"

"扛包的活儿，还是我来干吧。"见二人僵持，陈实赶紧上来接过梨雨手里的包。

搜救队这时候已经到了百丈村后山的半山腰了。

搜寻户外失踪人员是搜救队最常见的任务，看上去没什么危险，但却最耗费体力。而且，一旦对失踪区域和方位判断不准，便犹如大海捞针。耐特搜救队此前的一次搜救行动，几乎倾巢出动，在浙北某地景区里寻找一名失踪的游客。结果折腾了两天一夜，失踪者被找到时已经罹难，而且就死在他们之前反复搜查过的区域里。最让他们难堪的是，发现死者踪迹的还是刚刚加入搜寻队伍的一名热心游客。

荆杨痛定思痛，不仅去公安系统请来"痕迹专家"给队员们上课，还花费巨资专门购置了当下最先进的野外搜救设备。

前车之鉴，加之这次地理位置特殊，荆杨并没有大张声势，只召集了九名队员。耐特在册的队员虽然有五十多人，却不是谁都可以"召之即来，来之能战"。但这几位都是耐特的核心干将，个个经验丰富，身怀绝技。荆杨想借助这次行动，彻底摒弃过去野外搜救时的人海战术，通过高科技设备的加持，探索更加高效的搜救模式。

从村口上山的那一刻起，队员沈炯就开始观察痕迹。但昨夜下了一场雨，直到山顶，沈炯也没发现任何可能与失踪者相关的痕迹。从这个地方上山是资深户外达人耿超从户外群打听来的，他们在路上就研究过地图，看上去，这里确实是进入磁山的必经之路。

队员们瞬间紧张了起来，荆杨也是，他要求大家做好打持久战的准备。因为翻过这座山还要走过一个大约五公里的峡谷才到磁山，急行军至少也得两个小时。磁山虽然海拔不过两百米，但占地面积近百公顷，而且周边高山环绕。就算失踪者真的在磁山中，想在天黑之前找到他也不容易。

路宽比搜救队员们还紧张。是马上向荆杨报到完全听从他的指挥，还是依从自己的意志单独行动？万一受困，要不要向他们求助？因为走得匆忙加上本来就是"业余选手"，除了指北针、手电筒和匕首这些简单的户外用品外，他压根儿就没有做好打持久战的准备。事实上在出发前，他就想着与耐特会合一起行动，中间改变主意，也并非只是为了和荆杨较劲。但现在却让他有点骑虎难下，大爷的警告言犹在耳，如果只是他和陈实两个人，即便两手空空，在山上待三五天都不在话下。但如今多了个梨雨，晚上睡哪儿都成了问题。

梨雨偏偏在这个时候哪壶不开提哪壶，闷头走了一段后，猛地停下来问路宽："路老板，你做好了天黑之前找不到人的准备了吗？"

路宽径直走过她身边，没搭理她。

梨雨大声地学着路宽的语气："当我们来旅游呢？你就是导

游，也得告诉我们下步该怎么走吧？"

路宽头也不回地说道："谁也不知道什么时候才能找到人。现在后悔还来得及，马上可以掉头回去。"

梨雨一跺脚："你就不能好好说话吗？别让我对你的那点好感消失殆尽。"

"我们老板怜香惜玉，担心你的安全。他平常可不这样。"陈实在一旁插科打诨。

二人说话间，突然听到山顶传来啸叫声，先是一个人的声音，跟着此起彼伏响起一片。路宽愣了一下，加快了脚步。

陈实追上来问："你是要跟他们会合吗？"

路宽点点头："肯定被他们发现了，没必要再藏着。"

梨雨捂着嘴差点笑出声。陈实一脸疑惑地看着她，她却笑而不语，过了一会儿才凑近他，轻声说道："他终于解脱了。你发现没，他就是跟我俩较劲。"

陈实撇撇嘴："那是和你，跟我没半毛钱关系。"

耿超站在山顶上举目四顾，恰好看见了半山腰上的三个人。隔着几百米，等到他拿起望远镜，三个人又消失在了树林里。

耿超心里一咯噔，问队员们是谁把这次任务的消息透露出去的，大家都摇摇头。荆杨有点儿莫名其妙，耿超犹豫了一会儿说道："肯定是路宽，还真是神通广大！"

荆杨冲着龙大锤扬了扬下巴："你在这儿等他们。别跟他较劲，动作快点！"

待到龙大锤带着几个人紧追猛赶在磁山下和队员们会合的时候，已经是下午两点多钟了。队员们正列好队，严阵以待。

除了见面时寒暄几句，这一路上，龙大锤一直闷头在前面带路。这让路宽有点惴惴不安，揣测着荆杨见到自己时可能的反应。但他所有的设想都没有发生，荆杨和他的队员们一样，皆是一脸凝重，没人问他们为什么来，甚至没人和他们打招呼。

路宽知道这不是刻意的冷落，这是临战前才有的气息。没有什么恩怨比救人更重要，这一刻，他们都是战士，是并肩作战的战友。他仿佛听到了军号声，挺了挺胸脯，和陈实一起，郑重地站到了队伍的一侧。

梨雨小心翼翼地从包里掏出便携式摄像机，冲着扭头看向她的荆杨调皮地吐了下舌头，笑了笑。荆杨对她讨好的表情视若无睹，但看上去并没有要阻止她的意思。

06

进了磁山后，大家担心的事都没有发生，手机有信号，无人机升空后也没有受到任何干扰，梨雨的摄像机也在正常运转；山不高林不密，地形山势、一草一木都稀松平常。但大家却怎么也轻松不起来，两个小时过去了，地面上找不到任何失踪者的痕迹，两架无人机高旋低飞，来回穿梭耗尽电量也没有捕捉到任何有用的信息。

失踪者如果在山中，即便下过雨，也不可能冲刷掉所有的痕迹。况且，如果失踪者有行动能力，一定会去追逐无人机，很容易就暴露行踪。一切迹象表明，失踪者要不压根儿就没来过这里，要不已经失去意识。

再往前推进似乎已经没有意义，必须得改变策略。荆杨召集队员们商量对策，路宽突然想起百丈村那个大爷说还有另一条路，便提出失踪者可能选择了从西南方向进山，也就是说，他很可能在磁山的另一面。队员们面面相觑。很显然，大家都走入了一个误区，那就是坚信失踪者和他们走的是同一条路。而且山的另一面是福建省的地界，正常人不会舍近求远，刻意去绕那么大一圈。

路宽进一步说道："根据失踪者过往的微博分析，这小子驴行时有两个明显的特点，一是明知山有虎，偏向虎山行；二是喜欢另辟蹊径，不走寻常路。"

"不大可能是被村民引导。大爷说那条路除了他之外，村里几乎没人知道。"梨雨关了摄像机，跟着说道。

龙大锤瓮声反驳："真要不怕死，硬往山上闯，哪里都能上山！"

荆杨不再犹豫，迅速决断，将队员分成两拨，一队由耿超负责继续在此搜寻；余下的包括路宽和陈实，由他亲自带队往西南方向开拔。

梨雨不甘心与路宽分开，嘴里念叨着，见没人搭理她，便端着摄像机亦步亦趋地跟在路宽的身后。没走几步，路宽突然回头冲着她叫道："能不能把你那玩意儿关掉？"

梨雨拧眉瞪眼："现在你说了不算！"

路宽说："那你别拍我！"

梨雨反诘："把自己当男一号呢吧？自我感觉那么好呢？"

路宽被噎得差点背过气去，一个箭步，蹿到了陈实前面。

果如路宽所料，半个小时后，当他们刚进入西南方向那片密密匝匝的树林，眼尖的梨雨便在镜头里发现了一张新鲜的英国品牌糖果的包装纸。这本来是让人兴奋的事，但大家似乎都高兴不起来。从踏进这片林子开始，所有人都感觉到了一股诡异的气息在丛林间弥漫，并且随着队伍的深入，那种说不清道不明的感觉越来越令人压抑。

最可怕的是，大家再也没发现失踪者的痕迹。那张糖纸表明此地刚有人来过，并且明确验证了失踪者的身份，怎么可能人间蒸发了呢？荆杨果断决定召集另一队人马会合，但对讲机却在这个时候失灵了，而且众人的手机也都没有信号。耐特配备的对讲机是目前性能最强的手持专业机，即便在丛林里有效通信距离至少也有五千米，而他们现在所处的位置离耿超那队人马直线距离最多只有两公里。

"我这个也用不了了！"一路端着摄像机跟拍的梨雨，此时也突然惊叫起来。

那些诡异的传说似乎正在应验，即便大家早有心理准备，还是不免紧张起来。队员们停下脚步，你一言我一语，开始骚动。梨雨见路宽手里拿着糖纸，默不作声地蹲在地上似乎在观察着什么，便将路宽在路上关于"磁场干扰"的分析，一字不落地复述了一遍，但仍然无法解释人去了哪儿。

"那张糖纸是风吹过来的！"之前一语不发的路宽，突然说道，"这地方阴气重，应该就是磁场的中心。他是个资深的户外探险者，应该比我们还敏感，就是来过这里，也不会停留太久。"

"别装神弄鬼的，有话就直说！"龙大锤很不耐烦地说道。刚在路上，他想找路宽聊天，但这小子沉着脸根本就不搭理他。这会儿，他也没了好脾气。

路宽冲着龙大锤笑了笑："这一带是典型的喀斯特地貌，西面四十公里的地方有'双龙洞'景区，南面福建境内不远有个'大王洞'，这里很可能也有溶洞，而且传说解放后有人在这儿的洞里发现过日本人的武器。"

荆杨问道："你的意思是，失踪者非常有可能被困在某个溶洞里？"

路宽点头。

"他为什么要进洞呢？"有个队员问道。

陈实看了眼路宽，轻咳一声，抢先说道："据说这里有汉朝大将军的墓，这个英国佬迷恋中国功夫，很可能就是冲着这个来的。"

"看来你们真是做了不少功课。"荆杨不由得感叹道。

"那是！我们老板从来不打没把握的仗。"陈实挺起胸脯，张嘴就来，"再说了，野外找人、丛林追踪，对特种兵来讲就是小儿科。往后再有这种事，根本不用劳师动众，让他一个人去就行了。当然，也可以派我来给他提个包。"

陈实不仅吹了牛，还顺便狠狠地踩了一把搜救队。耐特的队员们脸上自然是挂不住的，有人忍不住怒怼："真这么牛还厚着脸皮跟着我们干啥？自个儿找去啊！"

"是啊！"余下队员异口同声，"赶紧把人找出来！"

荆杨却是镇定自若，笑问陈实："那你告诉我，溶洞在哪儿？"

陈实挠挠头，装模作样地东张西望。路宽将那张糖纸凑近鼻子边嗅了又嗅，过了好久才说道："这张糖纸应该是昨天丢弃的。风从哪个方向来，我们就往哪个方向去。"

"都跟着他走吧！"荆杨手一挥，不假思索地说道。他对路宽的判断深信不疑，既是对路宽能力的认可，亦是基于对事实的判断。

看大家都心照不宣地跟着路宽往回撤，梨雨满头雾水，追上去问陈实："这风到底从哪个方向来的？"

"应该是东南方向，跟着老板走就对了。"陈实笑道。

梨雨不依不饶："他的意思是昨天刮过来的，昨天的风向怎么判断？"

"你去问他。"陈实朝路宽努努嘴。路宽听见了两个人的对话，但他并没有兴致去解释。这是个常识问题，他相信除了梨雨，这些专业的救援队员包括陈实，都明白。

梨雨看着路宽的背影，犹豫了下，终究还是敌不过好奇心，紧赶几步和路宽并肩，正要开口，便听路宽说道："你知道自己为什么会被困在东山峡谷吗？"

梨雨没搭腔，一脸生无可恋的表情。听这语气，她就知道这哥们儿又要教训她了。

"敬畏自然，才能与自然共存。"路宽这次的语气很平和，"听风识雨，看天气、识方向。经常在野外活动，这些必须要懂。"

梨雨点点头，变得诚恳起来："那天我确实很傻，丝毫没有察觉到危险即将来临。"

"这个季节，多半都是东南风；刮北风时也会下雨，但雨又大又急，且时间很短，昨天晚上下的是小雨，看看地面就知道了。而西风一般情况下不容易下雨。"路宽说完像是担心梨雨会反驳，又加了一句，"如果再综合现场判断，基本上就不会出错。"

"帅！"梨雨不由得感叹道。

"帅什么？常识而已！"紧跟其后的龙大锤，鼻子哼了一声，没好气地说道。

梨雨本想怼回去，问他为啥就不知道那个糖纸是风吹来的，回头一看，身后的人都乐不可支的样子，便生生地将到嘴边的话给咽了回去。

有了明确的方向，搜救队很快便察觉到伯尼小龙留下的痕迹，循迹追踪了几百米后，发现了一个周边有踩踏痕迹的隐蔽的洞口，看上去不像天然形成的，而且只能容纳一个人通过。一切迹象表明，失踪者肯定进了这个洞。联想到关于这里盗墓的传说，众人不由得再次紧张起来。这种情形谁也没碰到过，但大家或多或少都耳闻过一些关于古墓与盗墓者的奇闻异事。

荆杨很快消除了大家的顾虑。他拿着手电筒对着里面照了许久，洞口并不大，里面的通道却是越来越宽，灯光能照射到的只有十多米，然后能清晰地看见通道突然下沉。荆杨判断，若干年前这个洞口可能更小，被人为拓宽了，但里面的通道绝对是天然形成的。往下必定有一个巨大的空间，因为洞口明显能感觉到凉风习习，说明里面的空气是流动的；也就是说，里面很可能是个天然的大溶洞，并且有更多与外界连接的通道。

就在大家争着谁先进洞探路的时候，之前一直在附近徘徊的路宽再次语出惊人，他指着不远处一棵被折了枝的橡树，说道："如果我没猜错的话，进洞的不只一个人。"

这个细节大家都没注意到，众人都瞪大眼盯着路宽。

路宽一挥手，对荆杨说道："这个事情没必要解释。不管多少人，肯定都在里面，让我先进去吧。"

荆杨还在犹豫，路宽已经拨开众人，嘴里含着手电，直接钻进了洞里。

07

龙大锤紧跟着路宽进了洞。果如荆杨所料，下面是一个巨大的天然溶洞。

通道内突然下沉的洞口好比屋子的天窗，目测至少有五六米高的落差，徒手进入的话，根本找不到可以借力的地方。想要安全进到洞里，除非绳降，否则就只能闭着眼睛往下跳。而这么高的距离，加上落地的地方是坚硬的碳酸盐岩，没有受过训练的人跳下去肯定得受伤。

失踪者并非有备而来，从洞口痕迹判断，可以确定没有借助绳索。

"不愧是李小龙的粉丝！"当龙大锤还在感叹失踪者身体素质的时候，路宽纵身一跃，着地后一个翻滚，毫发无损地站在了溶洞里。大锤也不示弱，回头跟在洞口打着电筒的荆杨做了几个手势后，跳了下去。

大锤刚站稳便发现了那根树枝，这才反应过来，路宽刚刚为什么会断定进洞的不只一个人。很明显，进洞的至少有两人，他们就地取材，有人借助这个将近两米长的树枝荡到了一根顶端离洞口大约三米的石笋上，然后滑落到地面，最后一人像他和路宽一样直接跳了下去。

还没进洞，路宽就通过这个细节做出判断，这小子果然是不同凡响。大锤忍不住冲着路宽竖起大拇指："哥们儿，挺牛的呀。"

"牛什么？常识而已！"路宽学着他的语气，回应道。

龙大锤哈哈大笑。

荆杨留下一个队员接应耿超那组，带着余下的人包括执意要进洞的梨雨随后赶到。

这个溶洞之大，远远超出了大家的想象，光是他们落脚的地方，目测至少有一千多平方米。一切都如路宽和荆杨判断的那样，这是个典型的喀斯特溶洞，里面虽然阴暗，当大家手里的电筒全部亮起的时候，可见石柱、石笋和倒垂的钟乳石，千姿百态、层层叠叠，在闪闪发亮的碳酸钙晶体的衬托下，让人仿佛置身瑶池仙境。

此时已经是下午五点多钟，正常情况下，再过最多两个小时就会天黑。时间就是生命，这个溶洞到底有多深，还有多少未知的秘道，谁也不知道，大家来不及欣赏这美景，迅速展开了搜查。

没过多久，有人便听到一声微弱的呻吟，然后发现了一名靠在石笋后面的失踪者。这是个中国面孔的中年男子，他小腿骨折，身体已经完全虚脱。经过简单救治，补充一些能量后，他才缓过神来，宣称自己是伯尼小龙请来的向导，昨天上午从洞口跳进来的时候不慎摔伤，因为拖着伤腿无法再原路返回，伯尼去找新的出口，结果到现在也没回来。

荆杨欲安排人带着向导撤离，但这哥们儿轴得很，非要等着找到伯尼再一起离开。这个时候，路宽已经循着伯尼离去的方向发现了一条隐蔽的地下河，但只有十多米长，穿过一面石壁便消失了。他敲了敲石壁，大家迅速明白过来，也跟着敲击石壁，对面并无回应。沈炯拿出声波探测仪，很快便捕捉到对面有微弱的声响，虽然无法确定这声音是否来自伯尼的回应，但至少可以确定，隔壁另有洞天。

而大家此时已经在溶洞里转了半个多小时，基本上可以认定这个洞体已经没有其他的出口。也就是说，伯尼要出去唯一的可能就是从地下河潜水去了另一个地方。荆杨怎么都没想到会遇见这种情况，他压根儿就没有准备潜水设备。要救人，就只能徒手潜行。

　　队员们都跃跃欲试。路宽以不容置疑的语气宣称自己潜水最专业，在海军陆战队亦难逢对手。龙大锤直怼路宽，别忘了在峡谷里信心满满却差点丢了命！见荆杨犹豫，路宽笑称万一有个三长两短，荆杨必须追认他为耐特正式队员。

　　荆杨微笑着点点头。他见识过路宽的潜水能力，犹豫片刻，下定决心让他下水，并约定超过十分钟找不到洞口必须返回。几个队员涌上前来与路宽抵拳，高呼"耐特出动，使命必达！"路宽眼眶一热，举手向众人敬礼，转身一头扎入水中。

　　潜行了几十米后，路宽便感觉头顶似有光亮，他迅速浮出了水面。这是一个看起来并不大的洞穴，往上大约三四米应该就是主洞。洞穴虽然昏暗，但洞壁模糊可辨。他松了一口气，这么短的距离，一般人憋口气就能过来，伯尼应该不会有什么问题。但他做梦都没想到，正当他准备按事前约定的敲击石壁报平安的时候，猛然发现一条蟒蛇盘踞在他的头顶。

　　路宽紧贴着洞壁一动不动，连大气都不敢出。过了好久，他才壮起胆微微抬头，定睛一看，这条蟒蛇目测至少有三米多长。蟒蛇应该是早就发现了他，正吐着猩红的蛇芯，慵懒地与他对视，看上去并没有想要攻击他的意思。根据肤色与形态判断，这应该是一条在华东地区很少见的岩蟒，无毒无害，除非饿极了或者感觉到危险才会主动攻击人。路宽长舒一口气，他担心会刺激到岩蟒，不敢再敲击石壁。

　　任何事情都没有绝对，越信心满满就越可能会出意外。就在路宽调整方向避开岩蟒悄无声息地刚爬上岸的时候，那条岩蟒突然蹿起身子飞扑而来。好在路宽早有心理准备，就地一个翻滚后跟着大吼一声"哒！"岩蟒落地后尾巴用力一扫，纵使路宽反应敏捷，但还是躲闪不及，大腿被扫到跟着脚下一滑，滚入一个暗洞。

好在岩蟒并不恋战，它直起脑袋愣了片刻后，便垂下身子掉头悠然离去。

这边，荆杨不停地在看着腕表，时间已经过去十分钟了，仍未见路宽敲壁回应。众人都紧张不已，梨雨下意识地紧紧抓着陈实。陈实还强自镇定，声称路宽经验丰富，无氧条件可以潜行八分钟，而且这个地下河的中途肯定有地方换气，根本不用担心。陈实话没落音，手持仪器的沈炯突然惊呼探听到猛烈的声响。

谁都不知道发生了什么，陈实也开始紧张起来。就在他和龙大锤争着要下水的时候，沈炯转过身子，露出一口大白牙激动得有点口吃："没……没事了，他发信号了！"

大家一阵欢呼。梨雨开心得跳起来，然后又急忙从包里掏出摄像机打开对着路宽消失的地方，屏气凝神地等着英雄凯旋。

被岩蟒那一尾巴扫进暗洞里的路宽，不仅没有受伤，还因祸得福，在那里意外地撞上了伯尼小龙。这小子精神还不错，路宽还没完全爬起来，伯尼便从身后猛地伸出胳膊锁住了他的脖子。路宽下意识地反手扣住他的小臂，直接就是一个背摔，跟着又骑到他身上将他的胳膊反拧在身后，整个动作行云流水、一气呵成。

伯尼被摔蒙了，操着一口流利的普通话，龇牙咧嘴地告饶："英雄请饶命！您是来找我的吧？我是伯尼小龙，杭大留学生。"

路宽已经猜到了是他，但还是气不打一处来，手里的力气又加重了一分，斥道："你为什么要攻击我？"

"我，我以为你是头熊！"伯尼说完，自己都忍不住扑哧一下，笑出了声。

路宽抬手猛击了三下岩壁后，放开了伯尼。

原来这小子和路宽有相同的遭遇，刚爬上岸便发现了那条岩蟒，然后躲进了这个暗洞里。那条岩蟒从昨天他过来到现在，就一直盘踞在那里。伯尼天不怕地不怕，就怕蛇，而且他从来没见过这么大的蟒蛇，更不知道它有没有毒性，所以就一直蜷缩在这里不敢动弹。

路宽听完他的解释后，哭笑不得，一把抓住他的衣领将他拖起来："那蛇是你的守护神，你得谢谢它！"

这伯尼听罢，突然双膝跪地再双手合十，冲着岩蟒盘踞的方向认真地磕起头来。

回到这边，耿超的那队人马也已经赶到。众人关切地涌上前来问路宽和伯尼有没有受伤，梨雨更是将镜头抵近二人的脑袋问长问短。一时间，其乐融融。

站在那里旁观的耿超，笑眯眯地轻声问荆杨："据说，你答应他加入咱们的队伍了？"

荆杨笑问："你都听谁说的？消息咋这么灵通呢？"

"猜也能猜得到！这小子肯定会跟你谈条件，说不定还把那几个人一起打包了。"耿超一脸慈父般的表情。

荆杨正要说话，便听见"扑通"一声，缓过劲的伯尼突然起身跪倒在路宽面前，以头叩地，纵声高呼："师父！收下我这个徒弟吧！"

路宽吓得连退三步。伯尼跟着往前爬了三步，仰起头盯着他："你今天要是不收下我，我就跪在这洞里修炼，永不出山！"

"你脑袋受伤了？"路宽身子晃了晃，然后挨个儿指向陈实、梨雨和龙大锤，"学修车你去拜他，学摄影你去拜她，学吹牛皮你可以跟着他！你对我拜个什么劲？"

"我要跟你学功夫！"伯尼说着，直起上身比画了几下，"你这一招制敌的功夫，比我的师父李小龙还帅。"

刚刚还满头雾水一脸蒙的队员们，这才反应过来。耿超吓了一跳，赶紧说道："不是救人吗，怎么着，还比过武了？"

伯尼闻言，便绘声绘色、添油加醋地说起路宽是如何制伏了那条蟒蛇，又是如何将去偷袭他的自己一招拿下。而事实上，这小子压根儿就没看见路宽跟那条岩蟒斗，纯粹是意淫的。

大家都像看战神一样地盯着路宽，但他却是一点也不客气，怒斥伯尼："胡扯！就你这吹牛皮的功力，我还是拜你为师吧！"

众人大笑，伯尼跪也不是站也不是，也跟着尴尬地笑了起来。

"想要拜师，光跪着可不行。六礼束脩、朱砂开智、戴紧箍咒，一样不能少！"耿超一通胡扯，算是给伯尼和路宽都解了围。

等到伯尼心不甘情不愿地站起来，陈实又跟着咋呼："兄弟们，今晚我们老板请客，明儿他就带着我去你们那儿报到！"

"还有我！"梨雨跳起来叫道。

队员们一阵欢呼。不想，荆杨却冷着脸手一挥："天都黑了，咱们得赶紧往回撤！"

折腾了半个小时，一群人加上被救者才悉数出了那个跟天窗一样的洞口。

彼时，天还没有完全黑下来，但已经是满天繁星。山上和风劲吹，还似有淡淡花香袭来。陈实和龙大锤用担架抬着向导，一路闲聊，走在队伍的前列；荆杨与伯尼紧跟其后，其余的队员则是三三两两迈着轻盈的步伐，欢声载道。

这人间，一派祥和。

梨雨拍了几个镜头后，紧追几步挨着路宽往前走，见他默不作声，便指着夜空，幽幽道："你看，那天空镶满了5克拉的钻石。"

路宽仰头去看，良久，扭头问梨雨："你那旅行包里到底装了什么？"

梨雨被莫名地戳中笑点，乐了半天才说道："你没准备的我都准备了，虽然没派上用场。你要记住，一个好汉三个帮，即便你是超人，也有力所不及的时候。"

路宽唇角上扬，棱角分明的脸庞在月光的映射下，分外柔和。

第四章

01

回来快一周了，路宽仍然没有等到让他入队的通知。那天晚上，在城郊分手后，他就与搜救队再无联系。在溶洞里的那句"追认他为耐特正式队员"的戏言，看上去真的只是个笑话。

梨雨从磁山回来后就去了云南，为那个老婆要跳楼的大客户拍广告片去了；陈实关了店门回老家奔丧，说是当年资助他上学的老村长去世了。这个世界突然变得安静起来。

路宽每天仍坚持着自己在部队养成的作息习惯，天刚亮就起床，绕着传媒学院跑三圈，然后看书，打游戏；吃过午饭去健身房，傍晚再开着车子在这座城市漫无目的地游荡，然后回到家站在巨大的落地窗前望着灯火阑珊的江对岸发呆，到了晚上十点钟准时上床睡觉。

日子不疾不徐，他不悲不喜。他不想再给搜救队打电话，更没有打算再去找他们。那团烈火仍在心中熊熊燃烧，他坚信，那一天终会到来。

按惯例，每次任务结束后，搜救队都会及时总结。但那天耿超在返程的路上接了个电话，荆杨便将总结的时间推到了第三天。

而总结会上，平素侃侃而谈的荆杨更是一反常态，除了参加搜救的队员们，基本上都是耿超在说话。没人知道他在想什么，除了耿超。也没人问那个当兵的为什么没来，就像他没去过溶洞、没去过峡谷、没去过训练场，从来就不曾出现过。

老路是通过耿超约见的荆杨。耿超接到路崇德秘书的电话时，荆杨就坐在他身边。若是换作以前，一向对生意人敬而远之的荆杨，一定会毫不犹豫地婉拒。但这次，面对这个在杭城乃至整个业界都赫赫有名的珠宝商，他欣然应约了。

见面的地方安排在了老路专门用来接待贵宾的私人会所。像是知道老路要跟他们谈什么，在这个烈日炎炎的盛夏，荆杨和耿超都不约而同地换上了搜救队的橙色冲锋衣。

跟那些动不动就高悬"难得糊涂、宁静致远"和"万马奔腾、猛虎下山"字画的富商巨贾们不一样，路崇德的会客厅墙上最醒目的位置挂着的却是"生命中曾经有过的所有灿烂，终究都需要用寂寞来偿还"。这是马尔克斯在《百年孤独》中的一段话，在满屋的中式红木家具和珠宝摆件的衬托下，竟毫无违和感。

老路一身居家的休闲装，虽然已是花甲之年，但待人接物、举手投足之间尽显儒商风范，令人如沐春风。当然，老路也未能免俗，跟当下所有的中国老板一样心怀家国、热衷政治。他们的话题从中美关系开始，到供给侧改革和经济内循环大势下的民营企业的机遇与挑战，渐渐地转到了老路的奋斗史。

和老路聊得火热的是耿超，而荆杨全程微笑倾听，几乎一言不发。他在耐心地等待着这个老父亲切入正题，然后用自己所有的经历来说服他让步。然而，当老路言归正传后，向来能言善辩的荆杨竟然语竭词穷，无言以对。

老路手里把玩着紫砂壶，追忆了一段不堪回首的往事。他娓娓道来，看上去云淡风轻，像是在说着一个和自己毫不相干的事。但听者颔首、唏嘘，无不动容，内心更是汹涌激荡。

　　老路说完，微笑地看着两个客人。巨大的会客厅里一度安静得能听见风吹窗棂的声音。荆杨的目光被橱柜上的一本名叫 *L'Orafo* 的杂志封面吸引，一个七八岁的孩子戴着棒球帽，骑在年轻的路崇德脖子上，孩子的眼睛闪烁着黑曜石般的光芒。

　　过了好久，荆杨问路崇德："他知不知道？"

　　老路摇摇头："这辈子我都不会告诉他，也希望你们保守这个秘密。"

　　耿超又问："你当年为什么让他去当兵？"

　　"他以死抗争。"老路说完笑了笑，"他从小到大，都特别有主见。想干的事就一定要干成，坚持不懈，谁也阻挡不了。"

　　"既是如此，你为什么还要阻止他？"耿超鼓起勇气追问道。

　　老路愣了一下，缓缓说道："只要我还活着，就绝不会让他拿自己的生命去践行理想！"

　　"这样对他会不会太不公平？据我们所知，他已经从家里搬出去了……"

　　"他还没有跟我断绝关系，所以，我绝不会放弃！"耿超没说完，老路便抬手打断了他，像是觉察到了自己的情绪有点过激，他顿了顿，又再说道，"和你们看到的一样，他是个为人两肋插刀不要命的性格。从他当兵的那一天起，我就没有睡过一个安稳觉。"

　　"我们的工作并没有您想象的那么危险。"耿超看似据理力争，但他的声音微弱得只有自己能听清。

"我没有任何要强迫你们的意思，只是希望你们能站在一个父亲的立场，理解我的苦衷。"老路说完站了起来，"这些年，我一直在跟自己斗争，但心魔难除。只要想到他可能会有危险，就莫名焦虑，总是怕自己担心的事迟早会发生。"

荆杨说道："谢谢您的坦诚。我想，这是一个为人父者，再正常不过的反应。"

老路显然不想继续这个话题，他礼节性地冲着荆杨点了点头，然后看了眼手表。耿超还想再说点什么，但荆杨给他使了个眼色，他知道路崇德这是想结束谈话了，便起身告辞。

路崇德将二人送出会所，他紧紧握住荆杨的手，突然说道："他租住的那个小区里，所有的保安都会在我这里再领一份工资。"

荆杨笑而不语，挥手告别。

回去的路上，两个男人都没有说话。直到将荆杨送到住处，耿超才试探着问了句："要怎么跟他说？"

荆杨已经打开了车门，却坐在那里愣了好一会儿，末了，才说道："我也不知道。这应该是我人生迄今为止，遇到的最大一次挑战。"

02

路宽在火车站等陈实的时候，远远地看到一个熟悉的身影，拖着两个巨大的行李箱步履蹒跚地走出站口。已是凌晨时分，出站口前的马路上空空荡荡，他犹豫了一下，发动了车子。

看到突然出现的路宽，原本疲惫不堪的梨雨，像海狮见到来投食的饲养员，仰首顿足，顿时雀跃起来。

"别激动啊，我是来接陈实的。"路宽一脸淡定。

"我就说你是怎么知道我回来的。"梨雨撇撇嘴，赶紧往回找补，"路老板哪有这么好心。就是告诉他了，我也没这待遇啊。"

路宽忍住笑，低头打开车门跳下来，一边拿起她的行李，一边说道："你的运气总是不错，顺便把你捎上了。"

梨雨笑靥如花："你的运气更好，大半夜还能在路边捡到个美人。"

等到梨雨爬上路宽的车，陈实走出了站口，后面还远远地跟着个六七岁模样的小男孩。他跟梨雨坐的是同班车，在偌大的火车站转晕了头才晚了一步。

梨雨从车里探出头跟陈实打招呼。陈实看看她又看看路宽，一脸不可思议的表情："什么情况？我不在的这几天，到底发生了什么？"

梨雨明知他的意思，偏是笑而不语。

"那是什么情况？"路宽看向那个刚才跟在陈实身后，这会儿正在路边徘徊的小男孩，"这么小的孩子，怎么也没个大人陪着。"

"咦？刚下车的时候我就看见他了。"陈实一愣，跟着扔下行李，跑了过去。

过了一会儿，男孩便跟着陈实走了过来。这孩子嘴巴可甜了，见到路宽便叫了声叔叔，转头看见梨雨，跟着又叫了声婶婶。

梨雨被他逗乐了，说："你得管我叫姐姐！"

"姐姐！"男孩叫完，眼珠子滴溜了下又扭头对着路宽叫道："姐夫好！"

三个人都忍俊不禁，笑出了声。

这男孩生得虎头虎脑，一脸灵巧，看着挺让人喜爱。见这三人和蔼可亲，他顿时没了戒心，说自己小名叫铁蛋，是江西人，父亲是考古学家。他跟着叔叔来找父亲，但上车后他睡了一觉，醒来的时候就发现叔叔不见了。

这是他的所有信息。至于他父亲和叔叔叫什么名字，手机号码是多少，从哪里上车甚至家住在哪儿，则是一问三不知。

梨雨的第一反应是马上带着他进站去报警，但铁蛋突然紧张起来，犹豫了一下，转身就要开溜。路宽一把拽住他，蹲下来摸着他的小脑袋说道："撒谎不是好孩子。你跟我讲，到底是怎么回事？"

铁蛋哇的一下，哭出声来。梨雨赶紧上来抱着他安慰。铁蛋抽抽搭搭，过了半天才吸吸鼻子抹抹眼睛，说他从来就没见过爸爸，妈妈在他很小的时候就跟着一个外乡人走了。爷爷说他爸爸是考古学家，一直在杭城工作。他白天在江西跟着一个中年男人混上了火车，听到列车广播才知道到了杭城，然后便下了车，跟在陈实身后混出了车站。

梨雨坚持要带他去车站派出所，被路宽阻止了，他向铁蛋承诺帮他找到爸爸后，便牵着他上了车。这小子上车后吃了袋饼干便靠着梨雨沉沉睡去，路宽这时候才小声地道："看着挺聪明，不可能不知道自己的家在哪里，他是不想回家。送去派出所还得跑。"

陈实跟着说道："他爷爷骗他的，他父亲肯定不是什么考古学家。"

路宽赶紧看了眼后视镜，然后捅了下陈实，示意他声音小点。

三个人不再说话。梨雨抱着铁蛋，坐在后座上一直看着开车的路宽，眼里不自觉地泛起一层薄雾。

回到"玫瑰花苑"，几个人在门口的烧烤摊上吃宵夜。梨雨迫不及待地拿出手机，给他们看她在云南拍摄间隙剪辑的磁山救援的短片，路宽瞄了眼便兴致索然转过头去。梨雨见其似有心思，便问起搜救队的事。路宽试图岔开话题，梨雨不依不饶，撺掇陈实第二天一起去耐特讨个说法。

"他们好像并没有承诺什么吧？"陈实说道，"咱的能力有目共睹，去哪儿都是香饽饽，都得夹道欢迎。没必要再这么巴着他们，别给他们惯出毛病！"

路宽心烦气躁地拿手一挥："我的事你们以后别管了！"

"什么叫你的事？"陈实和梨雨几乎异口同声。梨雨看了眼陈实，抢先说道："咱们三个荣辱与共，早就不是哪一个人的事了。"

"加不加入他们，我觉得只是个形式的问题。反正咱有卧底在，往后他们再有什么任务，咱想去就跟着，没把握的事咱就别去。反正也没人强迫。"陈实若无其事地说道。

陈实说的似乎很有道理，但梨雨的头摇得像拨浪鼓，正要反驳，却见路宽直愣愣地盯着陈实，那表情似有深意。陈实被盯得心里直发毛，却低着头强自镇定地吃着烤串。

"背叛战友是可耻的！"过了好久，路宽才冷不丁地说道。

陈实这才抬起头来，笑呵呵地说道："老板，你这话伤人了哈。我都说了全力支持你，是他们不待见咱。"

"是啊。"梨雨跟着为陈实辩解，"为了支持你，他已经决定要跟着你加入搜救队了。"

"你别跟着起哄。"路宽说完看向陈实，"你应该知道我说的是什么意思，做人得有点底线。"

陈实闻言色变，但很快便故作轻松地打起马虎眼："得嘞。我还是少管你的事，省得吃力不讨好。"

梨雨一脸茫然地看看哥俩，想说点什么，又觉着他们话里有话，终还是忍了。

事实上，从溶洞回来后的第三天，陈实从老家打来电话，闭口不提搜救队的事，路宽就感觉到自己可能又被这小子出卖了。逻辑很简单，当他成功地救出伯尼小龙的时候，就感觉到不管是荆杨还是耿超和龙大锤等队员，已经完全接受了他。理论上，第二天他就可能会去耐特报到，突然不了了之，必定是有人从中作梗。而这个人就是老路。给老路通风报信的肯定是陈实。这小子虽然不是什么见利忘义之徒，但若师出有名，绝对是个连亲兄弟都会出卖的家伙。

显而易见，陈实被老路收买了。他太熟悉父亲的行事风格了，为达目的不择手段。除了阻止儿子进入消防队外，老路当年甚至还试图不让他去参军。他一直想不明白，老路为什么那么担心他会遭遇不测？他的珠宝公司赞助各种极限运动，甚至还成立了一支"野生动物保护基金"，用以资助那些民间反盗猎斗士。那些人的命难道就不是命？

从小老路就对他有求必应，毫无原则地宠着他。直到一次有人说他是老路捡来的野孩子，他当真了，被老路扇了一耳光，然后一气之下离家出走。他还记得老路去派出所领他的时候，哭得跟个女人似的，从那以后，老路就再也没动过他一根手指，但开始对他严加管束。直到上了大学，在他的抗争之下，老路才慢慢开始放手。

谁也没想到，等到他退役回来，老路又恢复了往常的模式，而且越发疯狂。他跟老路不止一次地深谈过，他希望去做自己想做的事，但老路坚持要他入职公司，哪怕是挂个闲职啥也不干，每天打卡报到就行。后来因为消防队的事，他跟老路大吵了一架，他以为自己搬出去脱离了老路的视线便会万事大吉。没承想，老路如影随形，铁下心来要和他斗争到底。

这顿饭在铁蛋从车中醒来后的哭声中结束了。但梨雨意犹未尽，非要问陈实，路宽说的到底是什么意思。陈实一脸无辜，狠命摇头。他当然知道路宽是另有所指，而且为了给自己保留颜面，才没有点破。

03

让路宽头痛的还有铁蛋，他做梦都没想到，自己一念之间捡了个烫手的山芋。铁蛋从那天晚上跟他住到一起后，就没想过要离开，一觉醒来又变了说辞，声称自己是个孤儿，四岁开始就在街头流浪。

到了下午，梨雨带他去动物园，还给他买了几身衣服和一购物车玩具，这小子又颠三倒四，重新编了个故事。最可怕的是，无论什么版本，他都能一边说着，一边眨巴出眼泪，将自己的小眼睛哭肿。就连胡扯起来从来不打草稿的陈实，都不得不自惭形秽，感叹上一句："这小子真是个人才！"

明知对方是个骗子，而且还是个屁大的小骗子。你不仅拿他没有办法，还得轻声细语好吃好喝地供着，换上谁都郁闷。

人的耐心是有限的，率先失去耐心的是陈实。他为了跟铁蛋拉近距离，便跟他说了自己的身世。或许是同病相怜，这小子一下子就黏上了他。路宽便给陈实下了任务，叫他陪着铁蛋到处玩儿，三天之内务必搞清他的身份，并承诺费用实报实销。

按说这是个美差，但陈实特别不待见这孩子，又想不到更好的办法让他开口说实话，只得硬着头皮，关了店专心陪着他。

铁蛋没见过世面，见了什么都想要，胡吃海塞，没吃过的东西都要尝一遍。玩了两天，就花了一千多块，陈实心痛得不行，晚上把铁蛋送回去后，当着他的面跟路宽抱怨，路宽便当场转了他一万块。有路宽撑腰，铁蛋变本加厉，专挑高档餐馆，松茸、鹅肝、雪花牛排，什么最贵点什么，结果那天中午吃了海鲜后拉肚子，发起了高烧。

陈实本来就被铁蛋整得心烦气躁，又被路宽在医院训了一顿，回头便软硬兼施，威胁刚退烧的铁蛋，第二天一早就送他去派出所。没想到这一下捅了大娄子，铁蛋半夜趁他睡着了，直接从医院溜了出去，等到陈实醒来一查监控，这小子出去已经两个多小时了。

路宽和梨雨赶到，三个人折腾到了天亮，陈实坚持要报警，路宽又跟他大吵了一架。梨雨思来想去，便给耿超打了个电话。耐特搜救队反应神速，不过一小时，耿超便领着十多个队员到了医院。荆杨和龙大锤都没来，这群队员除了耿超，只有沈炯参与了磁山搜救行动。

众人不及寒暄，迅速分工，沈炯领着一队人马分散到医院周边搜寻；耿超则联系在交管部门的战友，调取路面监控。但铁蛋就像人间蒸发了般，出了门诊大楼后便消失得无影无踪。就在耿超和路宽商议着必须得报警的时候，一直处于蒙圈状态的陈实，突然想到头两天他跟铁蛋路过附近的公园时，这小子津津有味地围观别人下棋，拖都拖不走。

果不其然，当大家赶到公园时，铁蛋正猫在人堆里目不转睛地盯着两个老头下棋。见到陈实身后几个穿橙色队服的队员，这小子错将他们当作警察，拔腿便跑。陈实三步并作两步，追上去一把将他给拎了起来……

　　原来他猫在医院后门，等到天快亮的时候躲进了医院食堂买菜的小货车，跟着混出了医院，然后又在几公里外的菜市场跳下车，溜达到了公园里。这小子见事情闹大了，巧言令色，说自己压根儿就没想逃走，只是想来看人下棋，还冲着陈实挤眉弄眼，自作聪明地为他辩解，称其根本就没有威胁过自己。

　　众人哭笑不得。陈实恨得牙痒痒，将手里的苹果捏得稀碎。

　　耿超了解清楚铁蛋的情况后，又是费了好大一通力气循循善诱，但这小子除了坚持说父亲是考古学家外，其他的都是一问三不知。

　　耐特搜救队之前碰到过一个案例，一个父母离异的12岁孩子，父亲脾气暴躁，平常对他非打即骂，而且坚决不让他去见母亲，他便离家出走。搜救队找到他的时候，那孩子抵死不愿回家。后来他父母幡然醒悟，为了他，选择了复婚。

　　耿超分析铁蛋有可能碰到了类似的问题，而"考古学家"只是大人们的一个善意的谎言。耿超跟路宽的想法差不多，除非万不得已，也是不建议报警处理。因为孩子心里可能藏着一个不为人知或者不愿示人的秘密，甚至可能是一个彩色的泡泡，被戳穿了，很容易伤害到孩子的自尊。而且现在正是学生暑假时期，花点时间也不会耽误孩子上学。耿超还提供了一个"破案"的思路，从口音判断，铁蛋的家很可能在上饶和鹰潭一带。孩子走失，家人肯定会报警，先密切关注那边的媒体，必要时，再联络那边的警方。

陈实想留下耿超和队员们一起吃午饭，顺便说说路宽的事，但队员们就地解散，人都走得差不多了，耿超推辞说搜救队有纪律，也挥手告别。梨雨追出几步，想跟他讨个说法，被路宽一把拽住。耿超没走出几步，又突然转身回来意味深长地拍了拍路宽的肩膀。

梨雨抓住这个机会赶紧试探："上回我在磁山拍的视频已经剪出来了，我想拿过去给你们看看。"

耿超抬头看了眼路宽，说道："荆队长出国了，等他回来吧。有些事情，我们也很无奈。"

路宽听出他这是话里有话。

耿超跟着又对路宽说道："上次因为玩游戏，我们家领导把我手机收缴了。你打电话我都没看到。"

两个男人心照不宣，相互微笑着点了点头。

04

作为"国际SOS救援组织"专家组的成员，荆杨最头痛的就是时不时地要出国参加各种活动。两年前，他辞掉了约翰霍普金斯大学医学院的工作以及"国际搜索与救援咨询团（INSARAG）"和"美国海军潜水和救援培训中心"的职务，回国创建了耐特搜救队，就是为了自绝后路，全身心地投入民间救援工作。

保留"国际SOS救援组织"的专家职务，算是迫不得已。这是个为企业与特定客户提供日常医疗和安全咨询等有偿服务的组织，此救援与彼救援并无关联。但这份工作丰厚的薪金可能是他此后唯一的收入来源，而且领导这支专家组的是他在霍普金斯大学的授业恩师。

这一次的半年工作会议，他本来已经请好了假，但恩师Tony却突然告诉他，专家组人事大变动，自己将彻底退出。荆杨临时决定赶赴新加坡，就着这次机会跟着恩师一起退出。

他是Tony最得意的门生。而Tony则是他的父亲，全美最负盛名的医学外科专家老Tony的得意门生。这师徒俩不打不相识，当年荆杨报考霍普金斯大学的研究生，是直接奔着老Tony来的。而老Tony似乎对黄种人有些偏见，但荆杨全优的成绩又让他有点难以舍弃，便让当时在专业领域已经颇有建树的小Tony来考验他。

或许是受到父亲的影响，Tony起初也不待见荆杨，对他各种刁难。直到一次荆杨向Tony提交的实验报告被他质疑造假，年轻气盛的荆杨当着他的面重演了一遍在他眼里不可能完成的实验，并当场撕掉了实验报告，痛斥他戴着有色眼镜看人后，Tony才幡然悔悟，带着他去见老Tony。但荆杨在老Tony家的一番关于中医的言论，又激怒了这位脾气火暴的外科大拿，当场就要轰他出去。没想到，小Tony挺身而出，仗义执言，将荆杨斥责他的一席话原封不动地送给了他父亲。之后，便将荆杨收到了自己门下。

见到恩师的那一刻，荆杨便得到一个意外的惊喜，他和Tony多年前合作的一项科研成果被一家世界知名的药企以天价收购。他忍不住有点欣喜若狂，虽然他从小衣食无忧，对金钱没什么概念，但这笔收入，可以彻底解决耐特搜救队生存的后顾之忧。

辞职的事也进展得很顺利，但他却一点都轻松不起来。来新加坡的时候，在机场他接到了政府应急管理部门的通知，下个月将组织几支规模较大的民间救援队举行城市灾难联合演习。荆杨跟这几支参与演习的救援队都打过交道，他们之前因为耐特"霸占"武警消防支队那块废弃的场地，还去告过状。其中实力最强大也是杭城最老牌的民间救援组织"山羊队"的负责人，他们甚至还放出话来，只要荆杨敢挑战他们，他们就会将耐特按在地上摩擦。面对这样一支在全国都数得上号的老牌劲敌，当时成立还不到一年的耐特根本没有底气与他们抗衡，无论荆杨和队员们有多不服气，也只能选择隐忍。

如今，队伍已逐渐成型，队员们通过训练和实战也积累了一些经验，再加上政府出面，师出有名，他一定要铆足劲向同行展示耐特最佳的精神面貌与业务能力，不求出众，但求赢得应有的尊重。他在机场咖啡馆兴奋地向耿超下达了指令，要求他马上召开动员大会，尽快组织队员们针对演习内容集训。

这几天，他跟Tony聊了很多，除了学术、人生和他未尽的理想，还有那个令他无法释怀的年轻人。昨天在会场休息的间隙，耿超兴冲冲地打电话告诉他，路宽捡到了一个离家出走的孩子。说这小子特别有爱心，担心那孩子受到伤害，把他带在身边，死活不愿报警处理。他知道耿超想说什么，仍然默默地挂了电话。

跟恩师聊起这个年轻人，他希望能得到一些建议。

Tony只比他大十来岁，却像只修行了几千年的老狐狸。他微笑着晃了晃手中的酒杯，问他："你知道葡萄酒的成分吗？"

"80%的水以及大约10%～15%的乙醇。还有酸、糖分、芳香物质、酚类化合物以及氨基酸、蛋白质和维生素。"荆杨认真地回答着。

"你是科学家。"Tony一脸促狭，"但在平常人眼里，只有葡萄汁和酒精。也许，还会想到自来水与色素。"

"不是我想得复杂，是他的背景太不简单。"荆杨说到这里，又赶紧纠正，"不不不！我说的意思是，这里涉及您可能无法理解的中国人的伦理文化，还有人生观与价值观。"

Tony举起酒杯，笑道："就像我喝着几十美金醇香的波尔多，无法理解几百美元辛辣的茅台。"

荆杨笑着摇摇头。Tony这是在故意打岔，他一贯如此，对自己不感兴趣的话题，从来都不会用心思考。

"荆，你的果敢奋勇都在别人的眼里。回到了自己向往的地方，真希望你能活回自己。"Tony干了杯中酒，用力地拍了拍他的肩膀。

开完会的那天晚上，在狮城滨海湾花园的空中餐厅与恩师挥手作别后，荆杨便迫不及待地赶往机场，登上了当天飞往杭城的最后一个航班。

才几天的工夫，铁蛋已经完全不把自己当外人了。

他能轻车熟路地一个人从"诚实汽修店"溜回到"玫瑰花苑"，然后用路宽给他买的带有定位功能的智能手表，给还灰头土脸地躺在车底下拧着螺丝浑然不觉的陈实，汇报自己的行踪。到了饭点，又指挥陈实帮他点外卖，什么菜要加辣，什么汤不放香菜，完了还要指使路宽和梨雨回来多带点儿零食，活得跟个儿孙满堂的大爷似的。

陈实一见到他就不自觉手痒痒，他问另外两位："我们是不是太惯着他了？要不要收拾一顿？"

路宽说："又跑了呢？"

"不是能定位么？逮回来再加一顿！"

梨雨说："他要是把表扔了呢？"

"我去他大爷的！找什么爸爸？要不，你俩搬一块住吧。他爹妈都有了，省得烦我！"

梨雨笑得花枝乱颤，脸上乐开了花。路宽飞起一脚，陈实摸着屁股，看了眼手捧 ipad 戴着耳机在一旁"赛车"的铁蛋，然后冲着路宽吼道："三营长，你的意大利炮呢？"

路宽说："你得想办法，光吓唬他有啥用？"

这话说得他自己都没有底气。因为他几乎想尽了办法，也没搞清这小子什么来路。

他曾主动给铁蛋洗过澡，但这小子除了肤色黑了点，身上压根儿就没有任何被家暴过的痕迹。之前，他还仔细检查了一遍铁蛋来时穿的衣服兜，但除了几十块零钱、捏作一团的纸巾和一把常见的裁纸刀外，没有任何可以推断他身份的物件，就连衣服和鞋子都是找不到商标的地摊货。之后，他又突发奇想，网购了江西各地的食品土特产拿给铁蛋，观察他的反应。不知道这小子是识破了他的计谋还是吃多了山珍海味，对这些食品嗤之以鼻，碰都不碰。

这几天，路宽一直没闲着，东奔西走，四处托人。他甚至找到了铁路部门的领导，调取了这班列车几乎所有经停车站的监控，还是没搞清楚他到底在哪儿上的车。

那天晚上，再一次无功而返后，路宽到陈实这里来接铁蛋，顺便召集陈实和梨雨郑重其事地开了个会。铁蛋作为当事人，本来躺在沙发上睡着了，被几个人的声音吵醒后，爬起来从冰箱里拿了听可乐，窝在一旁津津有味地旁听着。

陈实问铁蛋："你是从石头里蹦出来的么？"

铁蛋啜了口可乐，很认真地点点头："二师兄好厉害。以前大家都叫我孙猴子。"

陈实捂着胸口，瘫倒在椅子上"抽搐"了几下。

"那你是姓孙吗？"梨雨像在满天迷雾中捕捉到一丝阳光，很认真地问道。

铁蛋扑哧一下，乐了："孙猴子又不姓孙。他姓齐，叫齐天大圣。"

梨雨也忍不住"抽搐"了几下，然后转头对路宽说道："这附近有个福利院，专门收容来路不明和无家可归的孩子。"

路宽一点儿反应都没有。陈实倒是来了劲，蹦起来一拍脑门，咋呼着："是啊，我怎么没想到。铁蛋去了那儿就可以读书啦！"

铁蛋起身，瞪着眼睛在几个人的脸上来回梭巡了一圈，跟着便若无其事地打开冰箱，从里面倒腾出几瓶啤酒放在茶几上，镇定自若地说道："你们喝点吧，我困了，先睡去啦。"

他说完跟着打了个哈欠，又窝到沙发上，嘴里兀自念叨着："明天早上吃什么呢？要不，还是肯德基的芝士蛋帕尼尼和香菇滑鸡粥吧，最好再加一个甜筒。"

路宽仰头冲着天花板，晃动脑袋喷了几口"血"后，伸手指了指那二位："猪一样的队友！说的就是你俩这种没长脑子，还觉着自己特聪明的。"

05

一个月后，当心理师夏知秋在联合演习后的总结会上，突然宣布要加盟耐特搜救队时，平素严谨沉稳的荆杨，开心得像个孩子似的蹦了起来，对这个萍水相逢的女子，穷尽溢美之词。

对荆杨来说，知性温婉的夏知秋就是个侠客，在他最无助最狼狈的时候，像一个天使般降临到他的身边。

是的，在学生和队友们心目中神一般存在的荆博士，也有狼狈的时候。那天晚上，当他在公务舱里看完最新一期的《柳叶刀》杂志，合上双眼正准备休息一下的时候，寂静的客舱里突然响起乘务长的广播声，焦急地寻找医生去经济舱救助一名突然发病的乘客。他不假思索，摘下眼罩直接冲了过去。

需要急救的是一个黑人兄弟。荆杨赶到时，他正口吐白沫、全身抽搐着被几个空乘牢牢地按在地上。荆杨判断这是典型的癫痫病发作，没有特效的急救药品可以使用，此时正处在强烈的痉挛期。为防止病人咬舌头和下颌过张，荆杨一边指挥空乘托住他的下巴，一边迅速摘下领带卷作一团塞进他的口中，然后又将他的上衣扣子与腰带解开。

病人渐渐安静下来，空乘将他扶回座椅。不料，当荆杨给他系好安全带，正准备和他交流几句，他又突然捂住自己的胸口，猛烈地晃动着脑袋，看上去非常痛苦，面色也很快变得铁青。荆杨一时慌了，按道理癫痫发作过后，病人会变得很安静，更不可能在短期内连续发作。最让荆杨惊慌的是，当他问询时，刚刚还用流利的英文向他致谢的黑人兄弟，嘴唇哆嗦着含糊不清地说着他完全听不懂的语言。

就在这个时候，身后突然有人叫道："这是心脏病发作，赶紧让他躺平。"

那人说着便冲上来迅速打开行李舱拖出一个旅行包打开，从里面掏出一瓶"速效救心丸"递给荆杨。然后又一边娴熟地帮助黑人兄弟舒展身体，一边柔声细语地和他交流着。

待到黑人兄弟症状消除后，荆杨才看清帮忙的是个风姿绰约的女子。没错，她就是心理师夏知秋。面对众乘客的夸奖，她微笑着说黑人兄弟讲的是斯瓦希里语，她恰好略懂一点。黑人兄弟拼命地点头，又用流利的英文笑称自己不知道为什么突然就忘了说英文。夏知秋跟着解释，说这是人在身体极端情况下的本能反应。

夏知秋也在公务舱，座位就在荆杨前面一排。广播的时候她正戴着耳机闭目养神，听到身旁的乘客议论，才赶了过来。荆杨身边的座位正好空着，二人很自然地坐到了一起。许是被荆杨的温文尔雅打动，两个人很快便相谈甚欢，十分投机。

夏知秋七年前从上海外国语大学毕业后进入电台担任主播，一年后因为失恋，情绪失控导致一场严重的演播事故，被电台开除。她割脉自杀未遂后开始周游世界，在非洲结识了在联合国难民署担任顾问的一个新加坡籍华人心理学家，便追随她在刚果当了三年志愿者。之后，她又跟着心理学家回到新加坡，在她的心理咨询工作室担任助理。这次回来，是因为母亲患了阿尔茨海默症，才下定决心回到国内发展。

荆杨被她这神奇的经历打动，意犹未尽，临下飞机时主动邀请她来搜救队担任心理顾问。没想到夏知秋却以自己家在杭城郊县为由，婉言拒绝。但荆杨求贤若渴，找她要了联系方式，声称一定会找到一个令她无法拒绝的理由。

有道是无巧不成书，如果表达文艺一点，那就是这人世间总有些事，冥冥之中早有安排。荆杨恐怕做梦都想不到，这个蕙质兰心，令他怦然心动的女子，身世背后与一个和他水火不容的男人休戚相关。

荆杨一回来，梨雨就得到了消息。荆杨搭乘的那次航班所属的航空公司是梨雨的客户，他们的微信公众号发布了头天晚上该公司空乘人员在飞机上救助心脏病人的消息。她在这则消息的配图上，看到了荆杨的身影。

梨雨转发了这则消息给路宽和陈实，想跟他们组团一起去找荆杨。路宽说，你别找事。陈实说，老板去我就去！梨雨最后带着铁蛋去了耐特。

去之前，梨雨担心荆杨不在，便给耿超打了电话。耿超接电话的时候，正跟荆杨以及几个核心队员在商议下个月的那场联合演习的事，便要她把视频资料发给自己。梨雨醉翁之意不在酒，坚持要面见荆杨。耿超便紧张地问她跟谁一起来，梨雨说到了就知道了。

荆杨笃定路宽不会来，耿超问他为什么，荆杨笑称只是预感。

经历了上次搜救，荆杨基本上颠覆了对梨雨的看法，所以再见面时，温和了好多。众人寒暄了几句，梨雨便拿出电脑打算给他们放映磁山搜救时的视频。但众人的注意力都转到了铁蛋身上，这小子安静了几分钟后便闹腾个不停，跟小兽似的满地飞奔，从会议室窜到作战室，东摸摸西捏捏，看什么都新鲜。

荆杨问梨雨："他就是那个铁蛋？"

梨雨点头："到现在还没搞清楚他到底是哪里人，办法都想尽了。"

荆杨想了想，挥手把铁蛋叫到身边，问他："你知道我们是干什么的吗？"

铁蛋先是摇头，接着又点点头："你们是找人的。"

"我知道你家在哪儿。"荆杨说完，牵着他的手走到会议室一侧墙上的地图边，拿手指着江西，说道，"就在这儿。"

铁蛋愣在那里不说话。

荆杨便蹲下来，捏捏他的脸蛋，柔声细语："你告诉叔叔，上次是谁找到你的？"

铁蛋转过身，看了眼众人，然后拿手一指耿超。

"这个伯伯以前是警察。"荆杨一边说着，一边指向另外几个队员，"他们比这个伯伯还厉害。"

龙大锤附和着说道："你面前的这个叔叔更厉害，他是我们的师父。"

铁蛋扭捏了半天，说道："那你们可以帮我找到爸爸吗？"

"当然可以了！"荆杨说道，"你要跟我们讲真话，不许撒谎。"

铁蛋拼命地点头。一旁的梨雨，悄悄地打开手机对着他拍摄。

"你家在哪里？"

"玉山。"

"你爸爸是做什么的？"

"考古学家！"

"叫什么名字？"

"爷爷说他叫大强，小名叫八一！"

"你叫什么名字？"

铁蛋犹豫着。

"不找到你爸爸，我们不会送你回家的。"荆杨说着用小手指钩住铁蛋的手指，"我们拉钩上吊，大男人一言九鼎。"

铁蛋挺直胸脯，来了个竹筒倒豆："我叫孙强，小名叫铁蛋，也有人叫我孙猴子。妈妈跟人跑了，我跟爷爷一起生活，可是从来没见过爸爸……"

众人相视一笑，如释重负。荆杨摸摸铁蛋的脑袋："你为什么要找爸爸？"

没想到，铁蛋听到这句话，"哇"的一声哭了起来。大家一下子慌了，荆杨抬手示意大家安静，然后默默地将铁蛋搂进了怀里。

良久，铁蛋才一边抽泣一边说道："同学们都说我爸爸是坏人，早就死了。可是我不相信，因为爷爷说他是考古学家，等我长大了，他就回来了。"

"家里有爸爸的照片吗？他长什么样？"荆杨轻声问他。

铁蛋摇头，愣愣地看着荆杨，讷讷地说道："爸爸应该就是你这个样子。"

梨雨和石小丽听罢，眼泪忍不住夺眶而出。

荆杨红着眼睛用力地点点头，然后抱起铁蛋对梨雨说道："把他们俩叫过来吧。"

路宽在路上反复看着梨雨发给他的视频，内心五味杂陈。

"一物降一物。不过，这姓荆的不愧是个博士，真有两把刷子。"陈实开着车，嘴里念叨着。见路宽没搭理他，又感慨道，"咱们的智商都被铁蛋，不，孙猴子！给碾压了。这小屁孩子真真假假，咱们被他玩得团团转。"

陈实跟路宽关注的点不一样。路宽纯是觉着这孩子可怜，然后还带点自责与挫败感；陈实只觉着铁蛋太狡猾，牙痒痒，手也痒痒，恨不得给他一个大嘴巴子。

铁蛋虽然聪明，但终究还是个孩子。等到二人赶来时，他跟没事人一样，没心没肺地缠着龙大锤帮他买冰淇淋。陈实实在是忍不住，伸脚踢了下他的屁股。

荆杨的动作非常快，路宽还在路上的时候，他打了两个电话便确认了铁蛋的真实身份。他本来判断铁蛋的父亲可能已经离世，没想到却是个正在服刑的犯人。铁蛋刚出生没多久，他父亲就因为偷盗电缆被判了九年有期徒刑；他母亲是从犯，被判了三年，出狱后便回了西北娘家；铁蛋则是一直跟着爷爷。

几个人避开铁蛋，商议了许久，最后都听了路宽的建议：先稳住他，然后设法让父子俩见面。

至于路宽的事，当时谁也没提。直到大家看完梨雨的作品，准备离开时，路宽才跟荆杨说道："我的事，我自己会处理好。有什么任务，方便的话就通知我一声。"

荆杨看着白板上密密麻麻的名单，对他说："下个月有个联合演习，你们可以来观摩。"

路宽笑了笑，说："这些都是参加演习的精英分子吧？研究他们没用，你得好好研究咱们自己的队员。"

荆杨笑而不语。

06

自从荆杨承诺后，铁蛋就开启了"找到我爸爸了吗？"的语音复读模式。路宽原本打算把狗蛋的爷爷也接过来，但老人家腿脚不方便，心大得很，隔三差五地打个电话，也不急着见孙子。

按照路宽的策略，就是每天编排些情节，跟铁蛋透露一点最新的进展，然后三个人分工，陈实作为主力，继续带着这小子吃喝玩乐。陈实也没了脾气，私下里又担心铁蛋被他们惯出毛病，乐不思蜀再也回不去了，便拼命地压缩开支，还时不时地支使他干点力所能及的活儿。

铁蛋卸下伪装后，人变得乖巧了很多，干起活来也是有模有样，但那股子机灵鬼马的劲儿是怎么也藏不住的。陈实只消一个眼神，这小子就能读懂他想要什么。嘴巴又甜，客人来了，跟在后面"叔叔、阿姨"叫得可欢了，不知道的人，还以为他跟长得一副大叔脸的陈实是父子俩。

这边厢稳住了铁蛋，路宽消停了几天后，便一个人偷偷跑到"山羊队"的训练基地去刺探军情。荆杨这个时候邀请他观摩联合演习，就是在表明态度，他有理由相信这是在暗示他有机会代表耐特搜救队参战。至于荆杨为什么没有明说，其实不言自明。

路宽对"山羊队"并不陌生，早在上大学的时候就在学校参加过由他们组织的防灾演习。之所以没有考虑加入他们，是因为"山羊队"背靠一支由民营企业主导的公益基金。

"天下熙熙皆为利来"，商人向来都是无利不起早。从小耳闻目染，看多了商场的虚伪与浮夸，路宽对这样的组织向来都是抱着怀疑的态度，认定了他们背后的资本钻营奔竞，打着公益的旗号为企业甚至个人脸上贴金。

现实中，这种事确实屡见不鲜。若不是有人忘乎所以，最后玩崩了翻了船，谁也不会去在意。老路的"野生动物保护基金"就是个鲜活的例子，成立时大张旗鼓地开新闻发布会，嘉宾云集，光是所谓的专家与媒体就请了上百号人。之后，几十个理事单位更是轮番上阵，借机炒作自己的公司与产品。而真正受到资助的所谓"反盗猎斗士"们，听说只有寥寥数人，更多的时候，这支基金都在牵强附会，赞助各种打着野生动物保护概念的活动。

如今，在与耐特打过交道后，他对这样的公益组织有了全新的认识，也让他意识到，自己过去的思想有多么狭隘。这个世界真的有那么一群人舍己为人，满怀赤子之心。他们或许无法完全摆脱资本的摆弄，但在危难面前毫不犹豫地挺身而出，仅此一点，就足够令人敬重。

这几天"山羊队"集中了一批队员在城西水库进行水上救援演练。路宽专门置办了一套渔具，装扮成钓友"隔岸观火"。通过观察，他发现这支队伍不仅装备先进，而且队员之间配合得十分默契，看上去就是一群身经百战的老兵。从形态看，路宽判断这二十个人应该是经过遴选后组建的精英小队。

显然，为了这次演习，大家都在暗中较劲。

为了搞清这次演习的内容，路宽约耿超吃饭。耿超并没有应约，但他知道路宽的意图，挂了电话便主动加了路宽的微信，将关于联合演习的正式通知转发给了他。现在摆在他面前的唯一障碍就是老路了，这一关必须得过！

那天下午从水库回来，路宽直接去了城北的径山。那里隐住着一个江湖人称"王不通"的珠宝鉴定师。他是老路正经磕了头递了拜师帖的师傅，亦是"卡莎蒂儿珠宝"的创始元老。从路宽记事起，老路就一直把王不通当作公司的精神领袖，对他俯首帖耳。但王不通似乎不怎么待见这个高徒的儿子，总是板着脸，路宽也从小就对他敬而远之。

王不通性格偏执，脾气又臭又硬，狂傲无忌，向来说一不二，并且嗜酒如命。熟悉他的人都顺着他，没人敢冒犯他。但他有个优点，凡是身边之人有所求，他一定会挺身而出仗义相助。当年路宽报考传媒学院和中途退学去当兵，都是因为他从中斡旋，老路才妥协。

路宽当兵的第二年，老路因为坚持要进军房地产市场，王不通一气之下撕碎老路的拜师帖，跑到山上隐居。据说后来老路每个月上两次山去找他，坚持了一年，门口的茅台酒都堆成了山，但王不通吃了秤砣铁了心，就是闭门不见。

大约是对师傅彻底死了心，路宽当年回家探亲，曾经想调和他们之间的矛盾，但老路苦笑着摇摇头，还告诫儿子不要去打扰他。如今，已是万不得已，路宽想碰碰运气，试试看能不能搬出这个救兵。

王不通不仅把路宽让进了屋，还亲自下厨做了一桌好菜。那天晚上，爷俩喝了两瓶二锅头，推心置腹，彻夜长谈。王不通还是过去的脾气，直言不讳，打开话匣就收不住，该说的，不该说的，说了太多。早上送路宽出门的时候，他说他不想出面，希望路宽能自己解决问题。

清晨的径山，佳气氤氲，飞云缥缈。如此美景，置身其间本应闲庭信步，但路宽却双眼红肿，步履蹒跚。老天和他开了个天大的玩笑，他从来没有在做完一件事情后，像今天这般后悔。他恨王不通毁了与另一个男人的君子约定，恨他残忍地编造了一个狗血离奇的故事。

原来路宽并非老路的亲生子。三十年前，在五金厂当了十年工人的路崇德追随老板去非洲淘金，四年后，老板在东非爱上了一个来自中国福建的女孩。又过了一年，路宽出生，就在他满月的那天晚上，一伙劫匪冲进他们刚刚建成的钻石加工厂，绑架了厂长路崇德。为了赎回路崇德，路宽生父带上自己所有的积蓄又将自己当作筹码，最后还是被绑匪残忍地杀害。路宽生母因此一病不起，不久后便客死他乡。

路崇德很快便卖了非洲的工厂，遣散了所有工人，带着两个月大的路宽回到了杭城。去东非闯荡前，他和路宽生父都已成家，但路崇德的婚姻名存实亡，其妻又十分强势，为了路宽不受伤害，路崇德忍辱负重，宣称路宽是自己的私生子，不仅和妻子离婚净身出户，至今也未再婚……

过往与老路相处的时光像黑白胶片般在脑中闪现，路宽的眼里一片朦胧。

2003年仲夏，刚从非典疫情中缓过劲来的路崇德，便迫不及待地发布了国产高档珠宝品牌"卡莎蒂儿"。孰料，公司的第一款产品就因涉嫌抄袭某国际珠宝品牌的设计，惹上了官司，被对方巨额索赔。竞争对手乘此机会挑动媒体攻讦"卡莎蒂儿"崇洋媚外，是国货之耻，各渠道纷纷下架公司产品。

面对突然间的无妄之灾，年富力强的路崇德急火攻心，突发脑溢血。就在医生宣布无力回天，王不通已经张罗着为老板准备后事的时候，谁也没想到，在上海贵族学校读书的路宽，赶回来跪倒在地叫了声爸爸后，已经陷入深度昏迷的路崇德，竟然奇迹般地睁开了眼睛……

那年的冬季，43岁的路崇德脖子上架着7岁的儿子登上了世界知名珠宝杂志的封面。他们的照片下面，还搭配了一行醒目的汉字："不可能的奇迹，被神佑的卡莎蒂儿。"

路宽现在仍然清楚地记得，老路康复出院的那天，那家状告"卡莎蒂儿"的公司突然撤诉，王不通情不自禁地第一次，也是唯一一次抱起他，对喜极而泣的老路说道："天道轮回，这孩子是你的福报！"

那时候，少年的他听不明白这句话隐含的意思。从那时到现在，他觉得自己一直活在这个男人的威严之下，并没有因为自己带给他的幸运，被另眼相待，也从未怀疑过这个专横霸道的男人作为父亲的身份。

在见王不通之前，他做了最坏的打算。他知道老路并没有他表现的那般强硬，只要跟他死磕到底，够狠、够决绝，他就一定会妥协。但如今，他不知道该如何去面对那个男人，不知道该不该向他低头示弱，他已经心虚得没有任何底气与他讨价还价。如果有得选择，他宁愿自己一辈子蒙在鼓里。

在山下溪水里洗了把脸平复了一下心情后，路宽又将车子开去了"白马陵园"。那里长眠着一个藏族姑娘，她是他的挚爱，是他的精神支柱，更是他谁也替代不了的倾诉对象。

六年前，当她不幸罹难的时候，他跪倒在她身边发誓：若见危难，赴汤蹈火；穷尽此生，救人救命！

第五章

01

　　磁山搜救的视频，是梨雨迄今为止制作得最用心的作品。她原本想拿它当作"投名状"，进驻耐特搜救队拍摄民间公益救援组织的纪录片。她甚至连这个纪录片的名字都想好了，叫《拯救者——民间救援组织现状实录》。

　　在耐特的办公室里，她也婉转地表达了自己的这一规划。不知道是因为铁蛋的事影响了大家的情绪，还是自己的作品真的乏善可陈，在场观影的人，除了甘心当"托儿"的陈实一惊一乍地时而赞叹时而鼓掌外，其他人似乎都没什么反应。尤其是路宽，看上去心不在焉。

　　而最让她无法释怀的是，荆杨看完后的那句"挺好的广告片"的评价。她知道荆杨不仅仅是出于客套，因为他很认真地看完了。她无法理解这句话的真实用意。这个作品虽然出自一个常规的便携式摄影机的镜头，但却倾尽了她几乎所有的才华，拼接、调色、配乐，甚至还加了特效。之前她发给一些人看，有个客户看完甚至直接打电话表示要投拍她后面的纪录片，同学群里更是一片赞誉，满屏都是点赞的表情。

她不知道问题到底出在哪里。那种挫败的感觉促使她将自己关在家中，反复梳理和审查那天拍摄的所有素材。然而，那天晚上，她坐在电脑前突然就崩溃了，跟着大哭了一场。楼下，此时路宽正向陈实描述着这几天"山羊队"的训练情况。两个人都听到隐隐约约的哭声仿佛来自楼上，陈实下意识地给梨雨打电话，无人接听后，路宽便差遣铁蛋上去敲门。

过了半天，铁蛋撇着嘴回来说屋里没人，话音刚落，梨雨手里提着小龙虾和啤酒，"咣当"一声破门而入。她穿着居家服，长发随意地绾在脑后，一进来便晃晃悠悠地将手里的东西扔在餐桌上，招呼着哥俩来喝酒。

哥俩吓了一大跳，盯着她半天没说话。

"都傻了吗？"梨雨说着，拿起一瓶啤酒含进嘴里熟练地咬开瓶盖，然后仰起脖子咕噜咕噜一口气喝下了半瓶。

陈实终于反应过来："形象，你是淑女，请注意形象！"

"是遇到什么事了吗？"路宽一脸关切地问道。

梨雨沉默片刻，说道："我想听听你对我拍的那个片子的评价。"

路宽轻舒一口气，说："你是要我讲实话，还是敷衍你？"

"那你先闭嘴！"梨雨知道他嘴里没好话，一脚踏在餐椅上，又开了瓶啤酒蹾在陈实面前，"你先来！记住了，祸从口出，想好了再说。"

陈实嘿嘿笑着："我不是点评过了么？没看见那天我手掌都拍烂了。"

梨雨拿眼一瞪："鬼才信你的话，拍马屁谁不会呀？"

"你这是逼着我酒后吐真言么？既然这样，我就不客气了！"

陈实说完，拿起啤酒喝了一口，然后起身来回走了几步，突然转身摇头晃脑地说道："高尔夫同志曾说过'艺术来源于生活，又高于生活'……"

"不是高尔夫，是高尔基！"陈实话没说完，一旁戴着耳机在打游戏的铁蛋，冷不丁地说道。

陈实说："你给我一边待着，大人说话，小孩别插嘴！"

路宽乐不可支："你连铁蛋都不如。这话应该是车尔尼雪夫斯基说的！"

梨雨秀眉微蹙，一改往日飞扬欢脱的模样，看上去有点无所适从。

"既然如此，那我就知无不言了。"陈实沉静片刻，笑道，"如果满分是十分的话，这部作品我要扣掉一分。你还年轻，给你满分，怕你会骄傲。"

"你在敷衍我，一点都不好笑。"梨雨眼睛眨巴了几下，竟泛

神，拼命地往回找补："我说的是实话啊，好莱坞大得我热血澎湃，激动的心情久久不能平复。"

梨雨血过头，张开手掌拭了下眼角，转头又冲着一旁的路宽说道："你说实话吧，我扛得住。"

看到梨雨这番模样，路宽的心脏莫名地抽动了一下。就在这一瞬间，他想起了仓拉，那个似水柔情不食人间烟火的藏族姑娘。因为被评委暗讽歌声没有灵魂，毅然决然地退出那场她准备了数年的歌唱大赛。他没想到，眼前这个风风火火、大大咧咧，个性与仓拉截然相反的姑娘，却有着同样敏感而又倔强的内在。这让他不得不打起精神，努力应对。

"我觉得你有点用力过猛。"路宽说完顿了顿，像是在思考要如何表达，过了会儿才心平气和地接着说道，"我个人觉得，纪录片就应该真实呈现。艺术加工只是为了强化主题，过度的煽情甚至粉饰，只会将'真实'淹没。"

梨雨眼前一亮，显然是被这番话触动，她用力地点了点头，示意路宽接着往下说。

路宽摇摇头："我是外行，这仅仅是我个人的一点观感。如果非要我说狠一点儿，那就是欲速则不达，太想表现自己只会适得其反。"

梨雨愣在那里，陈实在一旁连大气都不敢出。良久，梨雨像突然通透了般，竟破涕为笑，一拍桌子说道："谢谢你的直言不讳，咱今晚不醉不归！"

梨雨很能喝酒，而且越喝越兴奋，还叫嚣着要与陈实单挑。她说自己长这么大，极少喝酒，但只要端起酒杯，就没碰到过对手。打嘴仗从来不服输的陈实，便说自己伸出一根小指头就能将她喝趴下。两个人推杯换盏、猜拳行令闹腾得不可开交。

路宽在一旁笑眯眯地看着他们，他一直就不喜欢能喝酒的女人，只要碰到，总是会忍不了劝说几句。但今天却有些例外，非但没有去阻止她，还主动与她碰了几次杯。他清楚地记得，王不通曾在酒桌上说过一句话，不要去夺一个轻易不喝酒的人手里的酒杯。

很久以后，梨雨问路宽，那天晚上为什么看着她出丑而不劝阻她。他笑着说："那天，我认识了一个姑娘，看到了她的追求与执着，看到了她的纯真与可爱。"

那天晚上，铁蛋被路宽指派护送梨雨回家。这孩子精怪得很，大人们在喝酒，他一边玩着游戏，一边竖着耳朵在听着。到了梨雨家里又赖着不走，背着手在房间里转了两圈后，煞有介事地问梨雨："姐姐，你是不是喜欢我路哥？"

梨雨扑哧一下笑一声，拎住他的耳朵，问道："是谁告诉你的？小屁孩，可不要乱说话！"

"陈总说的。他说你对路宽一见钟情！"

"那你觉得路宽大哥喜不喜欢姐姐？"

"我不知道。"铁蛋摇摇头，"姐姐，我告诉你一个秘密，但你不准哭鼻子。"

梨雨曲起手指弹了下他的额头："说吧，姐姐从来都不会哭鼻子。"

铁蛋一脸凝重地说道："他电脑里有很多张小姐姐的照片，长得和你一样漂亮的小姐姐。"

梨雨愣在那里，过了好一会儿才笑道："很正常呀，姐姐的电脑里也有好多很帅的小哥哥照片。"

"不是明星，那是他的女朋友。他晚上老是打开电脑盯着她的照片看。"铁蛋说完，又自作聪明地说道，"我觉得他们应该是分手了，因为我有好几次看到他好像哭了。"

"你问过他吗？"梨雨深吸一口气，轻轻地摸了摸铁蛋的脑袋。

铁蛋撇撇嘴："问过的，他不告诉我。还警告我不要到处乱说。"

梨雨点点头："记住了，一定要听大人的话，以后不要到处说了。"

"嗯。姐姐，你是不是很难受？"

"没有，快点回去睡觉！"

梨雨通宵未眠。她想起了初见路宽时，他车里的那束白色的玫瑰；想起了他驾着车子驶向的那个陵园；想起陈实在她逼问下，欲言又止的样子。这个男人到底经历了什么？他和那个让他半夜流泪的姑娘，到底有着怎样的故事？她不敢妄下结论，却又忍不住地胡思乱想。

02

联合演习前的一周，陈实突然接到耿超的电话，让他通知路宽和梨雨，三人一道参加耐特救援队"战前动员会"。通知他们参加动员会的意思就是默认了他们的身份，陈实开心得差点儿蹦了起来，想都没想，便忙不迭地通知另外两位。

结果到了下午，他又意外接到老路秘书的邀请，让他参加老路的六十周岁生日宴。陈实受宠若惊，但很快便冷静下来，问秘书有没有通知公子，那秘书尴尬地笑了几声便挂了电话。

陈实意识到老路只是想假他之手，借着这个时机，为他们父子破冰。老路的生日与动员会恰好又是同一天，并且都安排在了晚上，陈实坚定地认为路宽一定会选择去开会，他不敢贸然去劝说，思来想去，决定和梨雨商量后两个人一起出面。

梨雨听完这父子俩的故事后，和陈实的判断差不多，为了这次演习，路宽做了很多功课，以他的性子，肯定会毫不犹豫地去开会。两个人商量了半天，决定向荆杨挑明，看看动员会是否有可能改日，或者让他找个理由收回成命。

孰料，荆杨断然拒绝了他们的提议，完了还叮嘱二人不要瞎掺和，让路宽自己选择。陈实气得直跳脚，大骂荆杨不近人情，却又无可奈何。就在两个人纠结的时候，二人的手机同时接到了路宽的微信，约他们一起吃晚饭，并宣称有事相商。

几个人刚坐下，路宽便开门见山，声称要给父亲过生日，不去参加动员会。陈实和梨雨四目相对，不约而同地长舒一口气。陈实嗫嚅片刻，便说自己也接到了老路的邀请。路宽一脸诧异，愣了好一会儿，才笑着点点头。

陈实虽然脑子里有无数个问号，但还是选择了闭嘴，几个人都心照不宣地结束了这个话题。没想到，一直在低头吃饭的铁蛋，却突然宣称他也要去吃酒，还叮嘱陈实帮他准备礼物，什么寿桃、寿糕、寿幛、寿屏，跟个老夫子似的，如数家珍。

吃完饭，上车的时候，梨雨对路宽说道："我的父亲曾经告诉我，如果你认定了一件事，又很难去说服那些反对你的人，那就做给他们看。"

路宽笑着点点头。

那天晚上回到公寓，梨雨在屋里转了半天后给耿超打了个电话，捎带着狠狠地夸了路宽一番，接着又跟陈实视频连线，如此这般地和他商量着自己的一个秘密计划。

生日那天，路宽吃过早饭就回到了阔别数月的家中。他原本想早点来搭把手，帮忙张罗下，没想到老路出差还没回来。路家的保姆虽然来了没几年，跟路宽相处的时间有限，但看到他回来，竟喜极而泣。她说先生原本想举办家宴，担心儿子不愿意回家，才临时将宴会改到了私人会所里。

路宽内心五味杂陈，竭力掩饰着自己的情绪。兴许是太兴奋了，保姆七七八八说了很多老路的日常，说自从路宽搬走后，她就没见过先生的笑脸；说他除了早餐，很少在家里吃饭；还说他一回来就待在书房里，院子里的花花草草也不爱侍弄了。

路宽红着眼睛走进了父亲的书房。最后一次跟老路吵架，就是在这个书房里，当时书桌上摆了一张他儿时被老路架在脖子上的照片。现在，那张照片不见了，但书桌和书柜上却多了很多他成人后的照片，墙上挂满了他在学校和部队里的各种证书与奖状。他记得这些东西都放在自己卧室的柜子里，搬家的时候忘了拿走。

保姆端来了一碗酒酿圆子，他接过来吃了几口，终于忍不住热泪盈眶。小的时候，王不通只要来家中做客，喝完酒后都要吃一碗老路给他做的酒酿圆子。有一次，向来对他冷淡的王不通，分了半碗给他，为了讨其欢心，他说这是世上最好吃的东西。没想到老路当了真，经常下厨给他做，每次都会在上面撒上几粒干桂花，还说这样吃完唇齿留香。

老路并不知道，这是儿子的违心之言。他从小就不喜欢甜食，更痛恨一切黏牙的食物，只是怕老路不高兴，才从来不说。

今天是他吃得最香的一次，虽然不是老路做的，虽然没有桂花。

保姆接了个电话，然后凑到他跟前小心翼翼地说道："先生来电话，他已经下飞机了。我跟他说你回来了，他让你直接去会所。"

路宽点点头。

保姆犹豫片刻又说道："先生要我把书房里的照片收起来。我没说你进去过了。"

"嗯，不用跟他说。"路宽笑着说，"收了吧，他是怕我看见。"

"还是搬回来住吧，一家人在一起多好。"保姆的眼睛红红的

路宽愣了下，摇了摇头："他已经习惯了我不在家。阿姨，帮

我照顾好他。"

路崇德站在会所门口迎接的第一个客人便是自己的儿子。路宽牵着铁蛋，远远地看见父亲便低头准备跟铁蛋交代几句，没想到这小子撒手往老路跟前奔了几步，然后扑通一下跪下倒头便拜，嘴里兀自喊着："祝伯伯福如东海、寿比南山！"

路崇德愣在那里半天没反应过来。好在陈实机灵，赶紧上前把铁蛋拽起来，顺势跟老路解释说是朋友家的孩子。

老路见到儿子，虽然内心激动，但表面上仍旧一副严父的模样，待到陈实带着铁蛋进了屋，才问路宽："那个娃什么情况？"

路宽也不拘谨，照实里说道："这孩子是捡来的，已经找到他家人了，过段日子就送回去。"

老路点点头，便不再多问。

进了会所，路宽才猛然发现，今天不仅是父亲的生日，还是卡莎蒂儿公司成立20周年的日子。他更没想到，以往凡遇喜事必大操大办的老路在这双喜临门的日子，只邀请了数十人，甚至连他的近亲都没来。而这些人，几乎都是熟面孔，除了陈实，大抵上都是老路多年的挚友和卡莎蒂儿的董事与高管们。

路宽只当是父亲年纪大了，并未多想，跟客人们逐一打了招呼，便寻了个座位坐了下来。

兴许是因为儿子的到来，路崇德虽然舟车劳顿，但看上去却是精神奕奕。简短的开场白后，便带着儿子逐个给客人敬酒。来客多是知根知底的人，见到父子联袂，都以为雨过天晴，皆是心照不宣，酒桌上一派祥和的景象。

但谁也没想到，酒过三巡，路崇德毫无征兆地突然起身宣布他将渐渐淡出公司管理层，并宣称儿子路宽不日将正式接手卡莎蒂儿。话音未落，掌声四起。大家异口同声地要路公子讲几句，表个态。

路宽茫然无措，根本来不及反应，他竭力地想要让自己沉静下来，但那一刻，脑袋里却是一片空白。从那些董事与高管们的反应来看，老路来这么一出，显然是早就与他们沟通好了。他不知道该如何应对，但有一条他十分清楚，如果当着这些人拒绝父亲，在世俗的眼里，绝对是冒天下之大不韪。

昨天晚上，他又梦见了仓拉，梦见了纳木那尼峰和那一轮似血残阳。仓拉对他说，跟你父亲坦白吧，他点了点头。仓拉露出贝齿和浅浅的酒窝，开心得像他们初次约会时，他闭着眼睛挥动胳膊学她唱歌时的模样。

"路大哥要帮我找爸爸，他没有时间去当老板！"就在路宽打算表态的时候，铁蛋突然跳出来，大声地说道。

空气突然凝结，大家面面相觑，跟着都看向这个陌生的孩子。路宽没有说话，老路也没有反应，他在思考要如何应对。他处心积虑出此下策，算是不得已而为之。他知道儿子的秉性，就算再不甘心，也不会在这种场合拆自己父亲的台。他想用这种方式，让一切既成事实，但他千算万算，怎么都没算到半路上会杀出个小程咬金。

没等路崇德开口，公司的一个高管说道："他上班了一样可以帮你找爸爸呀。"

"上幼儿园的时候，老师就教导我们一心不可二用！"铁蛋毫不怯场，挺直身板回应，"路大哥和我拉过钩，不仅要帮我找到爸爸，等我长大了后，还要带着我一起去救人。"

"来，到伯伯这里来。"路崇德张开双臂走过来，对铁蛋说道，"大家一起帮你找爸爸，好不好？"

铁蛋后退一大步，振振有词："你们都是在哄我，只有路大哥不会骗我！"

路崇德尴尬地笑了笑，纵使他纵横江湖饱经世故，但面对一个童言无忌的孩子，他还是乱了阵脚，一时间竟束手无策。

一直在沉默的陈实，这时候才鼓起勇气，拿出一个U盘递给老路，说道："路叔，小孩子的话，您莫当真。我这里有一个短片，路宽他不知道。如果您有兴趣的话，我想让您看看。"

路崇德看了眼鸦雀无声的客人们，犹豫片刻，对一旁的服务员说道："把投影机搬来，大家一起看吧。"

03

陈实带来的短片，很久之后，仍然被那群参加路崇德生日宴的客人们所津津乐道。

梨雨殚精竭虑，整合了峡谷、高楼、磁山、找铁蛋，所有她拍摄的与能搜集到的关于路宽以及耐特救援队的照片与录像，精心制作了一部十多分钟的短片。客人们观影时屏声静气，忽而又忍不住地失声惊叹，甚至还有人鼓了掌。

唯有路家父子仿佛置身于另一个世界。老路在忽明忽暗的荧光中，旁若无人般一杯一杯地喝着酒；小路侧身远远地盯着老路，他看不清老路脸上的表情，但却能感觉到，这个男人在竭力掩饰着内心的失落。

也就在那一刻，路宽想起了多年前的那个夜晚，他穿着崭新的军装站在窗前，老路一个人裹着棉衣坐在院子里自斟自饮，喝了一夜的酒。那是他参军入伍前在家里的最后一夜，清冷的月光下，老路已是满头华发。

那天散席后，路宽带着陈实与铁蛋跟所有客人一样，怀着无比复杂的心情离开了路崇德的会所。路崇德没有和儿子握手告别，只是冲着门口挥了挥手，甚至都没有多看他一眼。

虽然关系铁得可以穿一条裤衩，但陈实却没法感知路宽内心深处的隐痛。他以为自己立了大功，在回去的路上，以胜利者的姿态滔滔不绝地炫耀着他和梨雨还有铁蛋是如何在这短短几天时间里，编排出了这场令观者动容、让老路哑口、帮路公子彻底脱身的大戏。

路宽从头到尾都没有搭腔，他清楚得很，陈实没这么大胆，主谋一定是梨雨，而立下头功的是铁蛋。他不知道是该感谢这几个伙伴，还是要责怪他们自作聪明。

那天之后的很长时间里，路宽只要闭上眼睛，脑海里总是浮现出老路在看短片时的如坐针毡，和送完客人后面对留下来试图要与他聊一聊的儿子时，脸上的寡淡与凄清。他无法解读老路这样的表现意味着什么，是无奈？是妥协？抑或是深深的绝望？

但无论如何，他知道，自己和父亲的隔阂已经愈来愈深。

梨雨还在继续折腾，虽然陈实拼命地粉饰，但她已经感觉到自己为路宽所做的一切不过是一厢情愿。她又跑到耐特去找荆杨，这一次，是为了铁蛋的事。

在跟荆杨打过几次交道后，梨雨虽然对他个人还不是十分了解，但已经完全认同他的团队，就是她心目中公益救援组织应该有的模样，他们的行为、信念与精神值得她挖掘与宣扬。更重要的是，她感觉到荆杨和队员们已不再那么排斥自己。

而荆杨这时候已经在耿超那里听说了梨雨在老路的生日宴上"搞事"，两个"老家伙"乐了半天，这姑娘的胆大得远远超出了他们的想象。耿超甚至还很八卦地宣称，她和路宽就是天生的一对，两个人注定会给搜救队带来青春与活力。

对梨雨的到来，荆杨一点也不觉得意外，但他显然是会错了梨雨的意思，没等她开口，便笑称："我不同意，你也会做的，没人能阻挡得了你。"

梨雨一愣，很快便明白了他是在说自己跟着搜救队拍摄的事。这倒是意外之喜，虽然他听着有点玩笑的意味，但明显是已经默认了。她忙不迭地起身，冲着荆杨鞠躬，然后信誓旦旦地表态道："您放心，我一定会令行禁止，凡事跟您商量，绝不自作主张！"

荆杨笑了笑，说道："我相信你的专业素养，但我还是要提醒你不要影响我们的正常秩序，以及尊重每一个队员和当事人的意愿。"

梨雨开心地说道："每次拍摄的素材我都会发您检阅。"

"那倒不必。"荆杨被她这诚恳的态度弄得反而有点不好意思起来，"我想，你要拍这个的初衷应该是给人以警示和教育，以及让人看到希望！"

梨雨拼命地点头。

荆杨接着说道："我希望你做一个忠实的记录者，用旁观者的姿态，无论是救人者还是被救者，他们都是平凡之人。不仅要呈现他们的坚定、无畏与永不放弃，还要让人看到危境之下最真实的人性，他们的犹豫、胆怯乃至绝望。"

梨雨微笑着，但眼里分明闪动着泪光。她从来没有如此感动过，这个男人在她心目中过去的形象已经彻底被打破。此刻，他就像灯塔般，照亮了她前行的方向。

这些年为了生存，她被现实裹挟，从最初的抗拒到迷茫再到慢慢妥协，在资方的指定下，粉饰太平、歌功颂德，机械地重复着没有灵魂的影像，做多了"行活"便渐渐形成了一种本能，总想着用那些花里胡哨的东西去讨好别人。

如今，荆杨的一席话让她如释重负，他和路宽说的，其实就是她决定要接过父亲的衣钵以来一直的梦想与追求，一言以蔽之，就是要回归本真。

梨雨还想说点什么，被荆杨阻止了，毋需多言，他已经从梨雨的眼神里感受到了她的态度。梨雨便将话题转到了铁蛋身上，如此这般，花了两分钟简明扼要地抛出了一个需要包括搜救队在内，多方参与的计划。简单来说，就是大家合力演一场戏，帮助铁蛋完成愿望，让父子俩相见。

荆杨没想到这姑娘不仅脑回路清奇、敢想敢干，而且找到了铁蛋父亲服刑的那座监狱的主管部门领导，得知了铁蛋父亲表现良好，多次减刑，已刑满释放的消息。又辗转打听到他的下落，成功说服了他配合演戏。荆杨没有夸奖梨雨，更没有着急表态，沉默片刻后，拿起手机拨通了耿超的电话。

从耐特回去的时候，梨雨在小区门口碰到了刚从健身房回来的路宽，和上次一样，手里拎着盒打包的酸辣粉。

梨雨将车子悄悄地驶到他身边，摇下车窗打趣："小哥，又送外卖呐？"

路宽瞪着她，没说话。

梨雨笑靥如花："别板着脸呀，我也想吃你这个。"

路宽手一抬，便将手里的打包盒递了过去。

梨雨扑哧一下，笑出了声："你可真是个钢铁直男！上车，我带你去一家新开的四川餐馆，吃最正宗的酸辣粉！"

路宽站在那里似乎有点犹豫。

"走吧，就在这附近，我正好有事儿找你商量。"

路宽不情不愿地上了车，梨雨本想再逗他几句，从后视镜里见他靠在后座上心事重重的样子，便自觉没趣，闭了嘴专心地开着车。

梨雨大约也猜出了路宽为何情绪低落，点完餐后便直奔主题，将关于铁蛋的那个计划和盘托出。今天在耐特，她和荆杨加上耿超和石小丽，四个人就细节推演了好久。

路宽琢磨了一会儿，问道："你们想过没有，见了面却不能马上团聚，会不会弄巧成拙？以铁蛋的性子，他要是不愿意一个人回家呢？"

"想过了，这也是我们最担心的地方。这小子鬼得很，确实不容易忽悠。但铁蛋父亲离开监狱后，在工地接了一个活儿。他想挣点钱再体面地回家。"

"只要让他见到父亲，这戏怎么演都行。"

"那我们就按照他不知道父亲坐过牢来演。要是他死活要跟着父亲怎么办？"梨雨开始紧张起来。

路宽没好气地反问："麻烦是我惹的，人也在我身边。这事你们事先都不跟我商量就决定了，现在来问我怎么办？"

梨雨连忙解释："大家考虑到你自己的事……"

路宽手一挥，打断了她，说道："既然你们都安排好了，就只能走一步看一步，见招拆招了。"

梨雨长舒一口气，见路宽不再说话，埋头吃了几口，便没话找话，问路宽："跟我说说在部队的事吧？我父亲也当过兵，小时候听他讲过很多他当兵时的故事。"

路宽显然对这个话题没什么兴趣，笑了笑，轻描淡写地说了句"吃饭、睡觉、训练、执勤；白天兵看兵，晚上看星星，没什么好玩的事"。

梨雨撇了撇嘴，还有点不甘心："陈实说你去过亚丁湾执行任务，还说你本来可以留在部队的。我挺好奇的，你为什么要选择退役呢？"

路宽闻言，愣了好久，才反过来问梨雨："你为啥干这一行？我也挺好奇的。"

"要我说实话吗？"梨雨笑问。

"当然！"

"和你一样任性，想干什么就干什么！"

"总得有个缘由吧？"

"有，但我不想告诉你。"

"为什么？"

"因为你不会聊天，因为你从来没有把我当朋友！"

04

杭城公益救援组织联合演习的头几天，"诚实汽修店"附近一个工地里发生了一起坠井事故。那天已是傍晚时分，陈实刚送走铁蛋回到店里，工地里守建材的大爷便火急火燎地跑来求助。

大爷也是贵州人，儿子是这片工地的负责人，他之前来陈实店里借过扳手，两个人便认了同乡。他担心这事会影响儿子，吓得没敢报警，也抵死不让陈实报警，信誓旦旦地说只要两个人合力，用绳索就可以把孩子拽上来。

陈实信了他的话，拿了几件他认为可能用得着的工具就赶到了现场。结果才发现那是个废弃的机井，口径只有四十公分，井深至少有三十米。那孩子应该是卡在半道上，好在这是口枯井，但成年人根本进不去，孩子虽然还活着，但声音微弱得几乎听不见。如果再拖下去，很有可能会缺氧窒息。

大爷吓得说话也不利索了，一个劲地念叨着娃娃要是死了该怎么办。陈实没有再犹豫，支使大爷去找个东西往里面扇风，跟着便打了119报警，然后又给路宽打了个电话。

大爷见陈实报了警，当下也就踏实了，吞吞吐吐地说这孩子还有两个小伙伴，他们第一次打算从大门进入工地，被大爷赶了出去，后来应该是从工地外围挡板的缝隙里偷偷钻进来的。大爷发现他们后，那两个孩子慌慌张张直接跑掉了，他回头做好了晚饭才突然感觉不对劲，在工地里巡视了一圈，才听到机井里有人在呼救。

路宽接到电话后，想都没想便把铁蛋交给了楼上的梨雨。但他赶到现场时，先他一步的消防队正在协调工程机械，准备使用挖掘机在旁边掘土救人。而孩子的家人也闻讯赶到，正在呼天抢地。

按照大爷的说法，此时离孩子坠井至少已经过去了三个小时，情况不容乐观。路宽查看了一下现场后，便拿出手机给梨雨打了个电话。没想到，此时梨雨已经带着铁蛋打了辆车在来工地的路上了，她和路宽想到了一起，就是用铁蛋救人。

等到梨雨赶到，挖掘机已经在开挖了，按照司机的估算，至少得两个小时，而且根据现场的土质判断，挖那么深，稍有不慎就有可能会引发坍塌事故，给被困者造成二次伤害。路宽正在跟带队的消防队队长商量着，但对方却是犹豫不决。

铁蛋一下车，冲到井边趴着看了看，小大人似的，胸脯拍得咣咣响，说自己从小上山下河、翻墙爬树，什么都难不着他。一边说着，还一边脱鞋，叫消防队员赶紧把绳子系在他脚脖子上。

几个消防队员还在商量着，那孩子妈妈尖叫着说孩子患有先天性的心脏病，不能再等了。转而又扑通一下跪在铁蛋面前紧紧地搂住他，千恩万谢。

队长不再犹豫，迅速给铁蛋做好了安全防范交代了几句后，便将他倒挂金钩，送进了井中。铁蛋十分灵活，而且力气也够大，他没有按照要求将另一根绳子缠在受困者的身上，而是猴子捞月般直接将那孩子抱了出来。

虽然脱困，但被困的孩子情况却不容乐观，长时间的缺氧导致他已经陷入昏迷，而且心率紊乱。按照现场急救的医生判断，再晚哪怕几分钟，后果都不堪设想。好在，经过救治，孩子很快恢复了意识，被抬上了救护车。

铁蛋完成使命后，被梨雨抱在怀里，目睹了医生急救的全过程，直到那孩子从昏迷中醒来，他才缓过神来，长舒一口气。等到他挣脱怀抱，梨雨才发现他脸上早已挂满了泪水。

离开的时候，几个消防队员上来和铁蛋告别，有人问他叫什么名字，铁蛋不假思索，仰起头说自己叫"齐天大圣"，逗得众人前仰后合。队长又问他怎么这么勇敢，铁蛋想了想，指着路宽，说："那是我师父，他是耐特搜救队的队员，是他教会我的！"

大家都看向路宽，铁蛋又搂住梨雨的胳膊，一脸傲娇地大声说道："这个是我师娘，她是拍电影的！"

路宽闻言，拿眼瞪他，他又刺溜一下蹿到陈实的背后，说："这是我哥，也是搜救队的队员。"

回来的路上，陈实好奇地问路宽和梨雨："你俩提前商量过吗？铁蛋怎么会想到那一招？"

路宽笑而不语。

梨雨笑道："这就是默契！"

铁蛋得意地说道："师父给师娘打电话的时候，我们都快到了，她早就告诉我有可能让我去救人。"

"知道了！"陈实拍了下铁蛋的脑袋，跟着又拎住他的耳朵调侃，"你小子可以啊，凭什么我是你哥，他们是你师父师娘？"

"那我管你叫什么？"铁蛋一脸不服气。

陈实摸摸他的脑袋说："叫干爹！来，叫声干爹！"

铁蛋脖子一拧："那你带我去吃王品牛排，吃完了马上叫。"

那天晚上，路宽满足了铁蛋的愿望，带他去了王品牛排。结果刚坐下，耿超的电话就来了，问起铁蛋救人的事。

原来，都市频道"杭城身边事"栏目的记者听说了救援的事，顺着消防队的指引找到了耐特搜救队。而且好巧不巧，这记者就是之前报道路宽高楼救猫的那位，认识路宽和陈实，但却没他们俩的联系方式。

耿超问路宽要不要和铁蛋一起接受采访，还开玩笑说耐特老是"躺赢"，路宽虽然不是他们的队员，两次救人都给他们搜救队长了脸。

路宽不假思索当场拒绝。

陈实不干了，连忙说："这是好事啊，跟上回不一样了，咱不是要进搜救队吗？这次露个脸就既成事实，全世界都知道咱是耐特队员了……"

"要去，你去！"陈实没说完，路宽就不耐烦地打断他，"你不是喜欢接受采访吗，只要别再提我，你想怎么吹就怎么吹！"

陈实被怼得红了脸，转头求助梨雨："你得说说他，太死脑筋了。这事本来就值得宣传，多正能量啊，咱社会就缺这个。"

梨雨笑了笑："咱们的主角是铁蛋。让小英雄露个脸，往后在学校就没人会嘲笑他了。而且对一个孩子来说，这是一段珍贵的经历。"

路宽觉着梨雨讲得有道理，便捅了下铁蛋："大圣，你要去吗？"

铁蛋一直在埋头专心吃饭，抬起头来嘴里还含着牛排，似乎没听明白他们在说什么。

陈实赶紧解释："电视台要采访你，你要当明星啦。"

铁蛋迟疑片刻，摇头说道："老师说，雷锋做好事从来都不留名。师父说，见义勇为是每一个男人的责任！"

"上了电视，大家都知道你是英雄，以后就没人敢欺负你啦！"陈实还有点不甘心。

"不要！只要我爸爸回来就没人敢欺负我了。"铁蛋说完想了想，咽下嘴里的牛排，放下餐具，挺直身板说道，"我以后也要当兵，也要进搜救队，跟师父一样，做有责任心的男人，当无名英雄！"

路宽摸摸他的小脑袋，对陈实说道："你看你，就喜欢那些虚头巴脑的东西，还不如一个孩子有觉悟。"

陈实倒是一点也不尴尬，摇头自嘲道："果然是师徒俩，我再表现都是多余的。"

梨雨扑哧一笑，说："我早看出来了，他师父就是他的偶像。你这个'干爹'只能靠边站。"

05

荆杨原本想让所有队员都参加这次联合演习，而且之前也是这样报备的，结果临到演习的头一天，组织方坚持要控制人数，四支参演队伍加起来不得超过一百人。

队员们都铆足了劲要在那几支老牌救援队面前展示后起之秀的风采，除了几个因为特殊情况早就确定无法参与的，其他的均已悉数报名，而且大家已经在一起集训了多次。

如此一来，彻底打乱了荆杨的规划。摆在他面前的是要么考试选拔，要不抓阄，没有别的选择，也没有足够的时间来支撑他作出选择。这还不是最麻烦的，关键是铁蛋父子见面的戏也演不下去了，因为主要角色路宽和陈实还未正式加入搜救队，无论是参加选拔还是抓阄，对别的队员来说都是不公平的。

好在路宽这一次很淡定，但那场戏还得演下去，暑假就快结束了，必须得让狗蛋安心回老家上学。

数日后，联合救援演习的第三天。结束了水上救援演习的五支民间救援队伍马不停蹄开赴莫干山，开始演习的最后一个项目——野外搜救。

彼时，路宽和陈实已经在半山上的民宿陪着铁蛋打了两天游戏。

　　在耿超那里得到确切的消息后，陈实突然变得有点伤感起来。别看他表面总是对铁蛋一副嫌弃的表情，但从小缺爱的他，对这孩子的遭遇最能感同身受。这两天他拼命地取悦铁蛋，几乎毫无原则地满足他一切"非分"的要求。

　　昨天晚上，铁蛋睡着以后，他突然请求路宽帮忙给铁蛋在杭城找个学校，然后由他来照顾铁蛋的生活，直到铁蛋父亲回家。他并没有对铁蛋有多么的不舍，他担心的是，这孩子领略了世间繁华，经历了这段时间"饭来张口，衣来伸手"的生活后，就再也回不去了。

　　路宽倒是没这么悲观，而且他早就了解过了，陈实的提议在法律程序上几乎走不通。但他这几天亦是忐忑不安。虽然已经安排好了一切，可看着眼前这个还蒙在鼓里的孩子，向来自信甚至有点自负的他，内心却在隐隐作痛。

　　是的，这是个彻头彻尾的谎言，甚至可以说是骗局。虽然他们出于善意，可他还是个孩子，而且还那么敏感和执着。他总感觉这孩子能看清一切，倘若他看穿了真相，对父亲那坚定而又美好的憧憬被击碎，无法想象，他会如何去面对，又如何去承受这残酷的现实。

　　过去的几天，荆杨带着他的队伍经历了十多次考验，按部就班顺利完成了各阶段任务，呈现出了应有的精神面貌和专业素养，也得到了那些老牌劲旅应有的尊重。但因为是整体协同作业，无论是团体还是个人之间，没有竞争关系。

　　救援组织都是男人居多，而且事关名节，大家都想当王牌，之前也是一直都在暗中较劲。组织方通情达理，便遂了他们的心愿，宣布在最后一场野外搜寻的演习中产生优胜队伍。也就是说，每支队伍各自为政，不用再协同作业，谁先找到目标谁就是胜利者。

听闻消息，耐特援救队的队员们摩拳擦掌、跃跃欲试。但比谁都想和同行争个高下的荆杨，却显得异常平静，他知道单论野外搜救，有过几次完整的实战经验再加上配备了当下最先进的仪器和设备，耐特完全有信心拿下这次演习唯一的荣誉。

可现在摆在他面前最重要的任务是配合演戏，而且要在瞒过组织方和其他队伍的情况下，不动声色地演好。在此之前，多数耐特队员都不知道这件事，荆杨也没打算告诉他们，但游戏规则变了，他就必须得向队员们挑明。

荆杨还担心部分队员会有意见，没想到大家毫无怨言。石小丽更是一语惊人，宣称这不是演戏也不是演习，这就是一场别开生面的救援实战。

搜寻演习在第二天上午拉开了序幕。而哥俩为了戏剧效果，已经退了房正准备带着铁蛋打道回府。陈实当着铁蛋的面，突然接了个电话，声称有人发现在酒店后山北面有考古学家出没，找到他们也许可以打听到铁蛋父亲的下落。

铁蛋看上去深信不疑，扔下行李，跳起来一手一个，拽住哥俩的胳膊就要拉他们上山。

为了让过程更加曲折和真实可信，路宽早在入住的时候就找了酒店的经理帮忙。当陈实向经理打听如何最快去到山北的时候，那位煞有介事地告诉他们，这儿确实经常有考古学家出入，但山高林密，在里面找人犹如大海捞针。

哥俩不约而同地面露畏难之色。铁蛋开始也有点儿泄气，见他俩这副表情，立马挺起胸膛安慰他们："别害怕，有我在！"

哥俩相视一笑。路宽顺势拨通了耿超的电话，按下免提键，照之前的编排如此这般说了一通，恳求搜救队出动帮忙找人。挂了电话之后，这两大一小三个男人出了酒店，直奔后山。

路宽和耿超通电话的时候，耐特搜救队正准备脱离演习区域，赶往事先约定的地点。而就在刚刚，杭城最老牌的救援组织"山羊队"的大胡子队长已经迫不及待地在对讲机里宣称，他们的队伍发现了"失踪"驴友的行踪，正循着痕迹一路追寻。

对之前的安排没有任何异议的龙大锤这会儿有点儿急了，建议将队伍分成两拨，一组找人，一组演戏。当被荆杨直接否定并让其自主选择后，他的情绪突然激动起来，声称要为耐特争夺荣誉后，毫不犹豫地转身离去。

虽然荆杨很开明，也没人选择和龙大锤一起去找人，但这个小插曲还是影响了大家的情绪，尤其是荆杨和耿超。龙大锤之前在部队当了两年消防兵后又加入了职业消防队，后来辞职开了个网店。他是搜救队成立后公开招募的第一个队员，更是队员们公认的王牌和定海神针，不管是身体素质、专业技能还是心理素质都堪称一流，而且每次任务都冲锋在前。他平素虽然脾气火暴，直来直去，但向来通情达理，更是唯荆杨马首是瞻，从不做出格之事。

今天这是怎么了？耿超看着荆杨，荆杨也看着他，两个人都摇摇头，百思不得其解。梨雨试图追上去说服他，但被耿超给拉了回来。

搜救队在山北脚下与路宽等人会合后，大家照着"剧本"，煞有介事地带着铁蛋一路推进。将近一个小时后，从上山就不知疲倦地奔在最前头的铁蛋发现了几个身影。两个穿着工装的年轻人正大汗淋漓地坐在树荫下，面前的坑道里还蹲着一个同样装束，戴着草帽的中年男子。

铁蛋怯在那里不敢上前，眼睛死死地盯着坑道里的男子，小脸蛋因为激动，涨得通红，不停地喘着气。

陈实上前朗声问道："请问这里有没有一个叫八一的人？"

坑道里的男人探头看了眼陈实，像是没听清他的话，又低下头。

坐在地上的那两个年轻人起身摇摇头。

梨雨跟着叫道："那有没有叫孙大强的？"

"我叫孙大强。"过了好一会儿，坑道里的男子直起身，一边说着，一边翻身爬了上来。

没错，他就是铁蛋的生父，因盗窃罪被判入狱九年，并且因为表现突出成功减刑已经刑满释放的孙大强。事实上在铁蛋发现他们之前，他就看到了儿子，此时的他眼睛红肿却强自镇定。

从梨雨找他演这场戏的那天开始，他就没睡过一个囫囵觉，几乎夜夜失眠。这些年，他的老父亲每年都会给他寄一张铁蛋的照片，他是"考古学家"这个谎言的始作俑者，每次给家里写信都告诫老父亲一定要帮他坚守秘密。

"铁蛋，那是不是你爸爸？"路宽小声地问道。

铁蛋已然泪流满面，他点点头又拼命地摇着头，远远地看着父亲不敢向前。

队员们默默地站在了一起，屏气凝神地等着这对父子相认。梨雨红着眼睛，将摄影机的镜头对着此时已经破防，强忍着泪水的孙大强。

"铁蛋！"孙大强微笑着朝儿子走来，"我是你爸爸，孙大强。"

铁蛋缩了缩身体，被路宽紧紧地搂着肩膀，半个身子扭到了他的身后。

06

"参差楼阁起高岗，半为烟遮半树藏，百道泉源飞瀑布，四周山色蘸幽篁。"一首古诗道尽了莫干山的绝色。这里连绵起伏、风景秀丽，不仅流转着干将莫邪舍身铸就神剑的动人传说，还孕育了源远流长有着五千年历史的良渚文化。

将这场戏安排在这里，虽非刻意为之，但看起来再合适不过了，众人无不认为这就是天意，再见这对陌生而又熟悉的父子俩泪眼相对，没有人不感慨唏嘘。就连见惯了这人间生离死别、大喜大悲的医学博士荆杨同志，亦是热泪盈眶。

铁蛋像是在睡梦中被突然惊醒，当这个自称是他父亲的"考古学家"单腿跪在地上试图去拥抱他的时候，他迅速擦了把眼泪，然后伸手摘下了孙大强头上的草帽。映入眼帘的是一颗寸草不生，在正午阳光的直射下泛出铁青色光芒的光秃秃的脑袋。

孙大强下意识地双手抱住脑袋，但很快又放下了双手。脸上的笑容凝结，但很快便又春风拂面般，微笑着从怀里掏出一张照片。那是几个月前的春天，铁蛋戴着红领巾和一列小朋友站在红旗下宣誓时的留影，老孙找人用手机翻拍放大了孙子的身影，然后寄给了儿子。

铁蛋瞄了一眼，不为所动。

孙大强抬起头，无助地看了眼路宽和一旁的队员们。

路宽蹲下来轻声地安慰道："铁蛋，没错的，他就是你爸爸孙大强。"

"爷爷说，爸爸是长头发，可以扎辫子的那种。"铁蛋拼命地摇着头，倔强地争辩着。

孙大强的泪像决堤的洪水般夺眶而出，指着铁蛋的右腿，哽咽道："那里，有一块伤疤。那是你刚出生不久，爸爸喝了酒抱着你摔倒在地上留下的。"

"爸爸……"

看着父子俩紧紧相拥，在场的所有人都鼓起了掌，有人冲着早已泪如泉涌的梨雨竖起了大拇指。而这个姑娘的眼里，除了那对父子，只有早已别过头去竭力在掩盖着情绪的路宽。

或许是冥冥之中早有安排，那个"失踪"的驴友，意外在这片荒山野林里撞见了几个"考古学家"后暴露了自己的行踪。

当年轻的队员指着他十多分钟前消失的方向时，路宽眉毛一挑，走到站在一起的荆杨和耿超身边，悄声说道："往那边不到两公里有个藏在瀑布后面的水帘洞。"

耿超一脸疑惑地看着他。

"这家伙不讲武德，在跟你们躲猫猫呢。天这么热，你觉得他会去哪里？"路宽说完，有点忍俊不禁，"那是我少年时的乐园。我还在那藏了一本'武功秘籍'和一袋玻璃球。"

荆杨笑了笑，看了眼还在互诉衷肠的孙氏父子，对耿超说道："把这任务交给大锤吧？万一找不到人也能学个盖世神功！"

那一天，孙家父子在短暂相逢后，便匆匆而别。孙大强离开时和儿子拉钩上吊，发誓要在春节前忙完手里的所有工作，然后回家陪儿子过年，并且从此再也不会离开。

铁蛋没有纠缠，也没有再哭，在场的所有人都听到了他对父亲孙大强说的那句话："爸爸，我们都是有责任心的男人，你要好好工作，我会好好学习！"

耐特搜救队的总结会，安排在了联合演习结束后的第一个周末，也就是四天之后。这天下午，铁蛋将踏上返乡的列车。

过去的几天，路宽、陈实和梨雨带着铁蛋几乎走遍了杭城的每一个他想去的地方。他们竭力满足他所有的愿望，没人再把这个忍辱负重、心如明镜般的孩子当作孩子，也没人再拿他开玩笑。铁蛋留给他们的，只有深入骨髓的感动与不舍。

荆杨刻意布置了会场，路宽和陈实牵着铁蛋进入会议室的时候，就感觉气氛有点诡异，队员们身着队服正襟危坐，荆杨则西装革履，还有几个身着便装的陌生人。大家对他们的到来似乎视而不见，只有耿超礼节性地冲他们点了点头。

所谓的演习总结应该是已经结束了，也就是说荆杨通知他们到达的时间跟队员们的并不一致。路宽深吸一口气，他瞥见了龙大锤面前的一尊玻璃奖杯，那应该是对联合演习优胜者的褒奖，这是个值得高兴的事，但路宽脸上的表情看上去明显有点失落。

刚在路上，陈实还开玩笑说，荆杨会不会给他们一个惊喜，宣布让他们加入搜救队。没想到这么快就被打脸了，看这架势，搜救队完完全全彻彻底底地将他们当作了外人。

这气氛让陈实和梨雨亦是始料不及，连铁蛋也感觉到了压抑，手足无措得连大气都不敢出。

就在他们几个还在恍惚的时候，荆杨突然起身说道："给大家介绍个心理师朋友，她今天不仅要和我们一起见证新队友的加入，还将给我们带来一堂关于心理危机干预的讲座。"

荆杨话音未落，那个他在太平洋上空结识的心理师夏知秋，款款而入。

路宽还在回味着荆杨的话，但听身旁的梨雨低声惊呼："夏老师！"

夏知秋显然是听到了梨雨的声音，冲着她嫣然一笑。这世间无巧不成书，梨雨竟然早就认识夏知秋，可以说是她的小迷妹。

多年前，梨雨还在上大二的时候，传媒学院曾接待过一个非洲文化代表团，当时有个论坛活动，主持人便是刚结束了在刚果的志愿者工作，回国休假的夏知秋。梨雨被她中英非三种语言自由切换的风采折服，活动结束的时候第一个堵住她合了影，还互加了微信，只是后来她从未打扰过夏知秋，也从没见过她发朋友圈。

荆杨在介绍夏知秋的时候，梨雨憋不住从手机里翻出当年和夏知秋的合影递给路宽看。路宽撇撇嘴，他既不认识也没听说过此刻坐在荆杨身边的那位风姿卓绝的夏老师，更不明白梨雨为何如此兴奋。他现在只想着荆杨说的等会入队的新队员有没有他。

陈实这时候倒是很轻松，抢过梨雨的手机瞄了眼，一脸羡慕的表情。刚来的时候他心里还在打鼓，可听荆杨说有新队员加入，便笃定说的就是他们哥俩。

温婉知性的夏知秋一亮相便迅速赢得队员们的好感。

荆杨毫不掩饰对夏知秋的赏识，在回顾飞机上的那一幕时，颇多感慨，认定了没有她，后果将不堪设想。而夏知秋则笑而不语。这个曾经在非洲生活多年，数次穿越火线死里逃生的女人，谦逊得像个小学生，对过去的经历只字不提，说自己大学毕业后一直在折腾，然后重回起点，目前的身份仍是电台主播。

　　谁也没想到，荆杨宣布新队员名单时，第一个竟然是铁蛋，他甚至还刻意为这个"荣誉队员"颁发了一张精致的聘书。当铁蛋在欢呼声中接过聘书，看到自己的大名"孙强"的时候，泪眼婆娑，开心地蹦了起来。

　　尽管路宽、陈实和几个新队员被荆杨一笔带过，但此刻他们并不在意。大家都知道，这场别开生面的仪式是荆杨为铁蛋精心准备的，他们只是配角。

　　荆杨带领哥俩和铁蛋对着会议室里"救人自救、永不放弃"的耐特标语宣完誓后，大家都希望铁蛋说几句，他也就毫不客气地拿起了话筒，清了清嗓子一脸傲娇地问大家，"你们知道我师父和干爹是谁吗？"

　　大家看向路宽和陈实，七嘴八舌地应道："不知道！"

　　"那你们知道我师娘是谁吗？"铁蛋不慌不忙地接着问道。

　　大家不约而同地摇着头，他们故意装傻，都在等着看这小子葫芦里到底卖的什么药。

　　铁蛋深吸一口气，再次问道："你们知道我师娘喜欢谁吗？"

　　"你干爹！"队员们几乎异口同声，跟着又起哄，"快说，你干爹到底是谁？"

　　铁蛋急了："你们是不是傻呀？师娘当然是喜欢我师父了！"

　　"孙强！"梨雨终于憋不住了，红着脸大声提醒他，"别胡说八道啊，信不信我再也不理你了。"

　　路宽跟着叫道："铁蛋，你是不是皮痒痒，想挨揍了？"

　　"我才不怕你们呢！"铁蛋下意识地跳开一步，冲着梨雨说道，"你要是不喜欢我师父，为什么家里都是他的照片？还骗我，说是彭于晏。"

队员们哄堂大笑。陈实笑抽了，不停地拍着路宽的后背。铁蛋在闹腾的时候，荆杨一直在低声地跟夏知秋说着他的故事。

梨雨恨不能一脚跺出个地洞，然后直接跳进去。但嘴里却兀自争辩着："哪里有很多照片？就只有三张而已！是我洗好了准备还给他的。"

铁蛋梗着脖子一脸的不服气："那为什么有一张上面还有唇印？"

关键时刻还得靠荆杨，赶紧出来解围，他拿过铁蛋手里的话筒，调侃道："你师父压力好大，以后还得跟大明星竞争。"

没想到铁蛋意犹未尽，又一把夺过话筒，大声地说道："师娘，我师父曾说过，爱，就要大胆说出来！"

队员们跟着起哄："爱，就要大胆说出来！"

分别的时候，铁蛋变得异常的深沉，一语不发，但大家都能看得出来，他在竭力地掩饰着心里的不舍。路宽将自己刚领到的队服送给了他一套，告诉他待到这套衣服合身的时候，欢迎他来与自己并肩作战。

那天下午，夏知秋上完课后，便跑去跟荆杨道别。荆杨的办公室很小，但收拾得十分干净，除了办公家具和几盆绿植外，就只有一架几乎占据了半个房间的老式钢琴。

夏知秋显然是被这架价值不菲的专业钢琴惊到了，她怎么都没想到，眼前这位在飞机上风度翩翩的医学博士还是钢琴达人。

荆杨似乎猜透了她的心思，说道："这是我当年在美国二手市场淘来当摆设的，卖了不值钱，扔了又觉得可惜，就花钱托运回来了。"

夏知秋笑道："我觉得没这么简单吧？这运回来的钱够买台新的了。"

"是的，是的。"荆杨有点尴尬地点点头。他像是在逃避这个话题，转身给夏知秋泡了杯茶。

而夏知秋却被钢琴上放着的一张曲谱吸引了，上面写着《D大调卡农》。作为一名电台主播，她必须得对音乐有所了解，虽然没听过这个曲子，却知道只有专业级的才能驾驭这样的旋律。

但她也没有再继续这个话题，接过荆杨手里的茶杯后，悄声问他："荆队长，你上次在机场邀请我来当心理顾问的事，还作不作数？"

"当然！"荆杨的脸上笑开了花，"是什么让你突然改变了主意呢？"

夏知秋笑了笑，过了好一会儿才说道："我觉得来这儿，能感受到真正的快乐。"

第六章

01

路宽刚走进咖啡馆，便撞见龙大锤被一个五十多岁模样的妇人打了一耳光。他赶紧闪到一旁躲了起来。那妇人嘴里嘟哝着，气呼呼地摔门而出。

路宽想了想，绕开捂着脸愣在那里的龙大锤，径直上了二楼。他原本和荆杨约好了今天上午要去搜救队熟悉装备的，顺便和他聊聊。没想到被梨雨给搅和了，鬼使神差地跑来跟她约会。

一大早，他还在睡觉，便听到楼上断断续续传来嘈杂声。一开始他没在意，结果动静越来越大，等到他上楼的时候，看到几个保安和物业管理人员堵在梨雨家门口，有人在大声地嚷嚷着报警。

见到满脸疑惑的路宽，穿着睡衣，脸上似乎还挂着泪痕的梨雨，不好意思地笑了笑，应付走了物业，对路宽说道："一点小麻烦。既然惊动你了，那就帮我出出主意吧？等会儿我去下工作室，咱们中午在UM咖啡碰面。"

看梨雨的表情，路宽感觉得到这所谓的小麻烦肯定不小，便硬着头皮答应了下来。

没想到，梨雨再出现的时候，一扫早上倦容满面楚楚可怜的模样，轻描淡写地声称麻烦已经解决了。

路宽皱了皱眉头，起身要走，他感觉自己一腔热忱被兜头泼了盆冷水，心里挺不是滋味。梨雨早上那模样确实挺让人心疼的，来咖啡馆这一路，他脑子里闪过无数个可能，已经做好了为她"两肋插刀"的心理准备。没想到，这姑娘变脸比变天还快，跟没事人一样。

梨雨急了，说："你这人怎么这样？咱就不能说点儿别的吗？好歹也是上下楼的邻居。"

路宽被她这话逗乐了，重又坐下，说道："你不觉得咱俩面对面坐这儿挺尴尬的么？"

"不觉得呀？只要你不尴尬，我就不觉得尴尬。"梨雨一边笑呵呵地说着，一边从手提包里拿出三张照片递给路宽，"这是在东山峡谷你救我的时候拍的，别信铁蛋的鬼话，我从来都不用口红。"

"那上回在电梯里，你涂的是啥？"路宽下意识地反驳道。

梨雨愣了一下，终于想起了是什么时候的事，赶紧解释："那是唇膏呀，路老板。保湿用的。"

"有什么区别吗？铁蛋也没说是口红啊？"路宽不依不饶。

梨雨这会儿真的尴尬了，嘴里却是不饶人："你说是就是吧。能跟一个直男讲清楚这事才有鬼呢！"

"找你麻烦的，是不是那个'万古第一渣男'？"路宽问道。他还是有点不甘心，来都来了，这事必须得搞清楚。

梨雨点点头："你还记得他？"

"当然了，我在咱小区里都碰见几回了。"路宽说道，"说实话，那种情况下，还真没几个有胆子敢去救你这种没脑子的人。"

"会不会说话呀你？"梨雨表情愠怒，转而又趴在桌子上伸直脑袋盯着路宽，"你不是去救我了吗？"

路宽躲开她火辣辣的目光："那不一样。"

"没什么不一样！"梨雨深吸一口气，说道，"女人要的是一个能在危险的时候挺身而出保护她的男人，绝不是一个只会甜言蜜语，哄她开心的胆小鬼。"

梨雨义正词严，这观点似乎无可辩驳，但他还是忍不住怼了过去："看你这态度与他不共戴天，那他为什么还缠着你？"

"我不想再说了，事情已经过去了。"梨雨低头啜了口咖啡，沉默片刻才转而说道，"我刚在门口碰见了龙大锤，他看上去很不开心的样子，跟他打招呼，也爱搭不理。"

"哦，我也看见了。"路宽应付了一句。

男人终究跟女人不一样，虽然对看见的那一幕很好奇，但在他看来，人世繁芜，谁都难免摊上点儿狗血的事，没什么好议论的。

梨雨见他这态度，也觉着无趣，挥手叫了简餐。没想到饭吃了一半，梨雨说的"渣男"带着两个人突然出现在她面前。

"我说你最近怎么老是躲着我呢，原来是有新欢了啊。"这小子一上来就咋咋呼呼，跟着看了眼路宽，说道，"哟，这不是那位救人的大侠吗？看来这英雄救美救出了一段姻缘啊。"

"董浩！"梨雨厉声斥道，"欠你的都还清了，你到底想干什么呀？"

董浩扭扭脖子，一脸无赖的表情："还清了？你能还得清吗？我把股票割了借钱给你，你再去看看那股票，已经涨了五倍了！"

"兄弟，这是公众场合，坐下来慢慢聊。"路宽说着，起身示意董浩坐他那儿，自己则端起盘子坐到了隔壁的卡座。

董浩带来的那两人盯着路宽，肆无忌惮地大笑道："嫂子，这小子不会真是你的相好吧？你这是始乱终弃啊！"

梨雨瞪了他们一眼，对董浩说道："当初我也没找你借，是你死乞白赖地要给我垫上。而且这八十万借了不到一年，我还了你一百万，你还想怎样？别逼我跟你翻脸！"

"翻脸呀，翻脸呀！"董浩将脸凑近梨雨，"来，翻个脸给我看看！"

梨雨银牙一错，端起咖啡直接泼了过去："给脸不要脸，我是念着你的好，才一再忍着，真当姐怕你这个人渣了吗？"

董浩伸手抹了把脸，又伸出舌头舔了舔手掌，觍着脸笑道："好熟悉的感觉，我就喜欢你这辣劲儿。要不，你陪我睡一晚，咱签字画押一笔勾销？"

"滚！"梨雨抄起一只盘子直接砸了过去。

这边动静一大，惊动了咖啡馆的经理，她正要上前，被另外两个小子伸手拦住："少管闲事哈。小夫妻吵架，损坏的东西等会儿照价赔偿。"

这边，董浩躲过那只盘子，仍然嬉皮笑脸，"你跟我谈了半年恋爱，老子亏了好几百万，还给你拉了两笔业务，结果连手都没摸着，你觉得我会放过你吗？"

梨雨气得浑身发抖："那两笔业务赚的钱都给你了，你不要再胡搅蛮缠。"

"哥们儿，差不多可以了。"路宽吃完了，走过来柔声说道。

董浩转头盯着路宽："要不，我亏掉的你给补上？"

"哥们儿，你别开玩笑，我没钱。"路宽头摇得像拨浪鼓。

董浩叫道："那你废什么话？赶紧给老子滚蛋！"

路宽笑道："现在还滚不了，这事儿我得管。"

"你算哪根葱啊？找死是吧？"董浩说着，挥拳朝路宽打去。

路宽不避不让，虽然脸上结结实实地挨了一拳，却不紧不慢地说道："你不是也看出来了吗？我是她新欢。刚这一拳算是给你出口气了，这事儿翻篇了，给她也给你自己留点面子，怎么样？"

董浩抬腿就是一脚。

这次路宽很轻巧地就闪过了，但他仍然很淡定："这儿有监控，如果真逼我还手，那就算是正当防卫了。"

路宽话没落音，董浩带来的那俩小子"嗷"一声，就一起冲了上来。结果梨雨和董浩还没反应过来，一眨眼的工夫，路宽一拳一个，那两位就直挺挺地倒在了地上。

董浩跟着抓起桌子上的餐叉，疯了似的直接就扎了过来。路宽身形一晃，闪到侧面伸手就勒住了董浩的脖子，顺手又夺下餐叉抵住他的喉咙。

董浩本来就是个"浑不吝"，已经吓得两腿发软了，嘴巴还硬得很："你杀了我，就得偿命！"

"你拿着这玩意儿属于持械伤人，我伤了你最多属于防卫过当！"路宽拿着餐叉在他脖子上转着圈，接着对梨雨说道："你倒是说句话啊？要不，捆起来送派出所吧，没个三五年肯定出不来了。"

梨雨经过短暂的慌乱之后，听出路宽这是在戏谑，想都不想就上来对董浩说道："你不是要摸姐的手吗？我让你摸一下。"然后抬手就给了他一巴掌。

路宽接着问董浩："这事可以了了吗？还是再扇几下？"

董浩恨不能咬死这两位，但好汉不吃眼前亏，咬咬牙赶紧点头。

"把这里损坏的东西赔了再走！"路宽放开他，笑嘻嘻地说道。

目送这三位狼狈而去，路宽问梨雨："之前为什么不报警？"

"他以前对我挺好的，而且欠他人情，早上才把钱还完。"梨雨声音小得自己都听不见。

路宽无奈地摇摇头："不喜欢一个人，就应该早点说出来，让人家死心。"

梨雨也很无奈："我已经跟他讲过很多次了，但他就是死皮赖脸……"

"犯不着跟我解释！"路宽挥挥手，想了想又说道："你最好找这里的经理把刚才的监控录像拷贝一份，然后平常多注意点儿。这人就是个无赖，我感觉这事还没完。"

梨雨笑道："算了，有你在，再给他十个胆子也不敢了。"

"渣男都是被你这样的人给惯出来的！"路宽说完，又补了一句，"别再指望我助纣为虐，想都别想！"

梨雨笑眯眯地反问："什么叫助纣为虐？还有，你刚才说的话还算不算数？"

路宽一脸蒙，扭头看着她。

"新欢呀。"梨雨笑靥如花，"这下全世界都知道了！你要不认，我找谁去？"

路宽皱眉蹙眼，啼笑皆非。

02

按照耐特的队规，除了每月一次为期两天的轮训外，每年都要在春秋两季分别利用一个月的四个周末共八天集中训练。除了常规的体能操练、设备应用、伤者急救和与救援相关的各种常识知识外，每季都会有一次野外实战演练。

每次集训，都会适时淘汰一些跟不上节奏的队员。据说，半年前的春训时，荆杨一口气淘汰了包括一名刚入队才几个月的新人在内的五名队员，根本就不讲情面。

新队员路宽和陈实正好赶上了这一季秋训，前三个周末共六天都在训练基地内，第二阶段两天是野外搜救演练。当荆杨宣布完秋训的安排后，陈实又跳出来表达不满，说这搜救队只会进山里找人，就没点新鲜的玩意儿。

荆杨便报出一组数据：整个杭城大小近十家注册在案的民间救援组织，在过去的三年里，总共出勤387次，超过200次是微小事件；大规模联合行动54次，除了驰援各地天灾，其余超过九成都是在山区或丛林搜救失踪人员。

荆杨的严谨，令陈实肃然起敬。他原本是对集训耽误了做生意心存不满，加上被路宽和梨雨绑架了意志才加入的耐特，所以无论对搜救队还是荆杨，都没有路宽那般敬畏。

那天回来的路上，他忍不住跟路宽感慨："我算是长见识了，这姓荆的家伙确实挺神的！"

路宽笑问："服不服？"

"我感觉，连你都被驯服了，就没这家伙解决不了的麻烦。"

陈实的话音刚落，荆杨就遇上了麻烦事。而且这找麻烦的都是队员的家属，他们像是约好了似的，在秋训的第一天，一前一后轮番上阵。

第一个来闹腾的，是耿超的夫人，被队员们唤作"大姐王"的王爱菊。她已经消停了好几个月。之前，她是搜救队的常客，但凡女儿在家跟她较劲，耿超又不在身边，她就一定会快马杀到。而且每次来都像一辆加装了古斯塔夫大炮的IS-3重型坦克，呼啸着横冲直撞。

队员们都对她避之唯恐不及，因为根本说服不了她，她也不屑跟任何人理论，就连擅长处理危机的荆杨都不好使。别看她比耿超整个大了一圈，说话粗声大气，发起怒来更是面目可憎，但她并非什么乡野蛮妇，从眉目之间不难看出，她在中年发福之前绝对是个美女。而且她不是不讲道理，只是太固执己见，认定了救人是政府的事，他们这群人出生入死不仅没有保障，更顾不了家，还让亲人提心吊胆。

而耿超则每次都倒过来安抚自己的队友们，说"更年期撞上了青春期"，他家这领导说的都是气话，和心里想的不一样，而且情绪来得快去得更快。说完这些，他就蹶着脸又是捏肩又是揉背，当众撒一拨狗粮后，搂着王爱菊连哄带骗地钻进自己那辆大切诺基，一踩油门绝尘而去。最多不过三天，他又像没事人一样，回到搜救队该干什么干什么。

在此之前，整个搜救队，能跟王家菊心平气和地说上话的，就只有石小丽。而偏偏这个石小丽，像是跟她串通好了似的，请了几天假。

像是早就预感到了夫人要来搞事情，耿超一直就心不在焉，远远地看见一辆出租车进了训练场，他二话不说就赶紧奔了过去。龙大锤反应也快，队员们还没明白怎么回事的时候，他就失声叫道："完了，大姐王来了！"

队员们闻声欲作鸟兽散，但见耿超正被刚下车的王爱菊踹了个趔趄，跟着便听到一阵"河东狮吼"："滚一边去，今天必须得让他们给我个说法！"

荆杨使了个脸色，队员们赶紧收缩阵形，耷拉着脑袋排队站好。

梨雨当天正好在高处取景，职业敏感，马上意识到可能是家属来闹事，赶紧掉转镜头，想了想又给楼下的荆杨发微信："老师，我可以拍吗？"

荆杨看到信息后迟疑片刻，举起手冲着楼上做了个"OK"的手势。

王爱菊人未到声先至："大家伙刚好都在，老耿今天就辞职跟我回家！"

"别脑梗脑梗地叫，听着多瘆人。"耿超就跟上来一把挽住她的胳膊，嬉皮笑脸地说道。

王爱菊一甩胳膊，柳眉倒竖："你要真脑梗了就一了百了，最好把你那个有人生没人教的宝贝女儿也带走！"

这话多恶毒？路宽和陈实都惊呆了。而队员们，包括荆杨在内，都屏声静气不敢搭腔。但耿超就像没听见一样，又笑嘻嘻地挽起她的胳膊，低声下气地说道："好了好了，你受委屈了，咱回家再发牢骚行不？"

"发什么牢骚？"王爱菊一把推开耿超，"你今天必须当着荆队长和这帮狐朋狗友的面，跟我发誓，永远离开这里！"

陈实见大家都在沉默，蠢蠢欲动，结果被一旁的路宽扯了下衣服，小声提醒他，"家事，你别瞎掺和。"

陈实扭头看向荆杨，荆杨闭上眼摇摇头，也在暗示他不要出头。

"这怎么可能呢？咱们要讲道理。"这边，耿超脸色终于还是变了，嘴里却是只敢小声地嘟哝。

王爱菊深吸一口气，缓缓地说道："不发誓也行，等你回去咱就去民政局把手续办了！"

耿超装傻充愣："办什么手续啊？老婆。"

"离婚！"王爱菊一边怒吼一边转身往回走，"你那宝贝女儿你自己带走，我什么都不要，净身出户！"

"老婆……"

"嫂子！"耿超刚追了一步，便见陈实大侠一般跳了出来，冲上去挡在了王家菊的面前，说，"嫂子，有什么事您慢慢说。耿哥要是欺负您，兄弟们一起为您作主！"

王爱菊鼻子里哼了一声："作主？黄鼠狼给鸡拜年，你们都穿一条裤子，给谁作主呢？"

陈实差点儿被怼得背过气去："嫂子您息怒，作为耿哥的战友，我们总得知道个前因后果吧？"

王家菊愣了一下，当她转身来面对大家时，已然泪流满面："他整天跟我说救人，这国富民安、天下太平的，哪有那么多人要救啊？你们一个人吃饱了全家不饿，他翻过年就五十了，上有老下有小，万一有个三长两短，我这个家谁来管？"

没人说话，就连耿超也是低着头默不作声。

"他跟我说，这是他的信仰。"王爱菊擦了把泪水，接着说道，

"是的，男人应当胸怀家国，可是自个儿家里鸡飞狗跳，老娘卧病在床，女儿作天作地，他只知道逃避矛盾。一个男人连起码的责任心都没有，哪来的勇气谈信仰?"

"嫂子。"荆杨终于还是说话了，"我有很大责任，本来队里没那么多的事，是我拖着他帮了很多忙，才顾不着家。您相信我，耿哥的事我一定会给您一个说法，如果矛盾真的无法调和，我就让他彻底离开!"

"我再也不会信你的鬼话了!"王爱菊压根不吃他这一套，说完便气呼呼地转身要走。

荆杨叫道："耿哥，快送嫂子回去呀。"

"我不要他送!"王爱菊大手一挥，"有种就别回那个家!"

"大锤!"荆杨扭头冲着队伍叫道。

"到!"龙大锤缩了缩脖子，迟疑片刻追了上去。耿超拖住他，朝大家眨眨眼又挥了挥手，然后蹑手蹑脚地紧追几步，一把搂住了王爱菊的脖子。王爱菊扭了几下，抬起胳膊抡得呼呼生风，最后只掐了把老耿的后背。

"他俩青梅竹马，嫂子以前是女排省队的二传手。耿哥进搜救队还是拜嫂子所赐，而嫂子自己也差点成了耐特的第三号队员。"目睹夫妻俩上了车，夙了半天的龙大锤开始跟他的新队友路宽和陈实八卦。

原来，荆杨回国组建搜救队时，第一个找的就是从部队转业后选择自主择业，开了几家户外用品连锁店的耿超。彼时，耿超店里的生意在网店的冲击下一落千丈，正情绪低落，荆杨多次登门，他都避而不见。

王爱菊见老公萎靡不振，马拉松也不跑了，整天待在办公室里借酒消愁，要不就是跟她讨论如何转型。她实在受不了了，便一口气拿出五六个房本，说都是耿超这些年做生意上缴的钱，她偷偷投资的，随便卖两套，一家人吃喝不愁，根本不用再折腾了，然后硬拖着他跟荆杨见了面。结果，耿超和荆杨一见如故，帮他找人找场地，忙得是不亦乐乎。

王爱菊本来就是运动员出身，虽然四十大几，但身体素质一级棒，便也提出入队。结果耿超拿出了他刚跟荆杨一起制订好的规章制度，搜救队只招募三十五周岁以下的女性，将她拒之门外。为了这事，王爱菊当场就跟这两个男人翻脸，好多天都没理老公。

说完这些，龙大锤调侃道："嫂子肯定是吃醋了，觉得耿哥和队长才是真爱。否则，咱队长风度翩翩，人见人爱，她没理由那么不待见他！"

陈实说："我觉得嫂子说的都是实情，没见她都哭了吗？"

龙大锤头一昂："没那么严重，他女儿虽然叛逆，但却是个学霸，而且耿哥宠嫂子是出了名的。嫂子主要担心的是他的安全，耿哥有次救人摔伤了，昏迷了一天一夜，从那之后，嫂子便性情大变……"

陈实又再问道："那这次荆杨说要让他离开，不会是骗嫂子的吧？"

"不会的，耿哥是咱搜救队的法人，离不离开可不是队长说了算。再说了，之前闹得比今天还凶，耿哥回去跪一下就好了。"龙大锤说完，突然手指陈实训斥道，"你小子就是死于话多！就你最正义，没看咱们都不说话的么？瞎掺和个啥？嫂子那情绪都是你挑起来的！"

陈实挠挠头，一脸的不服气："我不是不知道情况么？"

一直在沉默的路宽，此时才问道："咱队里除了他，还有其他家属有情绪么？"

龙大锤摇摇头："耿哥是特例，其他的没听说过。再说了，咱救人于水火之中，这是行善积德，给家人朋友长脸，他们骄傲还来不及呢！"

龙大锤话音刚落，手机响了，他打开微信一看，但见其面色一凛，顿时变得惊慌失措。

03

大锤满世界在找荆杨，而此时的荆杨正在楼上跟梨雨聊天。

梨雨还沉浸在王爱菊的那段剧情里，她怎么都没想到会有这样的事情发生。在她看来，这种矛盾是不可调和的，就像当年她的母亲离开父亲。

"这就是生活最真实的面貌，任谁都无法脱俗。"荆杨却是风轻云淡，许是司空见惯，一边安慰着她，一边笑道："但你今天看到的只是表象，我熟悉他们的情况，他俩就是一对欢喜冤家。老耿不仅有原则，而且八面玲珑；耿嫂善良又贤惠，眼里只有她老公，咱根本不用担心。"

梨雨似乎还在纠结，莫名其妙地问了句，"如果真有人不得不离开，你会难过甚至会阻挠吗？"

荆杨摇摇头："善始者众，善众者寡；来则来，去则去。能坚持的全凭一腔热血，坚持不了的，各有各的苦衷。我们毕竟是凡夫俗子，要面对现实生活，作何选择，都无可厚非。我不会也不应该去绑架他人的意志。"

"那路宽呢？你会对他另眼相看吗?"梨雨紧盯着荆杨问道。

荆杨仰头大笑道:"我觉得你应该是知道答案了。而且,你似乎比我更懂他。"

"也许吧!"梨雨下意识地看了眼远处的路宽,脸上露出一丝难以名状的笑容,"我总觉得,他对所有人都抱有警惕之心,而这个世界也似乎对他并不公平。"

给龙大锤发信息的是他正在谈婚论嫁的女朋友。此刻,她正带着龙大锤的准岳母在赶来搜救队的路上。没错,龙大锤这未来的丈母娘就是在咖啡馆给了他一耳光的那位妇人。

在此之前,因为龙大锤在演习时的反常举动,荆杨与耿超已经找过他了。大约是因为面子的问题,大锤的话只说了一半。按照他的说法,这未来的丈母娘跟王爱菊一样,担心他们的安全问题,一直希望他离开这个既不在体制内,又没什么名气的搜救队。他之所以希望搜救队拿到那次演习的优胜奖,是为了向她证明耐特是一支组织严明值得信赖的专业救援队。

然而,事实远非他说的那么简单。双方的矛盾由来已久,从五年前龙大锤结识女友小惠开始,这位开服装厂人称"林总"的女老板,也就是小惠的母亲就没有消停过。先是嫌弃大锤的家庭出身和他的大专学历,配不上她这个毕业于211大学的独生女。两个人只得私下里偷偷交往。后来,龙大锤在一次特大火灾事故中,冲入火海的照片"最美逆行"登上了各大媒体和网站的头条。小惠拿了报纸给母亲看,林总虽然被感动,但又觉得他的职业太危险并且没有前途。

龙大锤一狠心,花了三年时间自学拿到了一所重点大学的本科学历,跟着又辞了专职消防员的工作,和服装设计师小惠一起自创服装品牌开起了网店。

当这一切都令林总满意了，恩准了他们的婚事，两个人约好了拍婚纱照的那天，伯尼小龙失踪了。龙大锤毫不犹豫地请缨出战，小惠给他打掩护，无奈这准岳母打破沙锅问到底，硬逼着女儿说出了实情，然后大发雷霆，逼迫大锤离开搜救队，否则就取消他们的婚礼。

小惠一直视大锤为偶像，当年她还在上大学的时候，亲眼目睹了刚从部队退役的大锤在火灾中奋不顾身地救出了一对母女，之后又机缘巧合，在她学校的一次消防演习中两人再见。准确地说，他们的爱情是美女追英雄，龙大锤觉得自己配不上小惠这个白富美，而小惠则对他穷追猛打。当然，这些林总是不知道的，她认定了是这个穷小子蛊惑了她的女儿。

大锤加入搜救队，是经过小惠同意的，所以，有了女朋友的支持，大锤便对准岳母阳奉阴违，试图蒙混过关。但林总经商多年，精明得很，哪有那么容易糊弄？双方就此僵持，这结婚的事也就搁置了。大锤倒是不着急，但小惠害怕夜长梦多。

龙大锤那天在咖啡馆挨了一巴掌，是因为小惠头天告诉母亲自己怀孕了。她本来是话赶话，临时起意想骗母亲的，提前也没跟大锤商量，结果她妈就私下约了大锤，给他下最后通牒。大锤是个直男，当场就蒙了，说自己不知道这事儿。林总一时气急，甩手就给了他一巴掌。这事最有意思的是，小惠后来承认自己撒谎仍被母亲逼着来找龙大锤。

大锤看到女友偷偷发来的微信，不用想都知道她是想让自己回避。他虽然已经吓得腿都软了，但脑子清醒得很，知道这事逃是不逃掉的，必须要面对。

　　荆杨也是这个意思，叫他不要回避，但又明确表态自己绝不会跟大锤"统一战线"，最多只会就事论事，立场中立，如何应对以及做怎样的决定，都是大锤自己的事儿。说是这么说，但荆杨还是挺紧张的，赶紧招呼几个队员和梨雨去帮忙布置下会议室，然后告诫队员们不要瞎掺和，跟着便若无其事地让大锤带队继续训练。

　　乍一看，这林总穿着新潮，妆容精致，显得十分端庄，但举手投足之间满满地透着一股女强人的霸气。她不吵不闹，一见到笑脸相迎的荆杨后便亮明身份，然后开门见山，要看搜救队的注册登记资料和管理规章。荆杨也就不再客套，直接将她带到了会议室，指着几个柜子对她说："除了队员个人资料外，您随便看！"

　　林总点点头，先是被墙上挂着的搜救队愿景和几面锦旗吸引，跟着又看了眼龙大锤前几天才捧回来的那座玻璃奖杯，最后目光定格在那张《社会团体法人登记证书》上，问荆杨："为什么法人代表不是你？"

　　荆杨说："现在的法人也是我们的发起人，整个手续都是他在跑的。"

　　"但我了解的情况可不是这样，听说你是美国人，还是个医学博士。这里你说了算，出了事你拍拍屁股走人，谁来担责？"林总转过身来，一脸咄咄逼人的神情。

　　荆杨笑了笑，说道："我在那边上学和工作，待了十多年，但一直没有申请绿卡，是如假包换的中国公民！"

　　"哦？"林总显然是没想到，为了掩饰自己的尴尬，她从柜子里抽出一本"山地救援基本流程"的资料夹翻了翻，良久才说道，"听说你放弃了自己的专业和在美国的金饭碗，回到国内只为了做慈善？你告诉我，你拿什么养活他们！"

"妈。"林总这语气，连她女儿小惠都听不下去了，她拽了拽母亲的胳膊，"别这样，大锤不是跟您介绍过这边的情况了吗？大家都是志愿者，没人发工资。"

"我不信任他！"林总一甩胳膊，"他嘴里能有几句实话？你给我到外面待着去！"

此时，在距离荆杨办公室不到五十米的地方，龙大锤正心不在焉地背起一圈安全绳，准备上楼速降。路宽一把拉住他，下颌指向办公室又看了眼楼顶，轻声提醒他："没事找事吧你？这么危险的动作，让你丈母娘看见了，你还有好日子过吗？"

"那怎么办？我眼皮老是在跳。"龙大锤是真慌了，可怜兮兮地问路宽。

路宽拿眼一瞪："眼皮跳，你还折腾？带兄弟们练队列啊，要不，跑步也行！"

办公室里，荆杨忙不迭地说道："没关系，没关系，让她在这里好了。我有义务回答家属的担忧。"

然后，他伸出手示意母女俩坐下，拿了两瓶纯净水递给她们，接着说道："首先，我想说的是，我并没有放弃自己的专业，现在是杭城医学院的外聘教授，还担任国际医学组织的专家；其次，我的专业是治病救人，而成立民间救援组织，虽然本质上有区别，但我觉得这是我能力范围内的事；最后，我想告诉您的是，我们是纯民间公益组织，我能给的保障只有每个队员一份意外保险。"

荆杨几乎是不作任何修饰，如实道来。但林总却是无动于衷，喝了口水继续问道："这里的场地、设施、装备和日常开销，还有这么多人动一动都是钱，都是你一个人在承担？"

"不完全是。目前场地是政府免费提供的，部分装备是民间爱心人士捐赠的，有些任务政府会提供保障，但日常通勤甚至一些损耗都是队员们自掏腰包。未来有需要的时候，我们会向社会公开募集物资甚至向政府申请援助。"荆杨说完，又补充了一句，"就目前来看，不到万不得已，我本人和身边的资源，足以支撑。"

"会提供有偿服务吗？"林总想了想，又再问道。

荆杨坚定地摇摇头："永不！"

沉默了好久，林总突然柔声对一旁的女儿说道："小惠，往后这边的服装都由我们来帮他们量身定制吧。也算是给荆队长减少一点压力。"

"好呀！"小惠开心得差点跳起来，叫道，"我去叫大锤过来，您跟他说呗！"

"叫他干什么？我话还没讲完呐。"林总说完，看向荆杨，起身说道，"大锤是个不要命的性格，在部队救火时就受过伤。现在我女儿要跟他结婚了，我不想整天活在提心吊胆中。我今天来的目的，是想请荆队长高抬贵手，放他一马。"

"妈！"小惠急得直跳脚。

"我能理解您的担忧，更能感受到您此刻的心情。他之于我，'千军易得，一将难求'！大锤就是将，明事理、有担当、胸怀大爱、头脑清醒、忍辱负重、敢作敢当！"荆杨说完，也跟着站了起来，冲着林总鞠躬，说道，"对不起，这个事情我不想，也不能做主。我能承诺给您的是，他自己可以作决定。"

外面突然传来震耳欲聋的歌声：团结就是力量，团结就是力量。这力量是铁，这力量是钢……

林总沉默片刻，缓缓地走到窗边，像一个目送孩子奔赴前线的母亲，静静地倚着窗台。跑道上，龙大锤正一马当先，身后的五十名队员紧跟着他，步调一致、整齐划一。

背后，小惠红着眼睛轻声对荆杨说道："我父亲生前是伞兵，参加了汶川地震的救援……"

04

有道是"不是冤家不聚首"，集训的第三天，原本请了病假的搜救队体能教练石小丽，竟然在割了阑尾后只休息了一周就提前回归了，而且即刻就要组织几个新队员体能测试，结果陈实又被她修理了一顿。

按照耐特的招募流程，新人必须得通过体能测试才能正式成为搜救队员。但这几个新队员基本上属于特招生，而且已经办理了入队手续，连向来循规蹈矩的荆杨都在劝她别较真。没想到这石小丽跟队长较上了劲，直指荆杨作为搜救队的最高管理者毫无原则。

荆杨自知理亏只好让步，路宽和其他新队员虽然心里不爽，也都忍了，但陈实却夯毛了。这小子嘴本来就碎，加上之前被石小丽收拾过还憋着气，突然就爆发了，说所谓的体能测试，不过是她打着坚守原则的幌子专门来针对他，属于公报私仇。路宽也不劝阻，荆杨和其他人也不知道是什么心态，都一副事不关己的表情。

石小丽虽然被数落得黑着脸，却也不搭理他，等到其他人都测试完并且悉数过关后，才转过头来问梗着脖子在那儿站着的陈实，是按照队里的要求走一遍，还是知难而退。

陈实不知道她刚动了手术还没恢复，便跟她叫阵："你不是专业搏击手出身么？你今天只要把我放倒，让我干啥我干啥！"

荆杨赶紧上来阻止："小丽刚动了手术，真要比，等她恢复了再说。"

"当我没说！"陈实吓了一跳，赶紧摆手，"这体测项目太小儿科了，我感觉是在侮辱我的人格！"

没想到这石小丽把外套一脱，扭扭脖子抖抖腿，说："小手术不碍事，来吧，我想看看你这人格还有体格有多强大！"

陈实当场就蒙了，本来就是想逞一下口舌之快，石小丽要是态度谦和点，或者大伙儿都劝几句，他也就就坡下驴了，大家也都有面子。哪想到这姑娘吃定了他，压根儿就没想给他面子。而那些队友们更是看热闹不嫌事儿大，都退到一旁抱起双臂等着好戏上演。

陈实环视了一圈，确定没人给他"撑腰"后，便咬咬牙扎着马步拉开了架势。石小丽二话不说，抬脚便踹了过来，陈实堪堪躲过，突然伸手张开五指对着转身又要冲上来的石小丽："等等！你能告诉我，你动的什么手术吗？"

原来他发现石小丽踹他的时候，脸上似乎闪过一丝痛苦的表情。

"割了阑尾！"石小丽一边说着，挥起拳头直接就往他脸上招呼。

陈实伸手挡开她这一击，急忙问道："动刀子了，还是微创？"

"哪那么多废话？"石小丽话音没落，一拳打在了他的肋部。

陈实吃痛，倒退了几步。等到石小丽再次上来的时候，他索性一屁股坐到了地上，双手抱头告饶，"你赢了，你赢了！"

石小丽愣了一下，明知他在让着自己，放下拳头又举起手来，照着他的后脑勺拍了一下："服不服？就问你服不服！"

"服了，服了！"陈实忙不迭地说道，"别说割了阑尾，就算截肢了我也打不过你。"

石小丽跟着又拍了一下他的脑袋，然后在外套里掏出秒表，指着偌大的训练场对陈实说道："跑10圈，8公里，35分钟之内完成！"

"凭什么？他们只跑5公里，而且只要求25分钟。"陈实指着路宽说道。

"加两圈！"石小丽说完，举起秒表按了一下，叫道："预备，跑！"

陈实跟受了惊的兔子般，撒腿冲上了跑道。他身后的那群队友，乐作一团，有人躺在地上直打滚。

陈实整整跑了10公里，用时正好40分钟，一秒不多一秒不少。石小丽目瞪口呆，然后拿着秒表晃了半天，一脸不可思议的表情。

路宽这会儿觉着自己可有面子了，看了眼弯着腰大喘气的陈实，一脸骄傲地说道："他是我们部队十公里纪录保持者，赶在三年前，他还能快上个六七分钟！"

众队友一片哗然。

陈实蹭到石小丽身边，上气不接下气地学着她的语气问道："服不服？就问你服不服！"

石小丽杏眼一瞪："你还有余力是吧？来，100个俯卧撑！"

陈实举起手"啪"的一声，甩了自己一耳光："饶了我吧，小姑奶奶。以后你让我干啥，我就干啥！"

那天晚上，荆杨破天荒地请队员们吃了顿大餐。之后，几个年轻的队员又起哄要唱歌，陈实来了劲，说我请客，路老板埋单，跟着便打电话给梨雨，订了个量贩式KTV的天字第一号包间。

包括荆杨在内的老同志，纷纷退散。石小丽也要闪人，陈实堵在她面前又叫嚣着，武的不行来文的，非得要跟她比唱歌。石小丽也不示弱，说你要是唱不过我，再出去跑个10公里加100个俯卧撑。

结果这两个"天敌"一到KTV就变了味，一人霸占一支话筒，石小丽唱什么，陈实就跟着掺和什么，两个人都找不着调，还互相吹捧。一边闲着的队友都痛不欲生，形容这二位"天残地缺，鬼哭狼嚎"。

路宽本来就不喜欢这场合，既不唱歌也不喝酒，埋了单就想溜走。孰料，刚出KTV就撞上了兴冲冲赶来的梨雨。梨雨说请客的人不能提前走，这是基本的礼数，然后又生生地将他给拖了回来。

陈实兴许是唱累了，一见到这二位进来，便把话筒递了过去，鼓动他们对唱。路宽摆摆手坐到了角落里，梨雨接过话筒眼巴巴地看着他，见他无动于衷，便点了首老掉牙的英文歌《昨日重现》。结果一开嗓，众人都瞪大了眼睛，惊为天人。

梨雨一曲终了，对着话筒问路宽："路老板，我这水平有资格跟你对唱么？"

路宽显然是被梨雨的歌声打动了，又见躲不过，便踌躇着说："我只会唱部队里的歌。"

"我都会。"梨雨笑逐颜开，"那就唱《相逢是首歌》吧，咱俩一人一段。"

梨雨和在场的队友们一样，做梦都没想到，路宽不仅字正腔圆，收放自如，而且感情饱满，高音不破，低音厚醇，尾声颤音绵绵不绝，谁听着都觉得是专业水平。梨雨听得痴了，竟忘了接上，索性收了话筒坐下来听他一个人唱。

石小丽凑到陈实身边，幽幽地说道："你不是说他不会唱么？甩你一千八百条街。"

那天，路宽像是唱上了瘾，更像是在宣泄，一口气唱了五六首。陈实有点儿不服气，跟着掺和了几句后，自己都觉着没趣，还悄悄地对梨雨说："我跟他在一起这么久，从来没听过他独自唱歌，更不知道他这么会唱。"

"他究竟藏着多少秘密？还有多少你不知道的事情？"梨雨喃喃说道。

陈实怔怔地看着路宽："也许，只有你能慢慢地弄懂他。"

梨雨是在去学校参加研究生素质拓展活动的时候，意外得知路宽是自己学长的。那天，有个辅导员在作小组总结陈述的时候，夸赞学校的吸引力，说他当年所在的新闻系有个学神，为了上传媒学院，高考有一门课故意交了白卷。

大家都不信，说那学神肯定是在吹牛。梨雨也跟着起哄，说那人应该去编导系，只有学渣才会编这么不着调的故事。辅导员急眼了，信誓旦旦地说那人确实是人才，经常跑其他系蹭课，很少在班里看见他。但每次考试必修课都是第一，尤其是英语，可以跟外教无障碍沟通。

听他这么一说，大家就开始起哄，要他现场连线。辅导员便说这人是个高富帅，家里做珠宝生意的，任性得很，大二没上就退学去当兵了，听说去的还是海军陆战队。但他跟同学们都没有再联系，谁也不知道他现在在哪儿。

梨雨意识到他说的可能是路宽，等到活动结束便找到这位辅导员确认了自己的猜测。她问辅导员，路宽当年这么好的成绩为何会选择传媒学院，以及他退学的原因。这辅导员本来就比她大不了几岁，又是学长，便开玩笑说路宽来这儿上学可能是为了爱情，因为地球人都知道传媒学院美女如云。

但他给了个有可能导致路宽退学的原因：说他们这届同学对他印象最深的是，这小子嫉恶如仇，刚上学不到一个月就亲手抓住骚扰女学生的人。到了大一下半学期，他又实名举报后勤处长贪污腐败，学院纪委查了几个月，最后通报说是被诬告，学校也没给他处分。但结果一出他就请了长假，学期没结束就离开了。大家都在议论，他可能是对结果不服。事实上，这个后勤处长确实是有问题，第二年再次被人举报后投案自首了。

梨雨跟着又问辅导员："他当年在学校有没有特别要好的同学或者女朋友？"

"他平素都是独来独往，没见到和谁特别亲近。"辅导员摇了摇头，说道，"班里仰慕他的女同学不少，但他如果有女朋友的话，肯定是在别的班。"

梨雨来了劲："你知不知道他喜欢去哪儿蹭课？"

"声乐系！"辅导员说完，追问道，"你们不是只认识这么简单吧？他现在人到底在哪儿？能不能让他加我微信，就说同学们都很想念他。"

梨雨笑了笑，应付着："我只是好奇，跟他真没那么熟。回头我跟他说一嘴。"

事后，梨雨心情久久不能平复，回忆他们结识以来的点点滴滴，一个人在图书馆门口傻傻地坐到了天黑。

05

那天回家后，梨雨给导师打了个电话，编了个理由让他帮忙跟当年那届声乐系的老师打个招呼，她想去了解点情况。说来也巧，师母当年就是声乐系的副主任，后来才跳槽去了音乐学院。梨雨迫不及待地想马上去导师家，结果导师告诉她，师母出国交流去了。

梨雨是那种心里憋不住事的主，不把事情弄明白，她根本就睡不着觉，何况是她那么在乎的一个人。她领教过路宽的脾气，不敢直接去问他，左思右想，决定再去找找陈实。

即便站在旁观者的角度，把交白卷、莫名其妙地退学、公墓、白玫瑰、铁蛋嘴里他电脑里的照片、陈实的讳莫如深、拼命要加入救援组织以及一提到女朋友就情绪失常，这些零碎的信息拼凑一下，就不难理解梨雨为何这么迫不及待了。

梨雨找陈实本来是没抱多大希望，能说的陈实一定会告诉她，不能说的他也不会说。她只是想不通，怎样的事值得一个人当成秘密去死守，甚至还要订立攻守同盟。

陈实这次倒是挺老实，对梨雨的动机也不觉得奇怪。在他看来，无论这姑娘找多少冠冕堂皇的理由，她就是喜欢上了路宽，因为爱一个人肯定想弄清关于TA的一切。但他也确实是爱莫能助，路宽在他面前从来不会主动谈论自己过去的经历。

梨雨见到陈实，就开门见山地问："你知不知道路宽跟我是校友？"

陈实点头："我也是他退役后才知道他是从你们学校退学去当兵的。"

"那你以前为什么不说？"

"你也没问过我呀。"

"那他告诉过你他为什么退学吗？"

"他说自己高考考差了，本来是闭着眼睛上985院校的。我还问他为啥不选择复读，他说没那个心气了。"

"你相信他说的吗？"

"相信呀，他不仅聪明，而且过目不忘，新兵连就对学过的各种部队条例倒背如流。"

"你就对他的过去一点都不好奇？"

"当然好奇了，他心里藏着事，而且很害怕别人知道！"陈实说完，追问道，"你是发现了什么吗？"

梨雨摇摇头，欲言又止。

陈实轻叹："我其实能猜到一些。他不愿提，我也就假装不知道。我跟你说个事吧，也许对你有帮助。"陈实不忍见梨雨失望，想了想，说道，"有一年夏天，部队组织长途拉练，当时我在汽车连。部队在杭城附近休整的那天晚上，他突然跑来找我，说家里有急事，让我偷偷开车送他回家，然后又说这样太冒险了，决定去请假。结果第二天凌晨部队开拔的时候，一点名发现他不见了，直到快中午的时候，他坐出租车赶了几百公里追上了大部队。因为这事，他被记了大过。"

"他家出了什么事？"梨雨瞪大眼睛问道。

陈实说："肯定没什么大事，他也没请假。而且他一直都很遵守纪律，不知道为什么会犯这种错误。"

梨雨沉默着，脑子里忽地闪过一个念头，赶紧问道："你还记不记得具体是哪一天？"

"我想想啊。"陈实扳着手指，说道，"应该是六月下旬，二十几号的样子。"

"我知道了。"梨雨神情黯然地点点头。路宽在峡谷救她的那天，是六月二十五号。那天她发现了他车上的那束白玫瑰，然后他去了白马公墓……

见梨雨在走神，陈实试探着问道："他中午约了我，要不要一起吃饭，你自己再问问他？"

"不了。"梨雨摇头，"千万别告诉他，我在打听这些事。"

当梨雨失魂落魄地开着车，在这个城市茫无目的地转悠的时候，路宽正在"诚实汽修店"里跟陈实推杯换盏。桌子上只有一大包花生米和几根黄瓜，旁边的电炉子煮着方便面。

灰头土脸，手上还沾着油污的陈实，一坐下就伸直脑袋，说道："我感觉，我要恋爱了。"

"跟石小丽？"路宽漫不经心地问道。

"你这人，最不可爱的一点就是太聪明了。"陈实扭了扭脖子，掩饰着脸上的尴尬，"你觉得我和她合适吗？"

路宽面色一沉："要我说实话吗？"

陈实赶紧一挥手："狗嘴里吐不出象牙。跟个钢铁直男聊这种事，我真是笨死了。"

路宽嘿嘿笑道："我觉得你们就是天造地设的一对。大鱼吃小鱼，小鱼吃虾米，虾米吃河泥，一物降一物。"

陈实兴奋得直搓手："你说的是实话吗？"

路宽坚定地点点头。

"可是……"陈实脸色很快就黯淡下来，"可是，她能看得上我吗？咱要什么没什么。"

路宽直愣愣地看着陈实，盯得他心里直发毛了才说道："只要你的眼里有她。"

陈实长长地松了口气，转而说道："那你呢？眼里有那位摄影师么？我可是看出来了，她眼里满满的都是你！"

路宽眼神迷茫，呆呆地看向一旁。

电炉上的方便面开了锅，蒸汽顶着锅盖突突个不停。

陈实笑着摇了摇头，起身在冰箱里摸出两颗鸡蛋和几根火腿肠，一边揭锅，一边抱怨着："方便面、蔫黄瓜，路少跑我这儿忆苦思甜来了。"

路宽扑哧一笑："你说咱在部队那会儿，饿了最想吃的是啥？"

"方便面！"陈实脱口而出。

路宽眼一瞪："那不就得了！叽歪个啥？"

"你说你请客，就这？我还得贴俩鸡蛋和火腿肠。"陈实没好气地回怼，"你就是只铁公鸡，比那谁，对了，比咱新兵连排长还抠门！"

"不是还有花生米和一打啤酒么？"路宽笑呵呵地说道。

"我要吃的是蒸羊羔儿、蒸鹿尾儿、烧花鸭、烧雏鸡、烧子鹅、卤猪、卤鸭、酱鸡、腊肉、松花小肚儿！"陈实倒了口气，然后翻了翻眼，踢了一脚那箱啤酒，"没有进口的，至少也得整箱手酿吧，就拿这涮锅水来糊弄小爷？"

路宽乐不可支："你小子要真富了，指定就是个脑满肠肥的败家子！"

陈实闻言，直起身子正色道："你说，我得管他们要多少钱？"

路宽扭了扭脖子，缓缓说道："对方的背景你打听了没？这儿拆了要建什么知不知道？"

陈实摇摇头："管他什么背景！反正不是政府项目，据说是给文化遗址配套的，以文创和餐饮文化为主题的商业综合体。"

路宽说道："按说你只是租客，没资格跟他们讨价还价，能要点搬迁补助就不错了。"

"怎么没关系？"陈实仰头一笑，然后变戏法似的，掏出一张房产证拍在桌子上，"你看看，有这个够格不？"

路宽一愣："我去！你把这店面买下来了？"

"可不！"陈实一脸傲娇，"哥这几年累累巴巴，就挣了个这么大的小门面！还背了十年房贷。"

"可以呀。你小子还真是财不外露！"路宽说着，翻开房本看了看，问道："上个月才过户？你是不是提前听到了风声？"

陈实搓搓手，嘿嘿笑道："也不算吧，房东两口子常年在国外，早就想出手了。以前我不敢拿，后来是听一个来这儿修车的客户说起可能要拆迁的事，再后来，这一片的商户都传开了，我才下了决心。"

"奸商！"路宽倒完酒，说道，"别买了张彩票就算计着中了大奖怎么花。这事儿还早着呢，从规划到拆迁三五年都很正常，这中间还有很多不确定的因素。"

"他们规划，我也得规划啊。咱这门面现在市值两百多万，照这地儿的规矩，咱再硬气点儿扛一扛，怎么着也得翻一番吧？你说这四五百到手了，咱是不是得合计着干点儿大事？要不，你再投点儿，咱成立个集团公司?"陈实还沉浸在一夜暴富的臆想中。

"行了! 八字不见一撇。先说说眼前的事。"路宽拿起杯子碰了下陈实的酒杯，说道，"今天这是最后一场酒，以后除非你结婚生子，大喜的日子咱再喝。"

陈实一脸问号，愣在那里不知所以。

路宽笑道："进了搜救队，咱就得全时待命，跟在部队战备时一个道理!"

"喝了酒咱就不去呗，那么多人也不缺咱俩。"陈实满不在乎的表情。

路宽把酒杯往桌子上一蹾，没等他开口，陈实赶紧摆摆手，"行了行了! 听你的，谁喝谁是孙……小狗!"

"烟也戒掉，别出任务时肺活量跟不上。"

"嗯，要不咱俩这辈子都打光棍吧，结了婚更伤身体!"

第七章

01

从路宽正式入队的那一天起，耿超就一再提醒荆杨，这小子虽然在部队淬炼多年，但还是匹野马，没那么容易被驯服。

荆杨每次都笑而不语。事实上，他的感觉和耿超差不多，这段时间集训，这小子一丝不苟，温顺得跟一头小绵羊似的。训练完了别人扎在一起吹牛皮，他就一个人在翻阅队里的各种规章与流程。他总感觉这小子不会这么消停，肯定得给他找点儿麻烦。

果不其然，秋训第一阶段结束的那天，路宽便公开质疑搜救队的救援指导流程有相当一部分脱离实际，思维模式固化，是典型的教条主义，更有纸上谈兵之嫌。

他坚定地认为不应该有所谓的流程，没有任何一场救援是在简单地重复过去，尤其是天灾和极端环境下的救援，靠的是指挥员和队员们的胆识与临场应变能力，最佳的救援流程应该是在不断实践中积累和分享后得出的经验。

这些流程是荆杨在创建耐特之前就开始研究和积累，融合了无数中外救援案例与耐特搜救队实战检验后的成果。光梳理与撰写这些流程，他花了近一年时间，可以说是他的心血之作。刚完成初稿的时候，他曾拿给之前在"国际搜索与救援咨询团（IN-SARAG）"和"美国海军潜水和救援培训中心"的同僚咨询意见，这些专家无不称赞，其中一个在企鹅出版集团供职的印度人甚至想将这套流程纳入科普书系出版。

虽然意难平，但荆杨仍然觉得路宽说得不无道理，他并没有直接去反驳，而是驱车带着他和陈实重返东山峡谷，二人第一次见面也是第一场交锋的现场。

直到下车，一路上都在沉默的荆杨才开口问路宽："还记得你当时冲过来，教我怎么做？"

路宽指着不远处的那座桥："从那里垂降，然后顺着水流蹚到被困者身边。"

"当时的风力和那座桥与水面的落差你知道吗？"荆杨又再问道。

"风力应该在七八级吧。"路宽一边说着一边观察着桥，"落差不到25米。"

荆杨接着问道："那当时的水深与流速呢？"

路宽愣了下："水深没法测，因为一直在涨水，流速也在不断变化。"

荆杨笑道："你出身海军陆战队，当时又在水里折腾了那么久，估摸一下看。"

"流速肯定超过20千米/时。至于水深，我当时游过的地方应该在3米以上。"路宽硬着头皮答道。

"好！我来告诉你。这一段平常水深平均不到30公分，最深的地方也不过70公分，溪流潺潺，我相信没有一个游客会望而却步。而当日这桥下的水深是4.35米，最高峰至少在5米以上；你下水后的流速已经超过30千米/时！我相信你知道，这意味着什么。"

荆杨说完看向路宽，见他扭头不语，又问一旁的陈实："你来告诉我，我要从桥上下去救人有没有问题？"

"我虽然不在现场，但听您这么一说，确实挺危险的，一旦失控撞到岩石就得粉身碎骨。换上是我，肯定不敢这么干。"陈实说完，又自作聪明地补了一句，"路老板应该没问题，他胆子大、水性好。"

荆杨沉声道："这是典型的山洪暴发的特征。当时的流速，加上水下到处都是参差不齐的岩石，水面上各种漂浮物，还时不时地产生漩涡。假如你们是指挥者，请问你敢让自己的队友下水吗？"

陈实闻言面色一凛："他真下水了？"

荆杨没有搭理他，而是直视此时仍面露不屑的路宽："无知者无畏。那天若不是你路宽福大命大，加上过人的能力和大家奋力协助，换作任何一个人下水，我今天都不可能有机会站在这里和你们坐而论道！"

路宽道："当时的情况，危在旦夕，根本就容不得我们仔细思量。我们是救人的，绝不能眼睁睁地看着他们被洪水吞噬。"

"你连自己的安全都保证不了，谈何救人？我们最怕的就是个人英雄主义与一腔孤勇，行事不计后果。救人与打击敌人是不一样的概念，特种兵可以铤而走险甚至与敌人搏命，而我们是拯救者，无论对生命和自然都要怀有敬畏之心。生命只有一次，所以，我的底线是任何时候都要先确保自己队员的安全！"荆杨说这番话的时候，情绪明显有些激动。

陈实点点头："前两天的新闻你们看了没？邯郸的蓝天救援队

员在同一条河执行任务时，牺牲了三名队员……"

"我们应该汲取这血的教训！"荆杨抬手打断陈实，接着对路宽说道："我无意反驳你的观点，也认同救援更多靠的是经验和指战员的临场应变能力。我不遗余力地想细化流程，就是为了让能标准化的东西尽量标准化，比如各种环境与场景下的装备匹配和使用规范、自我防护、人员分工配合、伤者急救与转移等等，减少在时间和资源上的无谓耗费，用最快的速度和将更多的精力放在救人上。"

"队长说得没错，路老板就是太较真了。那些文件的名称都叫指导流程，完全可以变通，并非一定要按部就班去执行。"陈实跟着插了一句后，说完还不忘讨好荆杨，"队长，我理解得没错吧？"

荆杨点了点头："这些流程我还会不断去优化，也希望你们能不断帮我总结经验！"

荆杨的话无可辩驳，他说得没错。但路宽的脑海里又不由自主地浮现出当年那一幕，那几个救人的个个能力不凡，拍着胸脯向他保证一定会把人救下，却在行动时过于谨慎，在最后时刻功亏一篑。

这些年，他无数次推演当时的情况，也无数次后悔自己没有第一个冲上去救人。因为在他看来，哪怕以自己当年的能力只身去救人，也完全可以避免那场悲剧。

路宽的质疑被荆杨瞬间化为无形，但二人之间观念上的冲突并没有就此结束。

转过一周后，秋训进入了第二阶段，也就是最后的野外搜救演练。这一次，包括梨雨在内，队员们基本上都到齐了。唯一缺席的是被单位派到外地出差的老队员林凯。

赶到演练地点已是当日午后，荆杨迅速布局，模拟极端与极简条件下驴友丛林失踪事件，所有队员被分成两组轻装上阵，由路宽与龙大锤各领一队从不同方向进入丛林。每组除了一台用于与荆杨独自坐镇的大本营保持无线电通信的设备外，不得携带任何搜寻与营救设备。

整个任务很简单，在12小时内找到并救出向他们求助后失联的目标。按照惯例，和上次官方组织的联合演练的对抗规则一样，率先找到的一队胜出。失败的一方到下次春训前，承包队里所有的脏活累活。

耐特副队长耿超与今年刚入队的几个队员悉数被分到了路宽这一组，荆杨还当着所有队员的面刻意警告耿超，不要倚老卖老，干涉分队长的指挥。原本要被荆杨留在指挥中心的梨雨，执意要随队跟拍。荆杨担心她会影响队员们的推进速度，便把皮球踢给了两位队长，要他们自己选择。

龙大锤笑道："我倒是想要她，就怕有人不答应。"

梨雨乐呵呵地看着路宽，等他表态。

不料，这路宽想都没想，便脱口而出："咱俩还是石头剪刀布吧。谁输了跟谁！"

梨雨气得直跺脚："你俩这是明目张胆地要把我卖了么？"

没人搭理她，两个队长已经拉开了架势。路宽连输了两次，直接耍赖皮，从一局定胜负变成三局两胜，这会儿又改成了五局三胜，结果还是输了。

"天意啊！"陈实悲叹一声，转头一看，梨雨已经得意地扛着DV站到了他的身旁。

路宽和组员们通过荆杨绘制的简易地图，很快便确定了最佳路线。他领着 B 组一路狂飙猛进，比原计划提前一个多小时推进到了任务通报中，目标最后出现的区域。按照荆杨的说法，通常情况下，失踪者只要求助，一定会待在他描述的地方，也就是他们现在身处的区域。

此地是丛林中的一个小盆地，三面山坡，东面靠着一条河。

路宽果断将队员们分成三个小组，分别进入三面山坡搜寻，并约定最大搜寻半径不超过三公里。结果折腾了快两个小时，也没找到目标的一丝痕迹。彼时已近黄昏，离荆杨要求的时间已过去将近一半，刨除返回大约三小时的路程，留给他们的时间已经不多了。万一目标"受伤"无法行走，时间会更加紧迫。

一筹莫展的路宽，想了想，决定与经验丰富的耿超商量。这家伙一路上都没说话，像个新兵蛋子似的，他让他干啥就干啥。路宽总觉着有点反常，他是耐特的副队长，即便不知道荆杨的安排，也熟悉他的风格。况且，荆杨布置完任务后，两个人躲到角落里叽咕了半天，很可能串通一气。所以，他明着想听听耿超的建议，实则就是观察他会不会心里憋着坏，刻意去误导自己。他想好了，只要耿超给出建议，他就领着队员们往相反的方向去。

没想到，耿超压根儿就不上当，当着大家的面摆摆手说："我没意见，你是队长，大家都听你的！"

陈实也反应过来了，跳出来激将耿超："别难为老耿了。他肯定知道是怎么安排的，要敢说出来，荆教授肯定得扒了他的皮！"

"我真不知道！"耿超笑道，"你问问老队员们，每次实战演练我都是最悲催的。"

大家都点点头。

有人说："老耿就是个灾星，跟谁谁输。从来没见他所在的那一队赢过！"

大家七嘴八舌的时候，举着 DV 机站在高处拍空镜的梨雨，发现 A 组正从小河的下游往上，顺着河边往他们这个方向而来。

路宽突然觉得哪里不对劲，问大家："A 组为什么现在才过来？荆杨通报的目标最后出现的地方明明在这儿！就是爬，也爬到这儿了。"

大家面面相觑，没人回答他的问题。

良久，陈实咽了口口水，幽幽道："龙大锤贼得很，肯定摸透了荆杨的那一套，早就知道事情没这么简单，才反其道而行之。只有咱们傻傻地按部就班。"

耿超终于忍不住，开口说道："他那是小聪明。转了一圈，不还是奔这儿来了么。"

路宽点点头，不知道是认同陈实的话，还是觉得耿超讲得有道理。总之，那一刻，他顿时有了主意。

02

路宽判断目标肯定在移动，除非他有意在躲着他们，否则，正常的反应一定是沿着河流而行。既然 A 组顺河往这边靠，失踪者肯定在另一个方向。他当机立断，准备带着队员出发。

没想到，和他同时入队的两名新进队员对他的判断提出质疑，他们认为这片区域方圆数十里，目标随便找个草丛猫着不出声，就够他们喝一壶了，强烈建议路宽等待与基本都是老队员组成的 A 组会合。

路宽知道他们为什么会有这个想法，因为之前的每次集训荆杨都淘汰了几名队员，而且基本上都是失败的那一队里的成员。他俩又是新队员，肯定是认定自己被淘汰的概率最大。但只要跟 A 组会合，无论在规定的时间内找没找到目标，都难分胜负，大家就都回到了同一起跑线。

"目标不会有意躲着我们。真要是那样，就不是实战演习，而是在玩躲猫猫游戏了！"路宽心里也没底，他硬着头皮一边回应两位队友，一边瞥了眼耿超。

但见那之前还绷着脸的耿超，这会儿表情轻松，他就更坚定了自己的想法，接着说道："但我不敢保证荆队长不会误导我们。我在部队参加了大小十多次演习，领导就经常喜欢玩这种把戏。所以，咱们得有定力，脑子必须时刻保持清醒！"

话虽这么说，但路宽多了个心眼，安排陈实去监视 A 组。为此他又去征询耿超的意见，问他这样算不算违规。耿超笑而不语，给了他个"你自己看着办"的眼神。

就在信心满满的路宽带着队员们逆流而上时，A 组在目标区域内离河边不到两百米的地方，找到了躺在树杈上睡意正酣的"失踪者"。此人竟是荆杨宣称去外地出差的老队员林凯。

还没等到陈实跑来汇报，荆杨已通过电台要求 B 组撤回。路宽正在郁闷，突然又发现那两个提出质疑的新队员不见了。彼时已经天黑，雷声隐隐。路宽要求耿超和陈实带着其他队员返回，自己独自去寻找那两个失踪的队员。耿超欲将通信设备留下，被路宽拒绝，约定午夜之前找不到失踪队员他会自行返回。

梨雨坚决不肯离去，把 DV 机交给了陈实，说什么都要留下来陪着路宽。

路宽顺手从河边抓了只青蛙递给她，说："我万一回不去，这河中和树林里都是新鲜的野味，一个人待上十天半个月都不会饿死。你要是敢把它吃了，我就带上你。"

梨雨吓得一哆嗦，但还兀自嘴硬："你敢吃我就敢！"

话音未落，路宽抓着青蛙就直接扔进了嘴里。梨雨吓得赶紧闭上了眼睛，尖叫道："吐了吐了，快吐掉，我跟他们回去！"

路宽抿着嘴，鼓着腮帮"咕叽咕叽"一顿咀嚼，然后"咕噜"一声，咽进了肚子里。梨雨两腿发软，全程闭着眼不忍直视。

"看好她！"路宽嘱咐完陈实，然后看着他上来扶着梨雨转身离去，才一脸得意地从袖口里扒拉出那只配合他演戏的青蛙，双手捧着它放入河中。

事情一波三折，B组的队员们快走出丛林时，才得知那两个新队员已经擅自回到了大本营。因无法联系路宽，天气变化可能会有暴雨，加上原始丛林里危机四伏，耿超便在电台里向荆杨请示，派队员返回寻找。荆杨正犹豫着，陈实却很淡定地声称，这种事对一个擅长野外生存的特种兵来说就是小菜一碟。

可是谁也没想到，回到大本营后，梨雨在多次央求陈实陪她一同返回找人未果后，竟鬼使神差地拿了把手电独自进了丛林。结果刚进去便意外地碰见一头野狼，她下意识地将手中的电筒扔向野狼。

那狼受了惊吓，往后退了几步，见梨雨再无动作，便伏身挠地，准备发出致命一击。就在这千钧一发之时，斜刺里突然蹿出一个人影，飞身撞翻已经吓得愣在那里不知所措的梨雨，然后亮出一把明晃晃的匕首刺向正飞扑而来的狼肚。

来人正是路宽，他找到了那两个新队员的行进痕迹，正一路跟踪，并笃定他们已经返回了大本营。说来也巧，梨雨进来的位置正是那两位走出来的位置，然后路宽远远地就看见了一束灯光，他原本还孩子气地想绕过来，吓唬下这位，没想到竟撞见了这可怕的一幕。

那狼挨了刀子后吃痛，哀嚎一声，落地后迅速调整身姿再度向路宽扑来。路宽就地一个翻滚，一刀扎进了狼喉。

远处传来几声狼嚎，路宽来不及细想，拖起已然吓蒙了的梨雨一路狂奔。百米外，听到同伴哀嚎的五六只野狼，正争先恐后地向他们追来。关键时刻，只听得一阵铁器撞击的声音，跟着几十支光柱迎面亮起，将这片丛林照得如同白昼。那些狼止住了脚步，狠狠地瞪了眼近在咫尺的目标，然后转身落寞而去。

陈实带着十多个手拿工兵铁锹的队员，都被吓住了，看着狼群离开，都站在那里一动不动。路宽惊魂甫定，放开梨雨时，才发现自己的手心全是汗水。他看着奔到跟前，吓得大气都不敢出的陈实，怒吼道："你为什么连一个人都看不好？"

陈实看着他铁青的脸，嘴里嗫嚅了半天，声音小得跟蚊子似的："就一转眼的工夫，我哪知道她胆子这么大。"

梨雨心有余悸默不作声。但她抬起头来，发现路宽的手臂似乎挂了彩，便伸手去查看。路宽余怒未消，一把甩开她的手。

梨雨撇撇嘴忍泪垂首，不知道是被吓的还是冷的，双手抱臂站在那里直打哆嗦。

路宽走出几步，扭头见梨雨还站在那儿瑟瑟发抖，心里不免咯噔了一下，赶紧脱下外套走过去，披在了她身上。

回到大本营，余下的人听说情况后都倒抽一口凉气。见梨雨梨花带雨的模样，耿超一个眼神，便没人再提此事。

荆杨事后总结B组失利的原因时，一针见血："一将无能累死三军。简单的事非要想得那么复杂，聪明反被聪明误，把一场严肃的实战演练当作了跟人斗智斗勇的真人秀游戏。"

路宽栽了跟头，又被荆杨这般无情狠批，虽然心下愤然，却也不解释，低着头一言不发。但同组的队友们，都纷纷为他鸣不平。尤其是陈实，一脸的不服气，说："哪个被困的人还有心思睡觉？咱们那么大动静他都没反应，林凯就是存心跟我们B组过不去！"

林凯在一旁跳起来反驳："爷就是睡着了。为啥人大锤能找着，你们找不着？还不是技不如人？"

龙大锤跟着嚷嚷："输不起是吧？荆队长都说了，人就在那附近，那地方被你们踩烂了都没找着，只能说你们眼高手低。"

向来老成持重的耿超，脸上终于挂不住了："咱们路队长的思路没问题，是咱的运气太差，让你龙大锤捡了漏。"

队员斗嘴的时候，荆杨在一边抱着茶杯看热闹，看上去悠然自得。大家都以为这事就算翻篇了。不料，荆队长并没有就此罢休，第二天一早返回前，他直接宣布淘汰那两名擅自离队的新队员。

路宽据理力争："若非我判断失误，两名队友就不会犯这个错误。况且，他们也是害怕被淘汰，所以才想着赶在规定的时间之前回到集结点。"

荆杨怫然作色："为了一团和气，毫无原则！这个问题的性质往小里说是自私，往大里说就是战时当了逃兵。败兵可挽，逃兵必弃！"

"你这是吹毛求疵、刚愎自用！"路宽怒道，"仅凭一件事你就妄断他们是逃兵，我绝对不能接受！"

"你先冷静一下，听我说。"路宽的反应，令荆杨始料未及。

在他看来，这是再简单不过的是非原则问题，犹如他的医生职业，治病救人也有失败的风险，但因为有风险就不去救治就是品质问题。

"你不用再跟我讲那些大道理。我只知道怕苦怕累怕死的不会来搜救队，他们冲着自己的理想甚至信仰而来，绝不是冲着你荆杨来的。咱搜救队哪个制度上规定了这样就要被淘汰？还是规定了你有生杀予夺的大权，可以肆意妄为？"

荆杨被这一通抢白，噎得脸上青一阵白一阵。

没等他回应，便又听路宽说道："你不用再杀鸡儆猴，我和他俩同进共退！"

说完便拂袖而去。

荆杨气得直摇头，大家也都目瞪口呆，被这突如其来的变故给弄蒙了。

回去的路上，耿超为路宽开脱："这是他勇于担当和重情重义的表现，换上谁都会急眼。他本来自尊心就强，何况昨天确实表现不错，加上晚上又受了惊吓，今天被你批得体无完肤，有情绪很正常。"

"别忘了，是你要我试着把他当接班人培养的，就这脾气，你让我怎么跟他好好相处？"荆杨说完，还提醒耿超，"我不会找他谈，你也不用找他。他真要是想不通，那我们的缘分也就尽了。"

车子进了市区的时候，路宽收到耿超的微信：你误会他了，这事昨天晚上他跟我和大锤都商量过，也去找了那两位沟通过。结果不会更改，我们都希望你不要意气用事。

路宽问陈实："我是不是错了？"

陈实笑道："荆教授确实有些过分。但你的肝火也太旺了，口无遮拦，这脾气得改改。"

"我能说几句么？"梨雨坐在后座上弱弱地问道。见路宽没有回应，便兀自说道："大家看上去对这事都没异议，应该是约定俗成。再说了，谁都没法接受关键时刻扔下团队的人。"

陈实道："那也得给人家留点儿面子，私下里劝退就好了。"

那天晚上，他又收到了耿超的微信语音留言。他说那两个队员一回来便承认了两件事，一是故意脱队想自己寻找目标，二是发现了狼迹后因为害怕才提前返回了大本营。

路宽随即给荆杨发了条微信："对不起，是我太冲动。"

荆杨秒回了一个笑脸。

03

陈实已经有几个月没再提创业的事，路宽以为他消停了。没想到这小子"贼心不死"，将他和梨雨约到店里，拍出一本厚厚的"天下军迷大本营"商业计划书，还郑重其事地宣布正式启动第一轮融资。

路宽几乎已经忘了这件事。这个项目是陈实之前跟他讲过的无数项目中，他认为相对最靠谱的一个，为了应付他，两个人还煞有介事地去邻县考察过土地，跟当地招商局的人探讨过优惠政策。后来因为耐特的事，不了了之。

陈实不仅当了真，而且还花了这么大的心思，确实是有点出乎他的意料。

路宽翻阅计划书的时候，陈实迫不及待地向梨雨描绘着这个项目的远大前程，从行业现状、市场前景、赢利模式到公司的核心竞争力和短中长期规划，条理清晰娓娓道来。

梨雨被他唬得一愣一愣的，末了，忍不住感叹道："没想到你还是个商业奇才。"

陈实被她这一夸，可得意了，顺势说道："欢迎加入我们的创业团队，往后你就是咱们的联合创始人兼执行总裁。"

没等梨雨回应，路宽便插话问道："我怎么没看到总投资金额？还有，你这里的数据都是拍脑门来的吧？"

陈实笑道："这不是找你们来商量么？这个投资可大可小，几千万到几个亿都能干。至于那些数据，说实话，我没时间调研，都是从网上扒拉来的。"

梨雨吓得一激灵："咱哪来的这么多钱？"

"不，我们只要凑几十万启动资金。注册个认缴资金一亿元的公司，租个高档的办公场所就行了。"陈实说到这里，兴奋地把身体往二人身边靠了靠，"接下来，宽哥以卡莎蒂儿少东家和新公司总裁的身份，与地方政府签署投资意向协议，咱们再开个新闻发布会。然后，咱们就去找风投和金融机构，这条路要是不顺的话，就以认筹的方式公开向社会募集资金！"

路宽笑道："那还不如找老路直接给你投资呢？"

"不用直接去找他。"陈实亢奋不已，又把屁股往前挪了挪，嘴巴几乎怼上了路宽的脸，"他要是知道你在创业，干的是正经事儿，肯定会主动来帮你！"

"你这是蓄谋已久，处心积虑地要拖我下水？"路宽正色道。

陈实愣了一下，但很快便面不改色心不跳地说道："这不能叫拖你下水，是我想抱紧你的大腿。"

"咱能不能再沉淀一下？"路宽犹豫片刻说道，"首先，我不懂这些商业运作，得给我点时间消化一下。其次，无论是政府、银行还是投资人都没那么好忽悠，至于老路这边，他就是个无利不起早的商人，绝对不会因为我是他儿子就随便砸钱！"

"你说的我都知道。你太谦虚了，还说自己不懂，现在反而给了我信心。只要你对我有信心，愿意参与，接下来我好好去做市场调研。今天的主要目的就是要告诉你，我不但要做这件事，无论多大困难也一定会做成！"陈实说着夸张地挥了挥拳头，意犹未尽，"雄关漫道真如铁，而今迈步从头越！"

路宽以为自己说了这些后，陈实会知难而退，没想到这小子不仅对自己的商业能力有迷之自信，而且心理素质确实不凡。既然话说到这个份上了，他只得硬着头皮点点头。

陈实又看向梨雨，说："你也表个态吧？要不要当我们的合伙人？"

梨雨说："我啥也不懂，更没钱给你投资。以后免费帮你这项目拍个片子做广告吧。"

"不用你投钱了。"陈实说着瞄了眼路宽，"本来想大家都凑点儿启动资金，现在改变主意啦，为了表达我的决心，前期我自己来投。"

"你哪来的钱？"路宽和梨雨几乎异口同声。

陈实站起来，走了几步后，摇头晃脑地说道："欲成大事者，必有倾尽所有之气魄。我这铺子，据说年底就要拆了，几百万在手，足矣！"

路宽赶紧说道："大哥，你还是慎重点。这可是你的身家性命，不是闹着玩的。要不，我这儿有点钱，你先拿着用？"

"不用!"陈实大手一挥,"我先筑巢引凤,等着你心甘情愿地给我送笔大钱来!"

为了表达自己的决心,陈实那天破天荒地请二人去吃大餐。他去埋单的时候,梨雨悄悄地问路宽:"他是认真的吗?"

路宽笑了笑:"他想一出是一出,别当真。"

梨雨说:"你们虽然是战友和好兄弟,但我觉得你并没有那么了解他。"

路宽怔了怔:"也许吧。"

就在陈实置办了一身行头,在汽修店门口挂出"本店暂不接单"的牌子,收拾好行囊准备次日出门调研的那天傍晚,荆杨在微信工作群里发布任务,说郊区农村有个妇人求助,她男人醉酒后掉进了村里的一口枯井里,问谁有时间去处理下。

路宽几乎秒回信息,说他和陈实有经验,离出事地点也最近,马上就去。陈实看到信息后,气得一边大骂路宽找事情,一边赶紧脱下刚买回来的那套崭新的西装扔在床上,然后换上队服,骑上电动车直奔路宽家。

陈实一见到路宽就劈头怒斥,"你能不能少给我找麻烦?以后要不要出任务让我自己定夺好不好?咱好不容易洗干净了身上的阵年老机油,还喷了香水,准备明天闪亮出门去见投资界大佬呢。"

路宽撇撇嘴,没搭理他。

发牢骚归发牢骚,但陈实却是一点儿也不含糊,检查了一遍装备后,直接坐进了驾驶室。

他车技出色,驾车在崎岖的山路上一路狂飙猛进。孰料,离事发地点不到三公里的山口转弯处，迎面驶来一辆卡车。被大灯照得睁不开眼的陈实拼命闪灯，对方却视而不见，一片茫然中，车子直接撞向右侧的护栏。所幸路宽反应灵敏，从一侧抓住方向盘往左推，大车擦身而过的瞬间，吉普车撞向了前面转弯处的一个立在路边的标示墩，一声巨响，左前胎直接爆掉，车子翻倒在路边排水沟里。

路宽的脑袋撞到车门玻璃上，差点没晕过去。哥俩坐在车里蒙了半天，直到那妇人打电话来催促，说她男人快咽气了，二人才缓过神来，旋即背起救援工具，弃车跑步前行。

结果到了现场后才发现，那个男人好好的，掉进井里的只是头猪。因为担心救援队不出勤，妇人才扯了谎。哥俩哭笑不得，路宽电话要求正在赶来增援的荆杨返回，并打算撤离。陈实按住他，硬着头皮下到十多米深的井里，发现根本无法施救。

那男的一身酒气，不停地斥责妇人无用，连一头猪都看不好，妇人委屈抹泪。这男的变本加厉还想打老婆，路宽一把抓住他扬起的胳膊，一通怒斥。那男的大约是觉着自己没面子，仗着酒劲，掉转矛头破口大骂搜救队无能，连头猪都救不了。憋了一肚子火的路宽，刚回击了几句，那男的红着眼就要跟他拼命，陈实上前阻挡，不慎将他绊倒在地。

这下炸锅了，围观的村民呼啦一下，将哥俩围了起来。那男的杀猪般号叫着，妇人也呼天抢地，大叫"搜救队打人啦"。

关键时刻，援兵赶到。石小丽见到陈实，就抬腿狠狠地踢了他一脚。见众人群情激愤，荆杨便让耿超和龙大锤直接将路宽与陈实押回车里。石小丽上前一边安抚那对夫妇，一边跟村民们解释耐特搜救队的主要任务。荆杨组织队员和村民们向井内灌水，忙到半夜，荆杨亲自下井才将那头浮上水面的猪给救了上来。

　　大家忙活的时候，有个村民告诉荆杨，这对夫妇老家在江西农村，今年刚来杭城郊区种菜，两个孩子和老人们都在老家。妇人身体不好，平常都是她老公在劳作，她就偷偷地圈养了头猪和几只鸡，结果傍晚喂食的时候那猪趁她不注意跑掉了，然后就掉进了这口井里。政府严禁散养家畜，她不敢向消防队求助，在村民的建议下才找到了搜救队。

　　完成任务后，荆杨要求哥俩向那对夫妇道歉，却发现路宽早已离开。那妇人听说路宽和陈实在路上出了车祸，跑回家抓了两只老母鸡，又拉着酒醒了多半的男人对队员们千恩万谢。荆杨爽快地收了两只鸡，回头在队员们身上搜集了一千多块现金，嘱托一个村民在他们走后转交给那妇人。

　　翌日，荆杨在工作群里点评头天的救援，批评路宽与陈实应变不足更受不得委屈。路宽在群里回怼荆杨，接到自己的情况通报后就不该再赴现场，耗费资源干一件没意义的事。

　　荆杨没有回应。

　　耿超跟着发表意见，说这件事的意义在于使命必达和群众的信任，即便求助者夸大事实甚至欺骗，耐特的队员都不能敷衍塞责。

　　陈实挺身检讨，说没有几个人知道一头猪对一个农民意味着什么，他和路宽都能理解那对夫妻的急迫，也会汲取这次的教训。但路宽并不买账，追问荆杨，如果事前知道落井的是一头猪，还会不会劳师动众驱车20多公里去救助？他到底要如何给耐特定位？

　　很少在群里说话的龙大锤，反诘路宽，说任何一次救援任务，不到现场都很难提前作出准确预判。耐特不是藏在深山老林中的特种部队，等着上面下令去执行别人干不了的任务，群众利益无小事，搜救队不能也不应该有选择性地去做事。消防队还经常给老百姓开锁呢，即便是特种兵，也有抓小蟊贼的时候。

荆杨意外地选择了沉默，专心在听着队员们七嘴八舌各抒己见。直到最后，他才宣称耐特建队之初，他就跟耿超讨论过原则上"有求必应"，但不代表没有底线。而这个"底线"要如何界定，确实是一个亟待解决的问题。他希望大家都能给搜救队一份正式的提案。

04

荆杨是在"今日头条"推送一架 R 国国际货运飞机凌晨在中国领海坠机的新闻将近三个小时后，才接到老东家"国际搜索与救援咨询团（INSARAG）"的求助电话。荆杨几个月前辞去这个组织的职务时，曾向他们表明，希望多给他和他领导的这支中国搜救队参与国际救援的机会。

此次灾难的事发地点就在离杭城不到三百公里的东海海域，荆杨没有犹豫，考虑到涉外，即刻向政府相关部门报备，并迅速组织了一支 10 人救援小队奔赴现场。耿超、龙大锤、路宽与陈实悉数在列。

得到消息的梨雨，刚刚起床，洗了把脸后就抓起一台便携式摄像机，挤上了路宽的车。这次路宽没有再嫌弃她，而是一边开车，一边嘱咐她赶紧上网研究出事海域的地形地貌和天候情况。

下午一点，耐特搜救队与 R 国的极地救援队几乎同时到位。彼时，中国海事及交通运输部东海救助局派出的两支搜救队伍已经在事发海域奋战了将近八个小时，他们早在飞机失事后第一时间以最快的速度赶到了坠机区域，并且成功救起多名失事飞机的机组成员。耐特搜救队和极地救援队作为补充力量，在他们未及搜寻的海域搜救三名失踪的机组成员。

搜救队赶到时，指挥小组刚刚接到前方报告，东海救助局派出的救援直升机在离坠机现场数十海里外的岛屿附近发现了一名遇难者的尸体。指挥部里一片肃然，事发已经十多个小时，大家都知道，失踪的几名机组成员生还的希望极其渺茫。

耐特搜救队的队员们从来都没见过这般惨重的景象，都一脸沉重。直到指挥小组副组长向他们部署任务的时候，路宽才发现，此人正是他在部队时的大队长，刚刚转业到当地海事局担任领导的符羽，他也是这次救援行动前线总指挥。

故人再见，匆匆寒暄后，指挥小组欲将两支救援队混编，由语言无障碍的荆杨负责指挥。不料 R 国人十分傲慢，坚持要分开行动。他们言语之间虽然对耐特队员敬重有加，但明眼人一看就能感觉到，他们对中国的这支民间救援组织的专业素养持怀疑态度。

耐特的队员们多数对 R 国的这支久负盛名的救援队都不陌生，只是没有接触过。这支队伍建队近半个世纪来，几乎参与了周边国家所有大型地质灾害和飓风灾难现场的救援。当年曾第一个深入福岛核事故现场开展救援，并为此付出惨痛代价。就在半年前，他们在尼泊尔的一场雪崩灾害的救援行动中，救出十多名游客并为此折损两员大将。

可以说，极地是一支久经考验的英雄团队。

荆杨多想借这次机会，在联合行动中向对方好好学习。但指挥小组并没有坚持，熟悉他们的队员们也都觉得很遗憾。唯有陈实，开始压根儿就不知道对方的背景，评头论足，说一看他们就是七拼八凑来充数的。后来听荆杨一介绍，还是满脸不服气，当着对方的面宣称和他们分开是好事，可以教会他们怎么做人。结果被符羽骂得狗血淋头，半天不敢吱声。

符羽显然对路宽和陈实有点不放心，他警告二人，走到哪里都要记住曾经是他的兵，要谨慎、勇敢和顾全大局，绝不可意气用事，更不能掉链子，在外国友人面前丢中国人的脸。

因当日夜间出事海域可能有台风，指挥小组要求各救援队最迟傍晚八点必须返回基地。梨雨被要求留在了指挥部，替代她影像记录救援现场的是军方的一个摄影记者。她将众人送上船后，突然掏出一张牛皮信封塞给路宽，笑称他本周的幸运颜色是桃红色，并嘱其若非危急时刻，切不可打开来看。

耐特和极地救援队乘坐一艘高速救助船，在将近一个小时后赶到了他们的任务区域。此地方圆近百海里岛屿林立，距离坠机现场数十海里，正是之前救援直升机发现遇难者的尸体的海域。指挥组根据风向判断，另外失踪的三个人极有可能随波逐流也漂到了这片区域。

按照极地救援队负责人的建议，两支队伍分乘两艘救生艇背向而行。此时的这片海域，波澜不惊，出奇的平静。路宽见大家都有点儿放松，便提醒他们这是台风来临前的预兆，切不可掉以轻心。

而就在救生艇跑了好几海里的时候，荆杨突然发现有名队员面色煞白，站在船头摇摇欲坠。一问才知道，这小子早在大船上就晕船了，为了执行任务硬撑着没有汇报。荆杨硬着头皮果断要求驾驶员掉转方向，将晕船队员送回了救助船，这一来一去，生生耽误了半个小时，荆杨全程黑着脸一语不发。

不过半小时，极地救援队就报告发现了一具遇难者遗体，而且还穿着救生衣，但此后再无消息。而耐特搜救队则在这遍区域转了大半圈，过了两个多小时仍一无所获。一直在用心地环顾周边海域的路宽，将手伸进海水里划拉了几下，突然要求荆杨改变方向，向侧后方他们一个小时前曾搜索过的那个小岛靠近。

此时的指挥部内，安静得能听到外面海风拂过水面的声音。一直绷紧神经紧盯着屏幕的符羽，在获悉前方极地救援队传来的消息后，长长地舒了一口气，将自己放倒在座椅上，闭目养神。过去的三个小时，他一直在担心自己会判断失误，误导了那两支搜救队。如果天黑之前找不到人，等到台风来临，失踪者不仅绝无生还的希望，而且连遗体都无法找寻。

如果真犯了这个错误，这个有着二十年军旅生涯，履历近乎完美的硬汉是无法原谅自己的。而且因为他的失误最终将铩羽而归的搜救队员中，还有一个因为退役，令他至今仍耿耿于怀的好兵路宽。这小子是他带过的最有个性，最让他捉摸不透也最让他难以忘怀的兵，不仅素质好，勇敢、要强、有担当，而且聪明绝顶，一点就透。除了脾气有点臭，他的品格与素养几乎完美地诠释了中国军人该有的形象。

如今，路宽虽然选择了退役，但他初进陆战队时"十年后，我要取代您的位置，当大队长"的豪言壮语，仍在符羽耳畔清晰地回荡。符羽不希望看到自己被打败的样子，更不希望他看到"一将无能累死三军"的老队长。

自从路宽出发后就一直枯坐在指挥部里暗自担心的梨雨，屡次想亲近符羽，想跟他聊聊路宽，但见他一直绷着脸全神贯注，又不敢去打扰。见符羽喝了口茶后，终于鼓起勇气，起身端起他的茶杯，给他续了水，然后坐到了他的身边。

没等她开口，符羽主动问道："你认识路宽和陈实多久了？"

"半年多了。"梨雨笑了笑，"路宽是我的救命恩人，陈实老是跟我提起您。"

"哦？"符羽显然觉得有点意外，"为什么是陈实？我其实没带过他，算不上是我的兵。路宽就没跟你提起过我？"

"他从来不跟我提他的事。"梨雨有点尴尬地摇摇头。

符羽笑道："嗯，那小子就是这样。那你也一定不知道他为什么退役啰？"

梨雨一怔，急忙问道："为什么？我很好奇，您能告诉我么？"

符羽转头看了她一眼，摇头道："实话告诉你，我也不知道，更想不明白。"

梨雨一脸怅然，嗫嚅片刻，说道："那您能跟我说说，他在部队时的故事吗？"

恰在此时，海事电话里传来荆杨的声音："指挥部，我们判断最后两名失踪人员可能在攀高岛附近，或有生还希望。目前正全速赶往该岛，请求直升机支援。"

符羽正要回复，却听电话里又传来路宽的声音："符大炮，帮我确认下直升机找到的那位遇难者有没有穿着救生衣。还有，尽量搞清楚失踪的几位机组人员的身体素质。"

就在符羽指挥各部向耐特靠拢时，一直在监控实时气象的工作人员突然报告："热带风暴可能要提前登陆，风向东北，最大风速23.54米/秒，9级，渐强。按照现在的速度，到达事发海域最多两小时!"

指挥部里的气氛一下子变得紧张起来。

梨雨更是花容失色,眼巴巴地看向符羽,张口欲言。

"别紧张,还算不上台风。"符羽翻腕看了眼手表,对梨雨说道,"等他们完成任务回来,我把他当年的糗事一件一件都仔细地说给你听!"

嘴里这么说,但此时的符羽比谁都要紧张,按这个趋势,之前被他故意说成台风,希望引起救援队员们高度重视的热带风暴,真有可能要演绎成强热带风暴甚至台风。即便现在只是热带风暴,所有船只和直升机都要回避,留给他们撤退的时间不多了。

05

海面上,耐特队员乘坐的救生艇正加大马力向攀高岛疾驰。路宽的理由看上去有点复杂,但分析起来却很简单。

极地救援队和之前直升机发现的遇难者相距不到五海里,相隔时间大约三小时,两者距离坠机地点约十二海里,距离攀高岛在五海里之内。而两位逝者都穿着救生衣,很有可能与另外两位失踪者一起结伴游到了这里,然后因为长时间在海水中浸泡导致身体失温死亡。

也就是说,即便他们都已经遇难,按照风速和时间推算,遗体也会在特定范围内,而刚才救生艇已经远远地超出了他计算的距离。但如果他们还活着,不可能一直在水中折腾,肯定要游到最近的攀高岛。

之前他们绕着这座目测不过两个足球场大小的岛转了一圈,

之所以没有上岛，是发现这岛的周围都是悬崖，虽然并不高却十分陡峭，裸露在海面上的礁石寸草不生，别说在水里折腾了那么久，就算一个普通人吃饱了饭也很难徒手爬上去。路宽判断，这两个人如果真的在岛上，那身体素质肯定超越常人。

路宽的分析，很快得到了验证。海事卫星电话里传来消息，失踪的这两位是航空安保人员，一个是退役的田径运动员，一个曾在特种部队服役。

队员们刚看到了希望，但接下来的消息又给他们兜头一盆冷水。指挥部还表示，之前救援直升机已经搜寻过附近的所有岛屿，未发现有幸存者活动的迹象。另外，据被救的幸存者反映，这四个人很可能只穿了三件救生衣。紧跟着，极地救援队也传来消息，他们又发现了一名遇难者，正是指挥部描述的那位有点谢顶的退役田径运动员，而且穿着救生衣。指挥部同时通报了强热带风暴讯息，要求他们务必在半小时之内撤退。

此时，耐特的救生艇已抵近攀高岛，听到这些消息后，队员们都慌了，因为刚刚那位遇难者的遗体距离攀高登将近十海里，几乎完全推翻了路宽之前计算的结果。而且，余下的这位失踪者没有任何防护，这就意味着此人非常有可能早已遇难并且沉入了海中……

这一刻，连始终坚信自己判断的路宽，都有点动摇了。大家都看着队长，等着他拿主意。荆杨看上去很沉着，指挥驾驶员围着攀登岛绕行寻找最佳登陆位置，一边让路宽、陈实与龙大锤等人作好登岛准备，一边要求大家齐声呼唤失踪者。

轻装上阵的路宽和龙大锤顺利地爬上了攀高岛，而陈实和另一名队员不慎跌落海中，所幸并无大碍。两支队伍随即被指挥部要求马上登船撤退，路宽和龙大锤将跟着由符羽从军方协调来的一架抗风能力更强的武装直升机离开。

路宽和龙大锤上岛后随即分头寻找，一个多小时后，龙大锤才发现失踪者的踪迹，二人随即在附近一个不易察觉的石缝中找到了已经陷入昏迷的最后一名失踪者。

事后多日，耐特搜救队在收到极地救援队通过"INSARAG"转发来的感谢信时，队员们才知道，那个最后被救起的幸存者本来是要带着另外三个遇难同伴，一起登上离坠机现场最近的攀高岛的，他和那位运动员出身的同伴一路换穿救生衣坚持到了最后，可惜那位在登岛时因体力不支坠落。之后那位又试图游向几十海里外的另一个岛屿，最终不幸遇难。

十分钟后，直升机赶到，此时已风云突变，风力超过六级，海上已经波涛汹涌，根本无法着陆。当龙大锤带着伤者艰难地进入机舱后，风力已加强到八级。断后的路宽刚登上软梯，直升机便迅速从悬停切换到飞行模式。但软梯在狂风中剧烈摇摆，带动直升机上下晃动。为确保直升机的安全，路宽冲着机长做了个手势后，果断撒手跳进了海中……

消息传来，指挥部里一片哗然，梨雨当场就崩溃了。符羽沉着脸，在确认路宽坠海的地方离攀登岛不到一海里后，长舒一口气，信心满满地对大家说道："他是我的兵，是一个经得起考验的兵王。大家不用担心，一起等着他安然归来！"

符羽的话掷地有声。但指挥部里的人都看到了这个身高一米九的大块头，在二十几摄氏度的空调房中，整个后背都已经湿透了。

当精疲力竭的路宽再度登上攀登岛的时候，距离直升机离开已经过去了整整半个小时。彼时的天空彤云密布，大海像开锅的沸水般汹涌翻腾。他一动不动地倒伏在礁石上，直到一声惊雷，他才翻过身体摊平四肢，艰难地睁开眼睛看着灰暗无边的天空。

一道闪电掠过海天，这世界亮如白昼，眼前的那片乌云像极了那木纳尼雪峰，耳畔又响起那熟悉的歌声。他笑了笑，缓缓地合上双眼，一滴泪珠从脸庞悄悄滑落……

台风裹挟着暴风雷电，在肆虐了十多个小时后才渐渐消停，但大雨依旧。整个夜晚，指挥部里一片沉寂。路宽身上没有通信设备，谁也不知道他的情况，都在等着天亮，等到雨停，等到能见度达到要求时，直升机去救人。

那天晚上，符羽坐在梨雨的身边，断断续续地说起了很多路宽在部队的往事。说他刚进陆战队时，还是一身富家子弟的习性，凡事喜欢大包大揽，爱为人出头又从不服输。第一次参加对抗演习时，己方后勤一直被对方辗压，他就在埋锅做饭的时候撺掇后勤保障连队的陈实等人挖了一排锅灶，结果，导致他们在演习中暴露，整个分队几乎被对方消灭殆尽。

陈实和他的领导因为此事要被处分，他就直接跑去找己方总指挥想扛下所有的责任。

"夜阑卧听风吹雨，铁马冰河入梦来"，这一夜对路宽来说，注定将终生难忘，除了冷，这场台风没有给这个曾经的兵王带来任何伤害。前半夜，他复盘了自己过去的二十多年人生。后半夜，他在倾盆的大雨中奔跑，在伸手不见五指的黑暗中挥舞双臂，将自己想象成力挽狂澜的铠甲斗士，对着咆哮的大海嘶吼。

天色微明，风停雨止，大雨几乎将这个世界淋透。他像个调皮的孩子般在岛上空旷处用枯枝烂木垒成堆，然后掏出石缝里被风吹落的干燥枝叶，执着地点起一堆篝火。他知道，他的战友们还有那个傻姑娘，肯定不眠不休，在等着他的消息。他不想让他们担心，他还突然意识到自己有了人情味，是的，这些年他一直活在自我的世界里，从来都没有去主动想过别人的感受。

也许是心灵感应，熬了一夜的梨雨刚刚疲倦地合上眼睛，又突然醒来，瞪大眼睛看着卫星画面。眼前一个奇怪而又模糊的图形，似乎在慢慢升腾，她叫醒了符羽，这个男人定睛一看，忍不住挥了下拳头，沉声叫道："马上出发，接他回家！"

路宽在接送他的直升机上从贴身口袋里摸出了那个牛皮纸信封，里面装着一张叠成心形的纸巾，展开后上面赫然印着一个桃红色的唇印。他愣在那里，过了好久才笑了笑，然后又小心翼翼地叠回原来的模样装回了信封。

当路宽劫后余生走下直升机，极地救援队的九个队员排成一列齐齐冲着他鞠躬，队友们都冲上来忘情地和他拥抱。路宽在人群中抬头看见梨雨一个人默默地站在远处，笑容满面，脸上却分明挂着泪。

符羽最后一个上来，先是像拨弄不倒翁一样，将他的身体前后左右扒拉了一遍，确认他没有受伤后，冷不丁地照着他的屁股就是一脚："你昨天在电话里叫我什么来着？"

"大队长呀，哦，不对，符副组长呀。"路宽摸着屁股，装傻充愣，"要不，就是叫首长了。"

陈实在人群中跳出来，叫道："他叫您符大炮，我都听到了！"

符羽黑着脸，一把将陈实拎起来扔到路宽身边，来回指着两个人的鼻子："我说这外号打哪来的呢？你俩入伍前没人这么叫，你俩退役后也没人再这么叫。老实交代，你俩到底谁给我起的？"

陈实缩了缩脑袋，看向路宽。路宽则双手捂着屁股直接坐在了地上。

两支救援队伍会合后，与指挥小组成员一起，集体脱帽向遇难者默哀。两支队伍合影留念并交换了队服，随即便挥手告别。

目送友军离去，荆杨主动找符羽聊起了路宽。他看得出来，这个男人与路宽有着非同一般的战友情感。两个男人都表露真情，对他们共同的爱将不惜溢美之词。

荆杨没想到，符羽不仅将路宽看得通通透透，而且早就知道他入伍前的经历，他只是自觉地保守着秘密，从没有对任何人说起。听完故事，荆杨眼眶湿润，久久不能平静。符羽未了，嘱咐荆杨："他有一颗赤子之心，就是太敏感了，帮我好好帮帮他，帮他走出来！"

临行前，符羽又将路宽拉到一旁，下颌指向已经上车的梨雨，问他："那姑娘是你女朋友？"

路宽摇摇头。

"不老实！"符羽伸手扇了下他的脑袋，"多好的姑娘。看得出来，她眼里满满的都是你，别辜负了人家！"

路宽红了脸，别过头去："真不是您想的那样。"

符羽愣了好久，才说道："这么久了，你也该走出来了。"

这一路，同坐一车的三个人都在沉默着。路宽昏昏欲睡，过去的十多个小时几乎耗费了他所有的气力，他只想好好地睡一觉，但眼皮沉重却怎么也睡不着。他侧目看了眼后座的梨雨，想说点什么，却又不知从何说起。

窗外，汽笛声响作一片。昨夜拥在一起避风的船舶，在万丈霞光下五彩斑斓，正在有序地驶离港口。这个世界在暴风骤雨之后，又恢复了昨日的生机。梨雨的目光从窗外转向她身前的男人，她看到了后视镜里那半张疲倦的面孔，就那么愣愣地盯着。

车内后视镜里四目相对，路宽赶紧闪躲开，装着不经意地问正在驾车的陈实："到什么地方了？"

"刚上高速。"陈实转头看了眼他，一脸促狭，"路老板，可以揭开秘密了么？"

"什么？"

"我记得昨天上船的时候，有人往你怀里揣了东西。来，跟咱分享一下呀。"

路宽下意识地捂了下口袋，瞄了眼后视镜。梨雨正闭着眼睛，似乎已经睡着了。

"我都忘了这事了。"路宽伸手捏了下陈实的大腿，挤眉弄眼。

未料，梨雨突然开口问道："你很好奇么？"

"当然啦！咱这单身狗，啥也不懂，得虚心跟各位大师学习。"陈实吊着嗓子，一脸欠揍的表情。

"幸运之吻！"梨雨毫不犹豫地笑道。

"我去！这么直接？"陈实点了脚刹车，"为啥我没有？这人和人的差别咋就这么大呢？"

路宽冷声提醒："好好开车，她骗你的。"

第八章

01

陈实花了一个月的时间，终于完成了"天下军迷大本营"也就是户外拓展项目的调研工作，并且开着梨雨借给他装门面的牧马人，前后拜会了五六位在他眼里有钱没地儿花的老板，这些人皆是他汽修店的顾客，或者顾客介绍的朋友。他觉着，凭自己这张三寸不烂之舌，忽悠他们就跟玩儿似的。

但现实却无情地给了他一记又一记耳光。先是实地调研之后，发现这种户外拓展加特色休闲旅游项目投资周期长，回报率低，而他调研了近十家上规模的类似企业，几乎没有一个能达到他的盈利预期的，多数外强中干半死不活，有两家因为背靠大树加上土地价格便宜，表面十分光鲜，但蹲守多日深入了解后，才发现客户很少且运营成本极高。

他并不甘心，不仅是因为跟路宽和梨雨吹过的牛皮，他急需一笔钱，那是他在路宽退役前就向一群人吹过的一个更大的牛皮，或者说是一个他誓死要兑现的承诺。为了这个承诺，退役这几年来，他不舍昼夜，拼命地修车，舍不得给自己添置衣服，甚至舍不得请自己喜欢的女人吃一顿像样的晚餐。

如今，这个承诺的期限越来越近，已经容不得他有半点懈怠。虽然项目看起来并没有当初想象得那么靠谱，但他已经注册好了公司，并天真地认为事在人为，如果有人看上这个项目，他就可以出售一点原始股份，也许就可以兑现那个承诺了。

然而，他眼里的那些有钱无脑的土豪老板，个个都是人精，不仅深谙投资之道，而且将他的处境看得通通透透。他在他们面前过不了三招就狼狈不堪，不但没忽悠到一文半分，还被迫听他们九死一生的创业历程，接受他们"做人做事要踏实"的谆谆教诲。

最后那次，老天应景，大雨滂沱。他约好了一个做建材生意的老板，结果被挡在门外，他下车理论的时候脚下一滑，摔了四仰八叉，那件价值上千的西装后腋开了线。在保安的嬉笑声中，他狼狈起身，一把扯烂了西装，如丧家之犬般，转身奔向雨中……

那天傍晚，路宽接到陈实的电话，他嘶哑的声音，像一头斗败的狮子在哀鸣："兄弟，我活得是不是像个笑话？"

十分钟后，路宽在"诚实汽修店"的招牌下，将烂醉如泥的陈实抱进了他的小店。整个夜晚，他就坐在这个不省人事的男人床边，陪伴他的还有梨雨和石小丽。他们不知道到底发生了什么，没人问，问了也没人回答；又似隐约知道发生了什么，或是怕惊醒了这个在梦中不停呓语的男人，没人说话，大家整夜都在沉默。

石小丽一针一线缝好了被陈实撕烂的那件西装，又将店里打扫了一遍，在天亮之前离开了汽修店。就在昨天，她受不了陈实的若即若离，打电话痛斥他是个胆小鬼。然后他当天晚上便请她吃了碗她家乡武汉的热干面，还送了她一条样式老土的项链。

梨雨将石小丽送到门外，雨已经停了。她站在路灯下，回头冲着梨雨笑了笑，然后拎出脖子上那条金灿灿的项链："他送我的，还特别强调这是合金的，才一百多块钱。他说，等他发了财，一定会送我一条白金的，上面还要吊一块5克拉的钻石。"

梨雨拼命地点点头："陈实哥是个好男人。"

"我要出差，他醒了你帮我带几句话。"石小丽脸上挂着泪，哽咽道，"我喜欢他的诚实，喜欢他的自信，喜欢他吹牛皮的样子。我能治得了他，不怕他忽悠我！"

睡了几乎一夜一天后，陈实醒来后像从另外一个世界归来，将昨夜的狼狈彻底弃之脑后，红扑扑的脸灿烂如盛开的鸡冠花，看不到一丝落寞与憔悴。他也不问路宽和梨雨为何而来，更是对这一尘不染焕然一新的环境视而不见，起床便直接奔到门口，摘下了那块已经挂了一个月的"本店暂不接单"的牌子，然后张罗着要给二人准备晚饭。

路宽从他醒来后就一直默默地看着他，间或看一眼站在那里手足无措的梨雨。这个姑娘说的没错，他们认识了这么多年，直到今天自己还是不了解他。

那天梨雨的身体不舒服，加上熬了一夜，腹部一直隐隐作痛。但见陈实满血复活，她如释重负，几乎是蹦跳着去对面的海鲜酒楼买来了晚餐。

几个人都心照不宣，没人把话题往陈实身上引。直到吃完饭，二人起身告辞的时候，陈实才突然问他们："你们知道什么叫浴火重生吗？我一直以为自己生不逢时，一直以为自己历尽了这人世的苦，一直以为只要给我一点阳光，我马上就能光芒万丈。"他说着，摇摇头，"不是的，差得太远了。我就是个小丑。"

"兄弟，你想太多了。谁没经历点打击呢？"路宽说着，指向门外，"你看，这雨不是停了吗？太阳也出来了。"

梨雨附和道："是啊，看开点。你有能力，只是时机未到。"

"难为你俩了，我还以为你们有什么金句让我醍醐灌顶呢！"陈实大笑着，说道，"路老板你还是安慰自己吧。说实话，我睁开眼的时候就已经过了这道坎。我来告诉你们，就是认清了自己有几斤几两！"

那天梨雨是坐路宽的车离开的，她的状态很不好，但路宽却浑然不觉。直到快进小区，路宽才发现她面色苍白，捂着腹部蜷缩在后排的角落里。

路宽连忙问道："你是不是病了？"

"没事的。"梨雨有气无力地摇摇头。

"不对，我送你去医院看看。"路宽说着，一打方向盘甩头就要往医院赶。

梨雨道："你傻不傻啊，说了没事的，女人生理期。"

路宽似乎明白了，愣在那里面红耳赤。

梨雨以为他不懂，又再说道："你不是谈过女朋友吗，知道什么叫生理期吧，我这是老毛病了。快送我回去吧。"

路宽将梨雨送到门口，见她打开门便离开了。梨雨目送他一边掏出手机扒拉着，一边上了电梯，心里还在嘀咕着这人真是个钢铁直男，哪怕对她没一点感觉，稍微有点儿眼力，也应该进屋给她倒杯热水。

她愤愤地关上门，心情低落到了极致。进屋后越想越生气，腰也不酸，肚子也不痛了，一把将贴在床头的那几张路宽的照片给扯了下来。不料，她刚将照片扔到地上，就响起了敲门声，赶紧又把照片捡起来塞到被子里。

路宽气喘吁吁地站在门口，左手一罐红糖，右手一个暖宝宝，冲着她说道："门口超市买的，家里有热水吗？"

梨雨心里瞬间春暖花开，歪着脑袋说："没有，你进来帮我烧吧。"

路宽迟疑了一下，进了屋。

梨雨又问："你这都跟谁学的？挺专业的呀。"

路宽笑而不语，进了厨房就张罗着烧水。

梨雨跟到厨房，又故意问："陈实教你的？"

"家里有姜吗？超市里没有。"路宽答非所问。

"不用加姜的。"梨雨不依不饶，"陈实哥一看就是个百事通，还是个大暖男！"

路宽没好气地应道："在你眼里，我不仅是个直男，还是个傻子吧？我不会百度吗？"

梨雨"咯咯咯"地笑弯了腰，苍白的脸庞顿时有了血色，眼里泛光，开心得像看见了一大片向日葵的花海。

路宽烧好水，泡了一大杯红糖水后，才抬头环顾了下梨雨的闺房。梨雨抱着杯子，悠然道："是不是挺失望的？我说铁蛋在扯谎吧，你们还不信。"

路宽像被她看穿了心思，又闹了个大红脸。本来是想告辞的，为了化解尴尬，索性给自己也倒了杯水，坐到了梨雨的对面。

梨雨转着手里的杯子，一会儿喝一口，满面春风，眼神迷离，就那么巴巴地看着面前的男人。过了好久，她才问道："陈实哥和小丽姐发展得这么快，你就一点都不好奇么？"

路宽笑了笑："这就是缘分吧，猝不及防的缘分。"

"真羡慕他们，爱就爱了，一点都不拖泥带水。"梨雨说这些的时候，脸上洋溢着满满的羡慕与向往的神色。

路宽岔开了话题："我真的很想帮他，我也知道他想让我帮他，但我不知道该怎么帮他才好。"

梨雨道："我琢磨着，他应该是想让你跟他一起创业。你出钱，他出力。"

"是啊。"路宽道，"他觉得钱对我来说不是问题，但现实并非他想象的那样。我不知道该怎么跟他解释。"

梨雨点点头："我懂！但在他眼里，你的处境只是暂时的，只要你愿意，一切都能迎刃而解。"

路宽苦笑道："也许吧。"

"我觉得你们还是要开诚布公地聊一聊。能帮得了的和帮不了的，或者干脆划定界限，总得把事情说清楚，不要摇摆不定，更不要总是让人去揣测。这件事情就是个很好的教训，因为之前你一直在应付他。"梨雨说完顿了顿，又兀自道，"怕伤害一个人而不说实话，这不是善良，他最后因此可能会被伤害得更深。除非你根本就不在乎他！"

路宽再傻，也听得出她的弦外之音。他若有所思地点点头，又岔开话题，说了些闲话，便起身告辞。

那天晚上，两个人都毫无睡意。对路宽来说，有些事情他无法回避，必须要去面对和作出选择。而梨雨，应是被幸福冲昏了头脑，这个男人为她做出的一点点改变，一点点关怀，对她来说，都弥足珍贵。

02

夏知秋第二次来搜救队上课的那天一早，距离耐特训练基地几公里外的乡村公路上，一辆轿车冲进了桥洞。附近度假村早起晨练的游客发现事故后，迅速向搜救队求助。

彼时，多数队员还在家中没有出发，只有路宽和陈实在赶往基地的路上。荆杨通知哥俩并迅速报警后，几乎与二人同时赶到了事发地。

这是座建于二十世纪五六十年代的石板拱桥，往上是一段目测约三百米的坡道，承接去往柳林古镇的盘山公路。石桥所在的这条路，早在五年前就已经被另外一条相隔不到百米的双向四车道的新柏油路替代，所以这里路面老化失修，坑坑洼洼，平常只有附近图方便的村民和踏青的游客才会走这里。

桥的东侧与公路接驳的地方有一大摊积水，距离石桥最近的一根电线杆和一棵柳树的树干上有明显被撞击过的痕迹，地面刹车的痕迹则清晰可辨。桥下便是连通新安江的苕溪河，因为头天夜里一场大雨，河水暴涨距离桥面不过一米高，而那辆黑色轿车已经被河水淹没，只有还在闪烁的车尾灯依稀可辨。

从现场不难判断，这辆车应该是由东向西高速行驶至接近桥面的时候，司机突然发现了那摊积水，然后下意识地刹车减速，但不知道是操作失误还是地面的雨水打滑导致车辆失控，在连续撞击柳树后直接冲进了河中。

路宽不敢怠慢，当场便要下水破窗救人，但却被陈实阻止。他判断事发近半小时，司机可能已经死亡，为了避免惹麻烦，建议等警方到场后打捞。但荆杨分析，车子应该还是在封闭的状态，已经渗水但没有灌满水，否则，要不随波逐流已经漂离现场，要不就已经完全沉底，不可能半浮在水中。

也就是说，如果司机有呼吸的空间，完全有生还的希望，但若在水中破窗，万一车辆变形或者加速下沉，很难保证在第一时间将被困人员托出水面。最重要的是，现在还无法确定被困人员到底有几个。

现场陆续有群众赶来围观，大家指指点点。荆杨果断决定，用路宽的那辆改装过的北京吉普将落水汽车拖出水面。拱桥侧向的河堤上恰好有一条人行路，堪堪可容一辆车通行，路宽迅速扑入水中将钢绳拴住落水汽车的后保险杠，陈实施展卓绝的车技，将吉普倒上河堤，然后平地横移，生生将车调整到了合适的位置。

谁也没想到，轿车的车头被卡在了桥墩处，陈实深踩油门时，轿车后保险杠突然脱落，吉普瞬间失控，直接蹭倒了已经被遇险者撞击过一次的那根电线杆。指挥倒车的荆杨发现断开的电线耷拉在吉普车顶上，一边提醒坐在驾驶室内的陈实不要乱动，一边指挥围观群众撤至安全区域，然后迅速取出座驾备胎绑在车头，驾车顶开了陈实的车。

几乎就在同时，路宽果断潜入混浊的河水中破窗救人。轿车里虽然只有司机一个人，但结果还是不幸被陈实言中，人被拖上来的时候已经停止了呼吸。就在荆杨施展各种手段急救的时候，警察与消防队赶到，迅速将失事汽车打捞出水，并根据车牌信息联系到了家属。

死者就是附近的村民，后来警察了解到的情况是，他四十多岁，离异多年，平常游手好闲无所事事，以打牌为生，开一辆产于20世纪的日系某豪华品牌的老爷车。事发前的那天晚上，曾跟住在城里的姐姐打电话说第二天一早要去医院体检，中午去她家吃饭。

荆杨用尽了一个医学博士平生所学，也未能唤醒被困者。当日被通知来上课的搜救队员们，已陆续赶到了现场。随后赶来的几名家属在围观的群众中得知搜救队在现场出了状况，十多分钟后才将人捞出，当场情绪失控，指责搜救队救援不力。

这中间跳得最高，闹得最凶的当属死者的表妹，这女的披头散发，不问青红皂白逮住警察就哭闹。后来听说救人的是搜救队，守在死者遗体旁的荆杨就是队长，便又冲上来对他又踢又抓。荆杨神情萎靡，任她打骂不作任何解释，队员们上前劝解反而被他阻止。

现场一片混乱，消防队已经撤离，只留下几个警察在维持着秩序。等到救护车拉走死者，陈实突然跳出来添了把火，他声称死者头部受损，而司机驾驶的这辆老破车的安全气囊并未弹出，直指汽车入水前司机可能在连续撞击时就已经身亡。

此话一出，彻底激怒了留在现场的死者表妹。她突然手指陈实和一旁的路宽，尖叫道："他们是搜救队的吗？他们有没有参与救人？"

陈实听这声音似曾相识，定睛一看，吓得一激灵，这女的赫然竟是那位被他忽悠在保时捷Macan上装了套二手音响，害得哥俩被派出所关了一夜的娇艳女。她今天可能是因为起得太早没来得及化妆，虽然素面朝天，但那体形、神态和说话的语气，陈实一辈子都忘不了。

"他俩就是骗子啊，警察，你们快把他们抓起来！"那女的像发现了新大陆般，一边跳脚一边对警察嚷嚷着，"他们骗过我很多钱还打了我，在你们那儿有案底！这种人怎么能救人？我怀疑他们直接害死了我表哥！"

路宽这时候也反应过来了，他知道跟这女的扯不清，便主动跟一个警察说道："我们是认识她，但情况并不是她讲的那样。我叫路宽，你们可以给派出所打个电话了解下。"

那警察十分老到，也不多事，当场通知家属派代表和荆杨等人一起去交警队，并要求余下的搜救队员们撤离现场。那表妹咋呼了一通见没人响应后，便想跟着去交警队，结果警察说她不是直系亲属，直接给拒绝了。

队员们回到基地后照常上课，大家也都挺乐观，觉得事情不大。荆杨和哥俩跟警方说明了情况后，在场的死者家属也没有再闹腾，甚至还当场向他们表达了谢意。

谁也没想到，这事情迅速在互联网上发酵。有好事者录下了救援过程，并将剪辑过的视频发布到了网上。跟着，当地电视台介入，在"民间救援组织要如何提升专业素养"的大命题之下，不仅公布了那段视频，还连线了几个所谓的专家现场解析，最后针对此事都倾向于因为救援人员的不专业，导致死者被困，失去了最佳救援的机会。

节目一播出，耐特搜救队瞬间被推上了风口浪尖。死者家属更是将专家们的推断奉为圭臬，竟向搜救队提出了天价索赔。

稍微清醒一点的人，都不难判断这样的讨论不过只是一种推断，只代表一种舆论，而非事情的真相。但键盘侠们并不这样认为，有人翻出耐特之前参与的一次联合搜救任务，并将那次事件中失踪者死亡的原因直接归咎于耐特搜救队。

事情到了这个地步，任谁都无法淡定。但荆杨却选择了隐忍，那天从交警队回来跟队员们说了下情况后，就再也没露面，不仅对舆论置若罔闻，对路宽与陈实更是避而不见，电话不接，微信不回。虽然出事当天队员们就都感觉到他情绪低落，但还是无法理解他为何选择沉默。在大家看来，作为队长和救援现场的指挥者，再凭借他与政府部门的沟通渠道，他有义务和责任，也有能力维护搜救队的声誉，为已经被完全扭曲的事实发声。

而最受伤的莫过于已然变成整个事件焦点人物的路宽与陈实。

路宽还算清醒，也意识到那天的救援，他们失误在先。但平素很好说话的陈实却受不了，宣称"生死事小，失节事大"，多次寻求与荆杨沟通无果后，便放出狠话，给荆杨留言痛斥他始乱终弃，是个毫无担当、出卖兄弟的胆小鬼。

然而，即便面对如此恶评，荆杨仍然无动于衷，就像这件事从未发生过一样。群情鼎沸之下，只有耿超拼命地在维护荆杨，安抚哥俩和几个愤愤不平的队员，说身正不怕影子歪，网络舆情一阵一阵，很快就会过去。

作为局外人的夏知秋和梨雨，也是持相同的观点，认定荆杨这是在有意冷处理。尤其是夏知秋，宣称死者家属主张索赔是绝对不会被法律认可的，而且这种事情除非警方尸检并向社会公布结果，证明在他们施救之前就已经死亡，或者定调死亡原因与搜救队没有直接关系，否则，谁也无法遏止舆论。

夏知秋还专门加了哥俩的微信逐个劝慰，说荆杨心里肯定不好受，事发后和她通过一次电话，情绪非常差，感觉是在自责没救回被困者。按照心理学和他的个性判断，他不露面并非怕事，也不仅仅是回避矛盾，而是自己没走出来，也不愿意跟别人沟通。

夏知秋几乎已经说服了哥俩，没想到，荆杨突然打来的一个电话却彻底激怒了路宽。荆杨通知他第二天和陈实一起跟他去找死者家属道歉。路宽问他为什么道歉，但荆杨没作任何解释就挂了电话。陈实紧接着又告诉他，荆杨并非夏知秋说的那样躲起来疗伤，那几天他一直在医学院上课。

路宽气急，给荆杨微信留言，约他第二天去训练基地把事情讲清楚。陈实见识过路宽的暴脾气，见他脸都黑了，有点后怕，转身便给梨雨、耿超和夏知秋分别打了电话，让他们次日务必赶到搜救队。

03

那天傍晚，路宽早早上了床。他有一个奇特的习惯，用陈实的话来说，他就是个反人性的奇葩物种，竟然用睡觉来解压，而且说睡马上就能睡着，压力越大睡得越香，只是常常会从梦中惊醒。但今天，他却辗转反侧，难以入眠。

这几天就像做了一场梦，他怎么都想不通为什么会走到这一步？从退学去当兵到退役加入搜救队，当仓拉从他面前香消玉殒之后，他就拼命地在逃避现实，梦想着倾尽毕生之力去拯救那些陷入绝境的芸芸众生，绝不让自己亲历过的那场悲剧在眼前重演。

当如今的状况，已经完全背离了他的初心。他不想卷入这种无谓的纷争，更不想随波逐流。既然选择了这个团队，就应该荣辱与共，无论荆杨有没有作为，眼前发生的事有多么不堪，他都不能袖手旁观。

晚上十一点多的时候，他刚起床准备给自己煮碗面条，便听到了敲门声。梨雨和陈实半夜突袭，陈实还扛了箱啤酒和两大盒香辣小龙虾。

陈实显然是被梨雨逼着来的，穿着脏兮兮的工作服，一进门，屋里便弥漫起一股浓烈的机油味。

梨雨那几天一直在附近的城市拍广告片，忙得脚不沾地。接到陈实的电话后，担心路宽言行过激跟荆杨闹掰了，左思右想，临时抓了刚从电影片场归来的男同学顶替她，然后便火急火燎地驱车赶回杭城，直接找到陈实，把他给拎了过来。

路宽明白他们的来意，刚将他们让进屋就一脸不忿地问道："我就这么不让你们省心么？"

"我怕城门失火，殃及池鱼。"梨雨倒也不客气。

"不会的！"陈实在一旁插科打诨，"路老板小事任性，大事从不糊涂。"

路宽一脚踹过去："你小子是在夸我，还是在损我？还有，别找理由，想喝酒就自己去喝。我又不是你爹，管不着你。"

梨雨连忙说："今天是我拉他来的，酒也是我买的。"

路宽手一挥："吹牛皮可以，来做我思想工作讲讲大道理也能忍。但这酒，坚决不能喝，天王老子来了也不行！"

"好好好！不喝就不喝。"陈实不甘心地嘟哝着，"造孽呀，白瞎了这么多龙虾。"

见他这副失望的模样，路宽仿佛有点于心不忍，想了想便打开冰箱，倒腾了半天，拿出一瓶牛奶冲他们晃了晃，笑道："咱来点新奇的，奶茶就小龙虾！"

"哇！"梨雨盯着路宽，一脸的不可思议，"自制奶茶？"

"嗯。"路宽应了声，捧起一堆瓶瓶罐罐转身就进了厨房。

陈实笑道："擀面皮、包饺子、蒸馒头、炸油条；掏鸟蛋、炖大鹅、烤全羊、空手套白狼。这小子就是个专业吃货，就没他不会做的！"

"吹牛吧？"梨雨笑得上气不接下气，"这都跟哪儿学的？"

陈实瞄了眼厨房，压低嗓门神神秘秘地说道："上次不是跟你说他在部队犯错被记了一次大过么？然后就被发配到炊事班喂猪去了。待了两月，整个人胖了一大圈！"

"还有这事？你又在忽悠我呢吧？"梨雨瞪着大眼问他。

陈实一本正经道："我哪敢忽悠你？对了，你知道他后来怎么又调回来了吗？"

梨雨摇摇头。

"咱部队每季度都有一次炊事班大比武，我们中队老是吊车尾。他不想喂猪，就跟大队长对赌，说如果当季比赛他能拿到某个项目的个人前三，就让他回战斗班。"陈实说到这儿，故意顿了顿。

梨雨迫不及待地催促他："然后呢？"

"然后，他就专攻刀法和面点。那两个月除了吃饭、睡觉和早操，就整天泡在厨房里练功，光一个花卷，他就研制出十多种不同的形状，还能把一块豆腐切成一盘头发丝。凭借这两个神技，他不仅击败了一群二级三级大厨，拿了两个亚军，还顺带着把咱中队整体成绩拉到了全旅第一名！"陈实跟评书似的，说完还不忘了问梨雨一句，"牛不牛？就问你牛不牛？"

梨雨听得瞠目结舌，感叹道："这绝对是天赋异禀啊！之前我怎么就没看出来呢？就看见他天天点外卖了。"

陈实笑呵呵地说道："主要是懒啊。你以为谁都像我这么勤劳？像我这样，一包方便面加两根火腿肠就知足了，他没动力啊。这人和人啊，就是不一样，今天你要是不来，他肯定烧壶开水就把我打发了！"

梨雨撇撇嘴，一副"你就胡说八道吧"的神情，但脸上却不自觉地泛起一抹红来。

"又在说我什么坏话呢？"路宽端出两杯新鲜出锅的奶茶，放在二人面前，警告梨雨，"别听他忽悠，他嘴里没几句实话。"

梨雨满面惊奇，低头闻着那甜香的奶茶，又晃了晃杯子，看着那些圆润的黑色珍珠，氤氲中巧笑倩兮，俏目含春。

"幸福美满的日子就在眼前。但革命尚未成功，同志仍需努力。"陈实看着梨雨那满脸幸福的模样，冷不丁用酸得掉牙的语气，半开玩笑半认真地调侃着。

路宽伸手拍了下他的脑袋。

梨雨抿了口奶茶，然后闭目仰头，好一会儿才睁开眼悠悠说道："路老板，开个饭店吧？我想吃你做的花卷和豆腐丝。"

路宽瞪了眼陈实，没理会她。

"要不，开个奶茶店，我给你打工。不用发工资，奶茶管够就行。"梨雨端起杯子，兀自说道。

路宽指着陈实："开什么都得赔，他一个人就能给吃亏了！"

梨雨嘴里的奶茶还没来得及咽进肚子，被路宽逗得喷了他一脸。

三个人说笑着，明天跟荆杨当面锣对面鼓的事也都心照不宣。如果不是陈实接到个微信，这注定是他们认识以来，待在一起最亲近最和谐的一个夜晚。

给陈实发信息的是他之前给路宽在搜救队找的那个"卧底"

林凯，也就是在秋训中扮演失踪者把他们玩得团团转的那小子。他是上市企业的行政专员兼网络舆情观察员，他要陈实赶紧打开杭城某论坛，那里有个下午刚发就成了热门的帖子，把他和路宽的信息全扒出来了，并且发来了网络链接。

陈实不想破坏这难得的氛围，一开始还不动声色地打开链接准备一个人看，结果刚扫了几眼就暴跳如雷，直接蹦起来一脚踹翻了椅子。

帖子很短，也并非林凯说的那样把哥俩的信息全扒出来了，甚至都没有直接写他们的名字，只用姓名拼音的首字母来替代，但哥俩在帖子里，一个变成了无所事事的富二代，一个成了坑蒙拐骗无所不用其极的奸商。而耐特搜救队则被"某民间救援队"这样的表述指代。

下面跟帖的网友显然都已经知道所指，陆续扒出了包括哥俩曾当过兵、一起骗钱后殴打受害者被抓、陈实经常给汽修店附近的公路铺钉子扎车胎、路宽大学被开除以及路宽是某珠宝品牌少掌柜等真真假假的信息。

路宽耐心地浏览完所有跟帖后，出人意料的并没有急眼，只是黑着脸不停地摇头苦笑。按照陈实的判断，发帖和跟帖接着扒的基本都是这三天新注册的新ID，肯定是那个娇艳女所为，尤其是与她之前的那场纠纷，虽然夸大其词，但写得非常清楚，摆明了是想逮住这个机会，把哥俩彻底搞臭。

但梨雨却有不同的意见。哥俩在分析的时候，她捧着手机一直在来回翻阅，逐条在研究跟帖，过了好久才放下手机，说道："这个发帖和跟帖曝信息的很专业，既带了节奏，又没有把你们的个人信息全晒出来，就是报警也基本上奈何不了他们。"

路宽说："有没有可能是她请了专业团队或者水军策划的？"

"有这种可能。"梨雨想了想说道，"但我总感觉没这么简单，她一定能想到如果这样，你们肯定会怀疑她！但车祸的事现在交警那边还没有最终定论，他们又声称要索赔，这么干不是授人以柄么？对他们有什么好处呢？仅仅为了报私仇？那真是没长脑子。"

陈实不以为然，脱口骂道："那女的本来就是个没脑子的悍妇！"

路宽沉默片刻，说道："她也有可能是在警告我们。如果是她所为，这些表述就是在向我们挑明，她手里掌握了我们所有的个人信息。接下来，应该就是指望着我们去找她和谈。"

"不排除这种可能。"梨雨点头，问道，"但她这么大费周折地搞事情，最终的目的是什么呢？"

陈实说："赔钱啊！咱已经赔过她一次，她认定了咱路老板有钱，想再狠狠地敲一笔！"

路宽立马反驳："不可能！你别把人心想得那么险恶。何况，如果她真这么干，我们完全可以告她敲诈，那不是作茧自缚么？"

"那你打算怎么办？"梨雨问路宽。

路宽说："我可以跟陈实登门去和谈，如果仅就上次骗她的那个事，咱可以再道一次歉。"

"要去你去！"陈实闻言一下就炸了，"凭什么呀？该赔的赔了，该关的关了，老子犯了一次错，就该一辈子低着头做人吗？怎么不让爷去当牛作马，给她养老送终呢？"

陈实说完拿起手机，一边翻一边又说道："我有她手机号码，现在就问问她。"

路宽一把抢过他的手机，沉声说道："陈实，你冷静一点。"

"冷静个屁呀？你赶紧找人把帖子删了！"陈实气呼呼地在屋里来回走了几步，又突然停下来，说道，"对了，你不是说那女的是一个小三么？她要再闹腾，咱们就把他们的事捅出来！"

路宽不假思索地骂道："疯了吧你？这么干，你跟她有什么区别？"

陈实拈了只带壳的小龙虾直接扔到嘴里，"咔吱咔吱"猛嚼了几口，一脸的不服气。

梨雨似有什么心事，几度欲言又止。

路宽问她想说什么，她踌躇半天，说道："这样，把她手机号码给我，我明天去会会她，探探口风。你俩去搜救队，听听荆队长怎么说。我相信这个事情发生了，他应该不会再想着去跟人家道歉了。"

哥俩都点了点头，重新坐了下来。

梨雨一口气喝完了杯中的奶茶，又再说道："我觉得，现在发生的这些对搜救队以及对我们来说，算是一个考验，并不完全是坏事。往大里说，耐特宣扬的是'救人自救、永不放弃'，现在我们是自己救自己，跟救人于危难之间一样，脑子一定要清醒，绝不能意气用事。"

"政委同志所言极是。"陈实虽然出言调侃，但确实是意识到了自己有点冲动。

路宽虽未搭腔，却是一直在看着梨雨，眼里尽是柔意。

04

路宽早上七点多钟就到了训练基地，没想到，荆杨比他来得更早。

昨天晚上陈实和梨雨走后，他就再也没睡，看完了一本反盗猎题材的小说。几天前他在逛书店的时候，看见了这本他熟悉的军旅作家的转型之作后，便随手买下了。待到天亮，他又翻了遍那个帖子，没有新增跟帖。显然，水军们都休息了。

一早出门的时候，他打电话给陈实，这小子还在睡觉，说他昨天晚上想了想，觉得还是路宽一个人去比较好，人多嘴杂，意见反而难统一。路宽骂他滑头，便挂了电话。

路宽看到荆杨的车后，想了想，又转出去在附近的早市买了份早点。等到回来的时候，便听到了钢琴声。

声音是从荆杨的办公室里传来的。路宽在大学那一年，为了追仓拉，没少去声乐系蹭课，对音乐还是有一点欣赏能力的，这曲子似乎有点耳熟，但他一时却想不起来在哪儿听过。虽然不知道表达的是什么，但这旋律却让人莫名其妙地忧伤，一股痛心的感觉不可遏止地涌上心头。

一曲终了，路宽正好推门而入，荆杨自然就意识到这小子肯定早就来了，显得有点儿忙乱地盖上钢琴，尴尬地冲着路宽笑了笑："老是弹错，看来这玩意儿真的要练好童子功才行。"

"还得有天赋。"路宽应付了一句，便将早餐放在桌子上，"我已经吃过了，顺手给您带了一份。"

荆杨点点头，内心感动不已，表面上却是不动声色。

两个人都没再说话，荆杨静静地吃着早餐，路宽顺手拿起一本书。那是一本泰戈尔诗集，扉页上写着"长日尽处，我来到你的面前，你将看到我的伤痕。你会知晓我曾受伤，也曾痊愈"。他抬头看了眼荆杨，将诗集放回了原处，起身走到窗前。

窗外下起了雨，整个基地都笼罩在一片雨雾中。

已经入秋了，跑道一侧的枫叶开始泛黄。这是一年中他最爱的季节，他讨厌春天的聒噪与夏天的油腻，那满眼的郁郁葱葱太矫揉造作；更讨厌这了无生机的冬，疾风哀猿、满目肃杀杀，再也难见淋漓的大雪。唯有这个季节，五彩斑斓，层层叠叠无边无际，一草一木皆显沧桑。

多年前的秋天，也是这样一个下着雨的清晨，一个姑娘抱着吉他站在寂静的西湖边，轻声地弹唱着：

> Today is over with a million tears
>
> Still everyone has a wish to live
>
> Oh，I do believe ever lasting love
>
> And destiny to meet you again
>
> I feel a pain I can hardly stand
>
> All I can do is loving you
>
> ...

一个路过的少年听得痴了，不由自主地为她撑起了伞。

"真好听，这是什么歌？"少年问道。

"*Summer Snow*。"唱歌的姑娘抬起头，微笑着看向这个穿着校服的少年，那笑容盖过了这个季节所有的斑斓。

"夏之雪？"他感叹道，"好美的名字！歌词也好，你唱得更动人。"

她咯咯咯地笑了好久，问他："你都听懂啦？"

"当然了！"他有点不好意思地翻译，"今天带着无数的泪水结束了，每个人仍然拥有梦想活着，我相信一定有永远存续的爱，注定再次遇见你……"

"不错啊，表达得非常准确。看来是个学霸。"她很吃惊，说完又笑着问他，"上几年级了？"

"明年就要参加高考了。"他红着脸回答完，又挠挠头，有点局促地掏出手机，"你叫什么名字，我可以加你微信吗？"

"叫我姐姐就行了，我没有微信。"她面色微红，说完又催促他，"马上要迟到了，赶紧上学去吧。"

他不甘心："那我还能见到你吗？"

她迟疑了下，摇了摇头。

"姐姐，我在那里上学！"他尴尬地指着对岸山边的那所学校，然后将手里的伞塞到她手里，奔向了雨中。

"我叫仓拉，明天还在这里。"她追出几步，那声音如黄鹂般脆响。

"老耿还在路上，我让他不要来了。"荆杨像是不忍打断他的思绪，盯着他好久才轻声说道。

路宽吸了吸鼻子，转过身来点点头："我想跟你好好聊聊。事情好像没有那么简单，我希望你能多听听大家的意见。"

荆杨原本做好了要被眼前这个脾气火暴的年轻人痛骂一顿的准备，却是没想到他会如此冷静，又这般诚恳。他的心底没来由地抽抽了一下，缓缓地问道："是不是对我特失望？今天就我们俩，想说什么就说吧。"

路宽深吸一口气："你知道，这个事我们无法回避，更不能任由舆论发酵。想挽回我们的声誉，必须得有所作为。"

"然后呢？"荆杨问道，"换作你，打算怎么去挽回？"

路宽不假思索地说道："请求警方尽快查明死亡的真正原因，必要时申请尸检，然后向社会公布结果。"

"你就那么笃定，他在我们赶到之前就已经遇难？即便如此，就能消弭舆论的影响？"荆杨说着，情绪慢慢激动起来，"舆论关注的焦点是，作为一个专业的救援组织，为什么会在被困者危在旦夕的时刻，犯下那么低级的错误。这是前置条件，正因如此，才有人质疑遇难者的死因。"

路宽反诘："好，即便不去管死亡原因，但我们去向家属道歉的理由是什么？就因为我们在施救现场的无心之过？还是我们不该去救人？"

荆杨反问："你知道这件事情发生后，舆论对谁的伤害最大么？又是谁最应该被关怀被安抚？"

路宽心底仿佛被撞击了一下，张口欲言，但终是没有说出口。

"即使有个别家属出于利益在背后挑动，但你想过那些真正爱他的，因他突然离开而伤心欲绝的至亲至爱们的感受吗？先不论尸检他们会不会同意，你不觉得这样做对逝者缺少最起码的尊重，以及会给家属带来二次伤害吗？"荆杨在竭力地控制着自己的情绪，当说完这些，眼里仍然泛起了泪光。

路宽被他说得不由自主地低下了头，他想反驳，此刻却是理屈词穷。

荆杨缓了缓，继续说道："防民之口，甚于防川。我知道，如果真得有人要带节奏，无论我们怎么做，他们都能把水搅浑。也许是我表达错误，主观上我并不是想去道歉，但我更不想与家属对立。如果一直僵持下去，不仅永远得不到所谓的真相，只会耗尽我们的心气。所以，我想破局，求得相互的谅解，哪怕是委曲求全，让这件事情以最快的速度翻篇。"

"可是，你想过大家的感受没有？至少，作为当事人之一的我，觉得很憋屈。"路宽已经完全被说服，荆杨的每句话，他都能感同身受。

"我知道，也谢谢你今天的坦诚相待。作为队长和现场的决策者，责任全在我这边。昨天不应该挂了你的电话，当时要求你们和我一起去确实是欠考量了。"荆杨说着，神情突然变得有点黯淡，"至于其他人，我不知道该如何向他们解释，也不打算解释，更不奢求每个人都能理解我的用心。"

路宽说道："我相信大家都能想得通。但我认为这件事只是个缩影，包括去年你们搜寻失踪驴友的事，我相信往后类似的纷争还会有。我们还是要思考建立舆情应对机制，以及我们的责任认定，而不是在有事的时候，选择让一个人去扛或者拉着一群人硬扛！"

荆杨点点头："你说得对，确实应该重视，约个时间，大家一起探讨。但有一点，我相信这只是个案，至于责任界定，这个有相关的法规。"

从训练基地回来的路上，路宽的耳边一直萦绕着荆杨说的那些话。这个曾让他恨得咬牙切齿的医学博士，那一席话至真至切，几乎令他无地自容。快到家的时候，他把车子停在路边，给荆杨发了条语音，请求和他一起去面见遇难者家属。

荆杨几乎是秒回了一个微笑的表情。过了一会儿，他又发来了一段文字：昨天晚上我看了那个帖子。有时候，解铃未必需要系铃人。也许，不去理它，也就不会再响了。

05

路宽这边解了心结，还在盘算着怎么说服陈实，结果梨雨一个电话又让他淡定不起来了。他没想到梨雨这么快就跟遇难者的表妹碰上了面。梨雨在电话里闪烁其词，听着就觉得情绪反常。而且，她说情况有点复杂，非得要跟路宽碰面才愿意说。

两个人约在了上次碰面的那家咖啡馆。

梨雨一坐下，就迫不及待地问他："你和陈实之前有没有得罪过其他人？"

路宽反问她："那女的不承认是吧？"

梨雨摇摇头，"她承认了。但我感觉这事不是她干的，至少不是她主导的！"

路宽一头雾水，满脸问号。

"这帖子里到底写了什么，她根本不知道。我问她的时候，她一脸蒙，然后就一边应付我，一边偷偷地用手机翻那个帖子。中间还上了一次厕所，回来就跟我发狠，说如果不按照他们之前要求的赔款，再公开向她个人道歉，她就把你俩的信息全部抖出来。"

梨雨说完，见路宽没什么反应，又再说道："我就故意骗她，说有些信息她搞错了，你跟陈实一样就是个修车的，只是跟那个富二代同名同姓而已。她愣了好久才说那是跟帖的人搞错了，说见你开个破车，一看就是个穷人。"

路宽忍俊不禁，笑了好一会儿才问道："你没告诉她，在网上扒个人信息是违法的吗？"

梨雨说："说了，她说她不在乎。说她被你俩害得一无所有，恨不能将你们挫骨扬灰。"

"真扯淡。她差点把陈实的店都砸了，还害得我们险些被行拘。"路宽没好气地骂道。

梨雨说道："她带闺密跟我见面的。据这个闺密说，这女的男友已经说好了要离婚娶她的。你们在派出所调解完之后，那男的就突然反悔了。她跑到男的单位去闹，结果这男的就被解职了。这男的老婆更狠，带人去她家搜走了男的之前给她买的所有东西，包括那辆车，最后还把她揍进了医院。这女的跟了那男人五年，最后什么都没落着，还被亲戚朋友们笑话。"

路宽目瞪口呆。他想起了那天在派出所自己偷偷地威胁那男的，当时他只是为了脱身，没想到会造成这样的后果。虽然这对男女的所作所为并不值得同情，但他还是觉得自己也不够磊落。

"那肯定是恨死我们了！"路宽沉默了好久，才幽幽说道。

梨雨转回话题，继续问道："你和陈实到底还有没有得罪其他人？"

"陈实不可能，虽然贪财，但一直都与人为善。我这边嘛，那就只有……"路宽说到这里，突然停下来盯着梨雨。

梨雨明白了他要说的是谁，撇撇嘴，低着头怯怯地说道："我怀疑就是他。昨天晚上看那帖子的时候，我就感觉跟他有关系。"

路宽道："他确实有这个动机，那些基本信息也不难了解。但我们跟那女人的纠纷，连你都不知道，他是怎么知道那些细节的？难道他去找过那女的？"

梨雨愣了会儿，才说道："当时这个事，你们都打架了，周边的商户肯定都知道。搞不好陈实自己说出去也不一定，知道的人肯定不少。"

路宽又问："你刚才说昨天晚上你就怀疑是他？"

"是的。"梨雨说道，"我没跟你讲过，他母亲是一家互联网广告公司的合伙人，他自己也在这个公司，手底下有一群水军，帮网店、直播和影视作品刷好评。"

路宽苦笑着摇摇头。

"我想去找他。如果真是他，这事情就只能我来解决。"梨雨一脸无奈地说道。

路宽拿眼瞪着她："你是不是吃错药了？你有证据吗？你觉得他会承认吗？就算认了，再提出交换条件，你答应还是不答应？"

"那你说怎么办？"梨雨急了，"总不能让他把你们的信息都扒到网上吧？"

路宽一拍桌子："跳梁小丑！让他扒呗。就那点破事他都捅出来了，还能有什么事？真要无中生有来诽谤我们和搜救队，还有法律制裁他！"

"那要是把你拼命在掩饰的，之前的所有经历都扒出来，你不怕吗？"梨雨几乎是脱口而出。

路宽像是被打到了七寸，脸上青一阵白一阵。

梨雨意识到自己的鲁莽，赶紧往回找补："我的意思是，网络不是法外之地。至少得敲打一下他。"

"不必了！这事跟你无关，你就当作什么都不知道。"路宽的语气不容置疑，说完又缓和了一下语气，"另外，我已经被荆杨说服了。明天和他一起去跟家属沟通。"

梨雨点点头，看上去如释重负。

路宽回头又竭力说服了陈实，虽然陈实并不甘心。为了表达自己的不满，还说了句"你是我老板，你说怎么办就怎么办"。

但事情并没有往大家预想的方向发展，大有愈演愈烈之势。

先是荆杨、耿超和路宽登门拜访遇难者家属时，被他们拒之门外。之前在交警队还冲着他们千恩万谢的遇难者的姐姐，甚至隔窗冲他们喊话：她弟弟死得冤枉，搜救队不给他们个说法，绝不罢休！

路宽恐怕一辈子都忘不了，那一刻，曾在他眼里又臭又硬的荆博士，低下高傲的头颅，像孙子一样，满脸堆笑，唯唯诺诺。

接着，那个被唯恐天下不乱的论坛管理员置顶的帖子里，风向开始转到耐特搜救队。有跟帖者爆料，出事的头天晚上，陈实半夜坐在店门口喝得酩酊大醉。然后分析，因为宿醉，才导致第二天一早在救援现场开车撞倒了电线杆。此人还信誓旦旦地宣称这是他亲眼所见，并对自己的话负法律责任。

这个爆料，威力不亚于原子弹，等于告诉世人，施救人员酒驾才导致的悲剧。这不仅会令人质疑搜救队的素质，已经涉嫌违法。而且无法自证清白，无论喝没喝酒，事情已经过了多日，根本检测不出来。最可怕的是，陈实喜欢喝酒的事，去他的汽修店周边随便找个商户都不难了解到。

而事实上，那天早上路宽去接陈实去基地的时候，还真的问过他头天晚上有没有喝酒。陈实当时也没撒谎，还打趣说戒酒得循序渐进。帖子爆出来后，面对路宽时，陈实再次承认了头天晚上吃饭的时候喝了酒，但只喝了一听啤酒。按照时间和陈实真实酒量来推算，这点啤酒断不可能影响他的状态，即便当时就检测也不会超标。

哥俩跟着便向荆杨坦白了此事，荆杨的态度仍然是，不要去理会他们说什么，谁也无法阻止一只想要咬人的疯狗，除非开枪杀了它。

再然后，就是梨雨那个不被她承认的前男友董浩，换了个手机给她打电话约见面。梨雨直接问他那帖子是不是他发的，这小子当然不承认，但他却声称天下水军是一家，只要梨雨答应做回他的女友，分分钟就能帮忙摆平此事。

梨雨几乎已经断定就是这个"万古第一渣男"所为，但想起路宽的反应，她还是忍着没搭理他，只是没有再将他这个新的手机号拉黑。

事情到了这个地步，谁也没料到，率先出击的竟然是"大姐王"，耿超的夫人王爱菊。她直接釜底抽薪，打电话给那个论坛的主办方举报帖子违规，论坛直接将帖子给删除了。

这还没完，她回头又跑来搜救队，说有人骂搜救队，就是在骂她男人，一边拎着耿超的耳朵，一边"所托非人，妇人之仁……"爆了一串成语，痛骂荆杨无所作为。也就是那天，队员们才知道，他们的荆队长原来是王爱菊的表弟，从小就没少被她欺负。

大家都以为折腾到这里也就差不多了，没想到那帖子又死灰复燃了，不断涌入更多的水军，并且将火力集中到搜救队，开始扒队长荆杨。当然，仍旧是用拼音首字母来替代姓名。其中有一条最狠的跟帖，声称荆杨在回国组建搜救队到处出没，而且队员们多半都有军旅背景，怀疑他是间谍。

耿超跟着又去找他那个当大领导的同学，这位正忙着开大会，微信给他发了句"身正不怕影子歪"，然后就让秘书把他给打发了。

就在这夫妻俩殚精竭虑要扑灭这把火的时候，路宽突然接到老路的电话，沉寂许久的路崇德仍旧对儿子颐指气使，以不容置疑的语气命令儿子晚上回家吃饭。

第九章

01

路宽已经感觉到父亲召他回家的目的，这件事虽然还不至于闹到满城风雨，但以老路的性格，肯定是一直默默在关注搜救队的动向。就着这次的舆论风波，他完全有可能借题发挥，让儿子离开搜救队。事实上，这几天路宽一直隐隐不安。他起初想扑火，就是担心老路会知道这件事。

针对老路可能的几种反应，路宽都做好了应对预案，却是没想到老路跟电话里判若两人，更没料到这件事情已经波及了这个年逾六旬的男人。

路宽回到家时天刚擦黑，他知道老路只要没应酬，一般都在晚上七点准时回家看新闻联播，这期间全神贯注，连电话都不接，然后十点前必定是要上床睡觉的。他踩着点回来，就是避免打扰到他看新闻，又不用让他久等。

当他推开家门时，老路并不在客厅里，而餐桌上已经摆好了餐具，还有一瓶已开封的黄酒。许是知道这父子俩要谈正事，抑或是对他们的矛盾了然于胸，加上老路就在家里，阿姨没了上次见到少东家时的欢脱，只是咧开嘴笑了笑，然后小跑着去敲书房的门。

路崇德应声而出，抬头看了眼站在餐厅门口的儿子，经过客厅的时候顺手拿起遥控器关了电视。路宽不由得笑了笑，新闻联播还没结束，老路一定是听到门铃声后才躲进了书房。

这会儿，阿姨已经将菜都端上了桌。晚餐并没有想象的那么丰盛，都是些家常菜，也都是路宽从小就喜欢吃的。阿姨显得有点不好意思地看看小路又看看老路，一副欲言又止的样子。不用她说，路宽一看便知今天是老路的手艺，而且他还闻到了酒酿圆子的味道。

老路今天一定是早早回了家，说不定还亲自去了趟菜市场。想到这里，又看到老路的眼角似又多了几条褶皱，他心里不免生出一丝愧疚，眼前不自觉地泛起一层薄雾。

路崇德表面看上去仍旧冷冷的，跟之前父子俩独处时并没什么不一样，但说话的声音明显要温和许多，他拿起那瓶黄酒晃了晃，用征询的语气问儿子："今天没任务了吧？陪我喝几杯？"

路宽迟疑片刻，点点头，接过老路手里的酒瓶，给他满上。没想到老路突然抓住酒瓶，说："你还是别喝了，免得万一有事说不清楚。"

路宽一愣，赶紧说道："其实也没那么多的任务，以及有任务的时候也不必每个队员都得到场。我们跟专业的救援组织不一样，聚是一团火，散是满天星。"

路崇德面无表情，不紧不慢地喝了口酒，吃了几口菜后才又说道："你一定知道我为什么叫你回来。"

路宽点点头。

"你猜我要借题发挥，并且已经想好了各种对策。"路崇德说这些的时候，一直在盯着儿子的脸。

路宽老实地点点头。老路纵横商场，阅人无数，被他看穿心思，路宽一点都不奇怪。他只是没想到，老路会一反常态，虽然很直白，但已完全颠覆了过去和他沟通时的强势姿态。

这让他有点乱了阵脚，不仅有点不习惯，也觉着生分了很多。

路崇德笑了笑，像是不打算再继续这个话题，转而问道："费了这么大劲，终于得偿所愿。你觉得现在的生活与工作，和你当初向往的一致吗？"

"差不多吧，也可能经历的还不够多。"路宽不假思索地回答道。

路崇德正色道："你的意思是，还没有经历过真正的挑战？或者比起你当年经历的那些事，你现在正在经历的根本就不值一提？"

"嗯。"路宽心里揪了一下。他当年那不堪回首的经历，知者寥寥，而两个男人似乎也达成了某种默契，从那以后无论是对别人还是他们相互之间都缄口不谈。

"如果我说，这件事情在你不知觉间已经深深地伤害到我甚至我的事业，你会觉得这算是个挑战吗？"路崇德淡定地问道。

路宽瞪大眼看着父亲，好一会儿才试探着问道："您是说舆论？因为您和我的关系？"

"远比这个严重。"路崇德仍旧是不动声色，"对方做了很多功课，我们现在看到的只是他们抛出的引子。你要知道，人无完人，企业更是，从诞生到发展壮大，这个过程要较真的话，总会找到令人诟病的地方……"

路宽问道："所以，有人抓住了公司的把柄，并以此相挟？"

路崇德点头："如此倒也罢了。但他们为什么这么疯狂，才是我最担心的。"

路宽突然间就明白了老路的心思，他真正担心的应该是对方会扒出儿子的身世。以及作为人父很自然地就会联想到，对方会不会有更极端的行为。老路还不知道他已经知道了自己的身世，而他却在考虑要不要在此时此刻挑明，他无法想象，一旦捅破了这层窗户纸，接下来的日子，他该怎样与这个男人相处。

而此时的路崇德却在想着接下来他要出面平息这件事，该如何才能说服儿子，不要参与和干涉。父子俩不约而同地陷入了沉默。

路宽率先打破了沉默，他像是下定了决心，轻声说道："我上个月去径山找过王伯伯了。"

路崇德闻言，脸色一沉："他跟你说什么了？这个疯老头，喝了酒就会胡言乱语！"

路宽怔了下，父亲的反应已经明确地告诉他，还没到摊牌的时候。就在这瞬间，他甚至冒出一个念头，永远守住这个秘密。

"我们聊了很多，他跟我说起你们当年一起创业的事，也说了你们之间的矛盾。所以，我感觉这一路走来那么多坎坷，眼前的事算不得什么。"路宽故作轻松地笑道。

路崇德暗暗地长舒一口气，说道："跟你说这件事，就是想告诉你，做任何事情都不要冲动，你的身份比较特殊，一定要谨言慎行，与人为善。"

路宽默然不语。

路崇德看了眼儿子，又再说道："兵成了烈士，他的家长就是英雄父母；若是当了逃兵，他的父母一辈子也抬不起头。"

老路的意思再清楚不过了，路宽心里暖暖的，之前所有的担心都不复存在。忙不迭地表态："爸爸，我明白您的意思。这件事情我一定会处理好。"

"你还是没完全懂我的意思。"老路笑道，"如果你能处理得好，我就不会叫你回来。这个事情远比你想的复杂，对方既然已经放出话了，那么肯定是不达目的不罢休，绝不会跟你讲道理，即便走法律途径，最好的结果也会是两败俱伤。"

"他们在敲诈你？"路宽一下就炸毛了。

"可以这么理解。"路崇德说道，"但他们绝不会主动跟你谈条件，更不可能让你抓住把柄！"

路宽倒吸一口凉气："也就是说，要你主动去谈？这不是在怂恿他们的不法行为么？"

"总之，这个事你不要去管了，集团有公关和法务。涉及搜救队的部分，我会让人跟荆队长沟通。"路崇德说完，挥手叫阿姨端上酒酿圆子。

心里虽有万分不甘，但路宽根本没底气跟老路较真，父亲今天明显是就着这件事在向自己示好。对他们来说，父子关系破冰比什么都重要。这是路宽成人后第一次与老路如此融洽地相处，他不想破坏这难得的氛围，他还有很多话想说。

过了一会儿，路宽说道："爸爸，如果我想创业的话，您会支持我吗？"

"哦？"路崇德差点惊掉了下巴，忽而便一脸惊喜地一拍桌子，"这是好事啊，当然会支持了！就算锻炼一下也好，攒足经验，以后我就可以放心地把公司交给你了。"

路宽笑了笑，没说话。

路崇德还在兴头上，仰起脖子一口干了杯中酒，兴奋地问道："来说说，你怎么想明白的？"

路宽正想着要怎么回答，路崇德见他欲言又止的样子，突然就明白了："是你那个战友撺掇的？"

路宽点点头。

路崇德面色一沉："是他要创业，还是你要创业？"

"他手头有个项目，我感觉还不错。"路宽挺直身体，但话说得并无底气。

路崇德脸上残存的最后一丝喜悦也彻底消失："他已经登门拜访过我了。这个项目按他的想法去实施，根本经不起推敲。小陈这个人给我当司机的时候，我就看出他很浮躁，说的都是虚头巴脑的概念，看了几本书再从网上扒拉些似是而非的东西，就敢来忽悠人投资，哪有这么容易的事情？"

路宽点点头，事实上他跟老路的感觉差不多。唯一令他动容的是，没想到陈实这小子胆子会这么大，竟然瞒着他去忽悠老路。

路崇德突然又哈哈大笑，说道："小陈像过家家似的，开始说要投三五个亿，后来又跟我讨价还价，说三五百万也行。"

路宽说："他其实很有想法，也花了不少精力，还做了市场调研。我是想帮帮他，也许他真能干成了。"

路崇德摇头，明显是不想再继续这个话题，"你不知道小陈找过我是吧？你就当不知道他找过我，给他留点面子。"

"嗯。"路宽尴尬地应了声，然后岔开话题，端起那碗酒酿圆子说道，"我其实一直都不喜欢吃这个，但吃着吃着也就习惯了。而且，今天感觉特别好吃。"

路崇德若有所思："这就是你的性格。当初为了讨好我，信誓旦旦地说这个好吃，然后为了面子一直不说。你说这些年，为了面子和一时的冲动，你干了多少蠢事？"

"您知道吗？"路宽笑了笑，接着说道，"生日宴那天，我其实已经做好了向您妥协的准备。谢谢您，没有再坚持。"

路崇德有点失落地点点头："从你报考传媒学院到退学去当兵，再到突然退役加入消防队，再到搜救队，这一路走来随心所欲，你就没考虑过我的感受吗？"

"对不起，爸爸。"路宽不敢抬头，他怕看见老路眼里的忧伤。是的，老路说得没错，这些年为了一己之私，他就像一头猛兽般横冲直闯，不达目的绝不罢休，从来都不顾及身边人的感受。

"有些人一辈子也学不会道歉，因为他永远都不会觉得自己有错。"路崇德显然是被这一声打心底迸发出的"对不起"感动到了，记忆中，这是儿子成人后第一次低头向他道歉。但他偏又要装得若无其事，忍不住地说教几句。

路宽抬起头，怯怯地看了父亲一眼，喃喃道："这些年每到需要作出抉择的时候，我都想好好跟您聊聊，可当我鼓足勇气时，却又无法做到心平气和。而您，又总是缺乏耐心。"

路崇德微笑颔首，沉默片刻后问道："我一直想问你，今天之前你所有的选择，都是因为那个姑娘吗？"

路宽闻言，低下头沉默了许久，再次抬头时，已然是热泪盈眶。

"是的。我对她发过誓。"他说着，又低下了头。

路崇德轻叹一声，像是在自言自语："天啊，你这要到什么时候才能走出来。"

那天晚上，路宽留宿家中，他跟老路天南地北地聊到了半夜。

早上离开家的时候，老路还在睡觉，阿姨踌躇好久，直到将他送出了院子，才说道："你父亲这一个多月来一直失眠，常常半夜醒来在院子里坐到天亮。而且，一直在掉头发。"

路宽一愣，问道："他去检查过身体吗？"

"他的脾气你还不知道吗，问都不能问。"阿姨摇头叹道，"你还是多回家陪陪他吧，你看他今天，睡得多香。"

02

几乎就在一夜之间，所有因这次汽车落水事件引发的舆论戛然而止，那个被梨雨怀疑是董浩所为的热帖，也消失得无影无踪。而当荆杨和耿超再次登门去找遇难者家属时，对方的态度也发生了180度的大转变。

没人知道发生了什么，知道的人大抵上也不会再说。队员们便都猜测，可能是对方发现这样胡搅蛮缠下去注定没有结果，才主动偃旗息鼓。只有陈实持有不同的意见。这小子兴奋得很，认定背后有高人在公关，而这个人不是荆杨就是路宽找来的。

那几天他日夜都在盯着那个帖子，看见了被删之前的最后一条跟帖，爆料遇害者的车子已多年未年检，更没有给车子买任何商业保险。而就在他试图联系爆料者，给他发站内信息的时候，那个帖子突然就被删掉了，接着其他几个网站和手机客户端的相关视频也全部消失。

大家在微信工作群里@荆杨和路宽，但二人都讳莫如深。此事因何被平息，二人之间虽然心照不宣，但心底都不是很痛快。荆杨是完全没想到因为自己的犹豫，牵扯这么多人，而自己又无力解决；当初那么拼命地想要摆脱父亲束缚的路宽，同样感觉到了自己的无能，以及一种"胜之不武"的憋屈。

荆杨随后召集队员们开了个会，并请来了夏知秋和梨雨。讨论路宽之前提出的建立应对舆情的长效机制。大家的共识是民间对公益救援组织的认知不够，加之一些救援组织入队门槛较低，志愿者的素质良莠不齐，当务之急就是要多正面宣传，甚至开放训练和办公场地。

这更像是一场务虚会，因为讨论的结果并没有形成决议。荆杨似乎对主动宣传搜救队并不感冒，只是象征性地走了过场，却将更多的时间放在了检讨这次救援暴露的问题，而且几乎将所有的责任都归咎到自己的身上。

三天后，耐特队员们都赶到了殡仪馆送别这次事件中的遇难者。那天队员们集结的时候，夏知秋就感觉荆杨情绪有点反常，然后又看到他在追悼会中途离场。结束后，队员们就地解散，夏知秋约了路宽、陈实和梨雨一起午饭。

几个人坐下来后，夏知秋突然说道："荆队长在救援现场急救时，就已经断定遇难者在他们赶来之前已经死亡。"

梨雨问："他亲口告诉你的？"

夏知秋说："他第一时间就在电话中告诉我了。这对一个医学专家来说，很容易判断。"

陈实一脸的疑惑："那他为什么不说出来？还有，既然他断定遇难者早已死亡，为什么还花了十多分钟不停地在做心脏复苏？难不成作作秀？"

"我觉得你这样说他，有点过分！"夏知秋面露愠色，"他是不甘心，而且背后肯定还有隐情。"

梨雨和陈实一头雾水，面面相觑。

夏知秋深吸一口气，接着说道："事情发生之后，他的情绪一直很低落，包括今天在殡仪馆中途离开。将这些联系起来，再从心理学角度去分析，他这些表现是典型的PTSD症状。"

梨雨惊道："创伤后应激障碍？"

夏知秋点点头，问道："你们有谁知道他的过去？或者有没有人想过，他为什么会辞职放弃国外优渥的生活，回来组建搜救队？"

陈实摇头说不知道，但确实想过这个问题，觉得很奇怪。路宽心有戚戚焉，他沉默着，扭头看向窗外，午后的光影在他棱角分明的脸上交错，漆黑的眼眸流露出淡淡的忧伤。

梨雨看着他，心底没来由地抽了下。那一刻，她有点儿走神，直到陈实有意或是无意地轻咳一声，她才意识到有点儿失态，赶紧回应："我问过耿超大哥，但好像他也不清楚，也可能是不愿说。"

夏知秋继续说道："我问过他为什么不去澄清，他说一开始以为事情很快就会过去。舆论爆发后，他纠结了好久，一边是搜救队的名誉，一边是遇难者家属可能会受到二次伤害。他向我求助，我也不知道该如何回答，但我知道他一定是偏向不让家属再次受到伤害。"

"是的，我那天去找他，他说服了我。"路宽缓过神来应了一句，跟着又说道，"无论他经历过什么，不为人知，也许是他不想让别人知道。每个人都有自己的秘密，都有不想被人触碰的伤疤，不是吗？"

"你说得没错，但这不是一种积极的人生态度。"夏知秋一脸严肃，"PTSD患者常常伴随着抑郁，若不及时干预，会越来越严重，并且稍加刺激，便可能产生极端的念头。"

"或许，有问题的不止他一个。"梨雨像是在自言自语，说完下意识地又看了眼路宽，小心翼翼地问夏知秋，"但我觉得荆队长平素并没什么异样，除了脾气不怎么好，看上去都很正常。"

"他是医学专家，肯定知道自己的问题，也一定有意识地在控制。正是如此，才更可怕，因为他最近的种种表现，已经很明确地告诉我，他有点失控了。"夏知秋说到这里，顿了顿，接着说道，"我在飞机上和他一起救人的时候，就发现他特别紧张，抱住病人时，手一直在抖动。当时我以为他只是个见义勇为的普通旅客，觉得是正常的反应。但后来知道他的专业背景后，就觉得很不可思议。"

夏知秋说这些的时候，梨雨和陈实都瞪大了眼睛，目不转睛地看着她。

"我在他那里听到了一些关于你们几个人的故事，感觉到他很在乎你们，所以才想着找你们一起来聊聊。我作出这样的判断，绝不仅仅只是主观臆测。你们能想象，如果他真有这个问题，作为一个经常面临各种危难环境的救援团队的领导，可能产生的后果会有多可怕吗？谁敢保证他始终能冷静地作出判断并领导大家作出最正确的选择？谁又敢保证过去他经历的事情，不会再在他面前重演？"

没人接话，空气仿佛突然凝结，房间里隐约回荡着最近大火的《漠河舞厅》，这是个女声版，低沉而又婉转。窗外一群孩子如小兽般在草坪上嬉闹，追逐着漫天飞扬的彩色泡泡。一个穿连衣裙的小姑娘奔过窗前，怯怯地看向路宽，长长的睫毛像蝴蝶扑扇的翅膀。

"夏老师，我们能为他做些什么？"路宽扭过头来，轻声问道。

夏知秋笑了笑："我看得出来，他把自己包裹得很紧，就像路宽说的那样，一定会抗拒别人去触碰伤疤。我会找到症结，但今天只是希望你们能了解这些，也算是为他最近导致大家不愉快的一些行为，给出一个心理辅导师的解释。"

三个人都点了点头。

吃过午饭，夏知秋又和几个人商量，她计划做几期关于民间救援组织的访谈节目，准备邀请荆杨和路宽作为第一期的嘉宾，作客电台直播间。她觉得这次的舆论风波看似已经过去，但质疑耐特搜救队的声音很难消弭，尤其是由此给整个公益救援组织带来的负面影响，需要以正视听。

这跟梨雨追随搜救队拍摄纪录片的初衷不谋而合。那天开会讨论建立舆情机制的时候，梨雨就顺势提出让搜救队注册微信公众号和短视频账号，由她来运营，但荆杨却表现得很冷淡，这让她郁闷了好几天。如今夏知秋提出访谈的想法，便下意识地感觉荆杨不会答应。

路宽对这种事一直都没什么兴致，推说自己刚加入搜救队，没什么发言权，但这段时间与夏知秋接触，对她颇有好感，便主动提出跟她一道去说服荆杨。

两个人去到训练基地的时候，再次听到了荆杨屋里传来的钢琴声，还是路宽之前听到的那个旋律。他心里咯噔了一下，不由自由地停住了脚步，夏知秋满脸狐疑地看着他。

"这是德国作曲家约翰·帕赫贝尔为纪念亡妻而创作的曲子。"路宽喃喃说道："从头到尾八个和弦，一个声调的曲调自始至终追随着另一个声部，直到最后一个小节，融合在一起，永不分离。"

夏知秋赶紧问道："是不是叫《D大调卡农》?"

路宽愣愣地点了点头。前几天，他第一次听到荆杨弹这个的时候，就感觉似乎听过，后来在回家的路上终于想起来了，当年仓拉的乐史老师讲起帕赫贝尔和他亡妻的故事时，当场放过一遍。只是当年他根本听不进去，更无法共情。

当然，这些他是不会跟夏知秋说的。但此时，两个人都不约而同地联想到了他们今天刚刚讨论的话题。

夏知秋轻声惊呼："天！怎么会这样?"

"我们今天还是不要打扰他了吧。"路宽阵阵揪心，扭过头强自镇定地说道。

夏知秋神情黯然地点点头，往回走了几步，又停住对路宽说："我还是想现在就找他谈谈。如果不帮助他过了这道坎，我也没信心当好耐特的心理顾问。"

03

梨雨在师母叶胜男回国后的第一时间见到了她。

那天，梨雨直言不讳，以无可救药地爱上了一个男人，却被这个男人拒之千里的少女姿态，请求师母帮帮她。

师母是个年过五旬的中年美妇，知性而又优雅，脸上永远挂着令人如沐春风的笑容。可当梨雨提起路宽时，她脸上的笑容瞬间消失，沉默了许久。

梨雨只想得到更多一点信息，却没料到师母对路宽那么熟悉，更是路宽在竭力回避的那段经历的极少几个知情者之一。虽然之前的推断使得真相已呼之欲出，可当她亲耳听到这个故事的时候，仍是唏嘘不已。

路宽当年的女友叫仓拉，比他大三岁，父母是民族歌舞剧团的演员，在玉树地震中不幸双双遇难。仓拉之后以交换生的身份来到传媒学院声乐系学习，路宽与她初识时还在上高三，而她已经是大三学生。

次年，路宽为了追求仓拉，以总分第一考进了传媒学院。但他高考时并没有像传言的那样交了一门白卷，而是所有的试卷都只做了五分之四。他一心要进入声乐系，但因为嗓音条件不好，被调剂到了新闻专业。

那时候，仓拉已经有一个谈了两年的男朋友了，而且还是个实习的警官。据她说，之前她跟路宽只见过两次面，加起来说了不到十句话，她压根儿就没想到路宽会如此疯狂。刚入学的那个学期，仓拉一直在躲着路宽。后来仓拉的男友实习期满，准备留在北京，大约是仓拉不愿意去北京发展，两个人就分了手。此后，他就开始疯狂追求仓拉。

仓拉毕业的那年暑假，他们跟着一群户外运动爱好者去冈仁波齐，但中途组织者改变了主意，带着他们去攀登纳木那尼峰。仓拉并不愿意去，但路宽执意前往。后来，路宽和一个担任"先锋攀"的驴友上山勘察路线时，遭遇雪崩，但二人在雪崩区域的边缘，躲过了这场劫难。可在山下的仓拉并不知情，她不顾众人的阻挡独自上山去寻找，结果被困在悬崖上。几个驴友赶来救援，当救援人员近在咫尺，几乎触手可及时，仓拉却因体力不支，路宽眼睁睁地看着她坠下了悬崖……

师母说仓拉遇难的这些细节是她后来在一个论坛上看到的，

路宽并不想说。说到这里的时候，她眼里闪动着泪光。仓拉是她的得意门生，特别善良也特别有个性，大四时挺进了一个权威的全国性民歌大赛的决赛，因为被毒舌评委说了句歌声没有灵魂，便毅然选择退赛。而且，她只要转型通俗唱法，在大学期间就有多次机会成为签约歌手留在杭城这样的大都市，但她却执意要回到父母原来的单位。

听说路宽为了加入救援组织，放弃了部队的大好前程，并且拒绝接管家族企业，师母一点都不觉得意外。她说最后一次见到路宽的时候，是他来学校办理退学手续。那天，他敲开了她的办公室，像个孩子般在她面前号啕大哭，说仓拉本是可以救回来的，然后便发誓往后绝不让悲剧再在他面前重演。

梨雨眼里噙着泪水，问师母："您印象中，他到底是怎样的一个人？"

"偏执、孤傲、嫉恶如仇又特立独行。"师母说完，又突然地笑了一下，"他应该是很会讨女孩欢心，只要喜欢上一个人，眼里就只有这个人。"

"对！他会为自己心爱的人做一切。"一直在默默地听妻子讲故事的导师，突然开口说道，"我想起了你师母当年跟我讲过一个学生打飞的去给女朋友买炒面的故事，应该就是他。"

"是。"师母笑道，"这个故事是仓拉跟我说的。他俩第一次约会的时候，仓拉说想吃她母校门口小店里做的糌粑。这小子就不声不响连夜坐飞机去了青海，不仅给她带回了做好的糌粑，还扛回了几十公斤做糌粑的食材。对了，我还尝过他做的，仓拉说跟她小时候吃过的味道一样一样的。"

梨雨脸上挂着泪，"咯咯咯"地笑了好一阵子。

师母和导师也在笑，他们看着她，笑得像两个不谙世事的少年。

后来，师母拿出了一沓仓拉的演出照片，还有一张学校为毕业生刻录的作品光盘。梨雨看着照片中扎着满头小辫的仓拉，忍不住泪如雨下。

那天晚上，她回到家里将仓拉演唱的几首歌拷贝到电脑里，听到了她初识路宽时，在他车里听过的那个熟悉的歌声。

纪伯伦曾说"如果你想了解一个人，不是去听他说过什么，而要去听他没有说出的话"。她已经知道得够多了，也许在这个世上除了他自己，已经没人比她梨雨知道得更多。她相信，无论他说没说过，从今天开始，她已经懂了这个男人。

她关掉电脑，起身走到窗边拉开了窗帘。满天繁星，无声灿烂。已然是凌晨时分，但她却浑然不觉，满脑子都是那个男人和他至爱的姑娘，无法自拔。

"睡了吗？"良久，她鬼使神差地拿起了手机，给他发了条微信。

"还没。"他几乎秒回信息，却仍是冷冰冰的。

她闭上眼，深吸一口气。此刻，她多想看到他，和他说说话，如果可以的话，再抱抱他。

"有事吗？"他又追了一句。

她兴奋得运指如飞，一口气打出满屏的文字，却又莫名地突然怂了，死死地按住删除键，然后逃也似的，回了句："没事，你早点休息。"

是的，那一刻她脑子里浮现出他惊慌失措的表情，还有个声音在冷冷地警告她，"每个人都有自己的秘密，都有不想被人触碰的伤疤"。

这一年的冬季比往年来到更早一些，耐特搜救队也仿佛进入了冬眠期。近两个月的时间里，搜救队除了训练外，只出了一次勤。

冬至那天，路宽从"白马陵园"回来后直接去了传媒学院，在学校对面的咖啡馆见到了仓拉当年的系副主任，也就是梨雨的师母叶胜男。头天晚上，叶胜男突然给他打电话，说传媒学院法学专业翌年将升格为法学院，因为退役军人有加分政策，建议他备考重返母校。路宽其实在部队里已经拿到了成人自考本科学历，但他没有在电话里说。

梨雨再次唤起了叶胜男对路宽的同情心，那天梨雨离开时，叶胜男找她要了路宽的电话。她知道路宽退学当兵后跟传媒学院的老师和同学们都断了联系，在刻意忘却那段大学时光，而她又是仓拉的老师，这几个月一直在纠结着找个什么理由跟他见一面。她没想到，这小子会在电话里主动约她见面，并且还说想去学校看看。

士别多年，再见路宽时，叶胜男的心里不由得感慨万分。之前虽然在梨雨的手机里见过他的近照，但她还是不由自主地认为他该是一个经历世事无常后，苦大仇深、满脸沧桑的形象。却是没料到，他仍如当年那般气宇轩昂，只是褪去了少年的青涩与张扬，变得谦卑恭顺。一句"您好叶老师，好久不见"落落大方，仿若老友重逢。

反观阅人无数，有着三十年教龄的老教授叶胜男，倒是显得有那么一点儿拘谨。她甚至有点懊恼自己太过主观，以及有点责怪梨雨那天的声泪俱下误导了她。

她并不知道，眼前这个神采奕奕的年轻人刚在车上对着后视镜端详了许久，呈现在她面前的，是他刻意调整后想要给她看到的状态。是的，这段时间以来，他学会了不再以冷面示人，学会了照顾身边人的感受，他只是不那么明白这个变化是从何时开始，又因谁而起。

叶胜男盯着路宽看了好久，直到他说早就想来看她的时候，才仿佛从梦中惊醒，然后很不好意思地笑了笑，说了句"谢谢你还记得我"来掩饰自己的尴尬。

路宽说："叶老师，我去年就退役了。现在在干着自己喜欢的事情。"

"我听说了。"叶胜男点点头。他似乎并不想提搜救队，她便心照不宣，继续着电话里面的建议。

路宽说："本科学历我已经拿到了，还是当年最不喜欢的新闻传播专业。以后有机会，我还想考回母校的研究生。"

叶胜男闻听，眼眶不由自主就湿了，赶忙点头赞许，说道："我就知道，你不甘平庸，还善于跟自己较劲。"

"算是吧。我成绩那么好，不该就那么荒废了。"路宽笑了笑，然后看向马路对面的校门，感慨道，"时间过得真快，离开这里快六年了。"

"谁说不是呢？你们当年入学的时候，学校还说我是青年老师，这一转眼，我都快退休了。"叶胜男说完看向路宽，发现他已转过头来，眼里泪光点点。

叶胜男心里揪着，尽量平复着自己的心情，柔声道："走吧，你不是要去学校看看吗？"

"还是算了吧，我早上去看过她了。"路宽低下头，声音有点微微的颤抖，"叶老师，学校琴房和陈列室还有她当年演出的照片么？"

"撤了有些年头了，应该都归进了档案库。"叶胜男一脸伤感，"学校明年暑假就要搬到新校区了，这地方可能都要拆掉。你真不回去看看吗？"

"也好，那就彻底断了念想。"路宽嘟囔着抬起头来，一滴泪珠从他脸上滑落。这是他事隔多年后第二次在叶胜男面前落泪，亦是这些年来，他第一次在人前如此恣意地显露悲伤。

那天叶胜男只字未提梨雨，路宽更不知道她们之间的关系。临走的时候，路宽冲着叶胜男敬了个军礼，微笑着对她说："您不用担心我，给我一点时间，我一定会挺直腰杆走出来！"

叶胜男踌躇片刻，说道："每一个爱你的人都不应该被辜负。逝者已矣，珍惜当下，珍惜眼前人。"

04

石小丽闯进路宽家的时候，已经是陈实失联的第五天了。五天前，陈实在微信中告诉他要出一趟远门，如果运气好的话，他的那个项目有可能会重启。路宽回了他一句"咱能别折腾了么？"他又回了个笑脸，之后就再也没联系。

那天是12月31日，陈实出门前跟石小丽说好了，要回来陪她跨年。这几天她一直打不通陈实的电话，要不无人接听，要不就不在服务区。石小丽来这儿之前联系他的时候，竟然直接关机了。

路宽当着石小丽的面又打了次陈实的电话，确实关机了，便安慰她：“这家伙肯定去山区了，他那个项目本来就计划建在山上。”

但石小丽却拼命地摇头，说：“他之前信誓旦旦地跟我说，要踏踏实实地沉淀几年，再也不会想着创业的事。”跟着又说道，“走的前一天，他说要把商铺卖了，因为要保护附近的文化遗址，政府不允许再开发地产项目，他那个店正好在官方公布的红线之内。”

路宽一怔，故作轻松地说：“卖就卖了吧，换个地方开店就是了。”

“你说得简单。”石小丽都快哭了，“我了解了下，他那个商铺之前已经涨了几轮了，他刚好买在了高点。现在的行情，至少得亏掉两成，还不一定能卖得出去。”

路宽倒抽一口凉气，他知道这意味着什么。陈实把钱看得比命还重要，按照他的说法，砸锅卖铁才付了这个商铺的首付，这下等于他退役后的这几年都白忙活了。

想到这里，路宽有点害怕了，赶紧问道：“他走之前跟你说了什么？”

“没有，只说出去散散心。”石小丽摇头说道，“但之前他跟我说过，从小就照顾他的老村长病重，几个月前还把他接到杭城来动了手术。我起初怀疑他是不是回老家去看望村长了，但也不至于不接电话呀。”

路宽轻叹一声：“这些事情他都没跟我说过。”

石小丽说：“村长动手术的事，我事前也不知道，后来发现他在借网贷，就逼着他说出了实情。这次出门，他主动找我借钱，说这点小钱不好意思管你借。”

"借了多少？干什么用？"

"十万。我没问他干什么，他也不说。"

路宽沉默了好久，才问道："你就那么相信他吗？"

石小丽点头，然后说道："跟他相处后我才慢慢发现，他表面上嘻嘻哈哈没个正形，其实死要面子。而且，我怀疑他心里装着事。"

路宽一脸怅然。就在这个时候，陈实给石小丽打电话了。石小丽按下了免提键，陈实的声音有点沙哑，透着疲惫："亲爱的，我回来了，在火车上，晚上一起吃饭不？"

石小丽说："你兄弟就在我身边呐，我们在去派出所的路上。"

"去派出所干啥？我又不会丢。"陈实好像瞬间就精神了起来，"叫上他和梨雨，晚上一起跨年。"

陈实看起来心情还不错，几个人聚到一起后，他从身后拿出两束玫瑰，当着梨雨的面将一束交给路宽。路宽也没犹豫，说了句"新年快乐！"随手就递给了梨雨。

那天晚上，陈实主动解决了他们的疑问。说这次回了趟老家探望老村长，顺便在村里筹办的木材厂认购了十万块的股份。还说村里人都希望他回去当木材厂的总经理，但被他拒绝了。至于那个户外拓展项目，他也跟家乡的县领导接洽过，政府承诺山区的土地可以无偿交给他使用。

一切似乎都严丝合缝，但路宽总感觉有点不对劲。依陈实的习性，接下来他应该眉飞色舞地描述远大前景才对，但他没有，并且在说这个事的时候似乎在躲避大家的目光。另外，他穿着部队发的迷彩服，脏兮兮的，这些天应该是一直都没换。如果真回老家了，还去见了县领导，换上谁都会穿得正式点。还有一点，按照他的说法，最后一次给他打电话的时候应该在火车上，他为什么要关机？

石小丽和梨雨似乎并没有察觉，尤其这石小丽，也是个恋爱脑，左一拳加一句"你吓死我了"，右一脚加一句"你下次再这样，看我不踹死你"，对陈实说的一切，没有任何质疑。

路宽多了个心眼，吃完饭后不顾一旁石小丽和梨雨投来的白眼，单独约陈实去他的汽修店谈事情。陈实埋怨着："好几天没见着媳妇儿了，能不能别鸠占鹊巢？"

但说归说，身体是诚实的，一溜烟就上了路宽的那辆被他捣鼓了无数次的破车。他知道路宽要正儿八经地跟他聊事，就一定不是小事。当然，他心里想的更多的还是，这小子该不会对那个"项目"心动了，要给他当金主了吧？真要是这样，他还得好好想想要如何圆谎。

陈实猜对了一半，路宽是想当金主，但却要他将汽修事业发扬光大。他在车上就迫不及待地跟陈实摊牌："那商铺不用急着卖，我这儿有五十万当作新店的启动资金。后续的资金也不用担心，老路送了些'卡莎蒂儿'的股权给我，如果有需要，随时可以转让。"

陈实说："你这算是在怜悯我吗？"

"不！"路宽不假思索地说道，"我出钱，你出力，股份对半开。我只提建议，不参与也不干涉经营。"

作出这样的决定，路宽并非临时起意，而是在那次回家之后就想好了。本来他还想着先把地方找好，然后给陈实一个惊喜的。他笃定陈实会欣然收受，然而，陈实却一脸淡然地选择了沉默，直到回到店里才开口说道："说实话，我志不在此。但还是要谢谢

255

你这么信任我。"

像是在平复自己的心情，过了会儿，陈实才又说道："当初开这个店，只是为了找个暂时能安身立命的地方。这两年多来虽然努力地活着，但我并不甘心，也从来就没喜欢过这个职业。每天在一堆冰冷的工具中醒来，然后靠酒精的麻醉才能睡去。终日忙忙碌碌，一身油腻、满头大汗，我能看到的，只是这逼仄的空间和自己强装的笑颜，看不到希望，更看不到未来！"

路宽没有说话，他来不及消化陈实这突然间喷薄而出的情绪。

不料，陈实转而就恢复了轻松的语气，语带调侃："路老板开出的条件确实很诱人，对我来说，等于不费吹灰之力就变成了百万富翁。孔子说'见利不亏其义，见死不更其守'，今天就让我硬气一把，遵从自己的内心，从拒绝你开始。"

路宽绷紧的神经松弛下来，也跟着打趣："我不知道是不是孔子说的，但你这个引用从字面理解，似乎不太贴切。"

"'不以穷变节，不以贱易志'这么说，能理解么？"陈实正色道，"让我再折腾折腾吧，哪怕撞得鼻青脸肿，我再也不想过这种行尸走肉般的日子了。"

路宽说："那你有什么打算？商铺一定要卖？"

陈实摇摇头："我只是看看行情，也不是那么着急，走一步看一步吧。这店暂时还得开着，我这儿还有十来个会员没到期，得把他们服务完。"

陈实今天跟他敞开了心扉，既然没有正面回答他的问题，想来必定是有难言之隐，路宽也就没有再追问。

孰料，没过几天，也就是临近年关的时候，陈实突然就把汽修店关了，接着打电话找路宽借钱，说店面有人要接手，亏损不多，他需要先还掉银行的按揭。路宽想也没想便向老路求助。办完过户手续后，陈实旋即便将收到的房款还给了路宽，留了两万块钱，又打了张二十万元的欠条。

路宽终于忍不住问他："你后面怎么打算？要不搬过来跟我住吧。回头我跟老路说一嘴，你先去他那儿上班。"

陈实笑道："跟你住一起多不方便？我住媳妇那儿。工作的事你也不用操心，就我的能力，当不了高管，寻个体面点的工作还不难。"

路宽没再坚持，回头梨雨才告诉他，她将陈实推荐给了自己的客户，一家知名的保险公司。本来是推荐他入职有固定收入的汽车查勘员，结果他说没前途，非得要去卖保险跑销售，说他过去修车的客户和搜救队，以及搜救队救助的人都是他最好的潜在客户。

包括石小丽在内，几个人都觉着陈实说得非常有道理，路宽和梨雨甚至承诺，只要他拿到保险经纪人资格证书，不仅自己马上下单，还要发动身边的亲朋好友支持他。陈实开心不已，又是一番慷慨激昂，憧憬着要大展身手，救人和发财两不误。

结果没多久，被保险公司打了鸡血，正踌躇满志的陈实却被荆杨直接扫地出门。

05

刚进入四月，本是姹紫嫣红的季节，但南方的雨季却迫不及待地来势汹汹。

就在荆杨在美国祭奠完亲人，拖着疲惫的身躯回到杭城的那一天，一场豪雨骤降华东。收音机的每个频道，都在播报这场罕见暴雨可能会带来的灾害，而最危险的就是离杭城不远的临海小城D市。在省市两级政府应急部门的协调下，耐特搜救队和几支杭城的公益救援组织次日连夜集结，驰援D市。

包括并没有正式入编的心理师夏知秋和梨雨在内，耐特这次倾巢而出。夏知秋在得到消息后，第一个请战，因为D市是她母亲的家乡，是她从小生活过的地方。

灾区境况超乎想象，最高峰时一小时的降雨量超过150mm，相当于一小时倒进了120个西湖。耐特搜救队赶到的时候，暴雨已经下了整整一天一夜，灾区云集了包括之前淘汰他的"滨海红十字会水上应急救助队"在内的十多支当地与周边城市的官方和民间救援组织，以及当地驻军、武警部队和预备役部队。还有得到消息后，正源源不断赶往这里救灾的志愿者。粗略估算，水漫D城后不到十个小时里，能投入救援的有生力量超过五千人！

救灾指挥部安排包括耐特搜救队与"滨海红十字会水上应急救助队"在内的五支队伍，前往受灾最严重的地区，配合部队和当地干部转移群众。之前参加红会救助队选拔时的搭档崔勇也在队伍里，看见路宽后冲上来当胸就是一拳，说你小子现在是杭城救援界的"当红炸子鸡"了，海上搜救的那次任务，我们单位当着经典案例分析了好几天。

路宽不太想搭理他，下巴点向站在不远处的荆杨："你不去跟荆顾问问个好？多跟他请教请教。"

"得！"崔勇脑袋一缩，一边往自家队伍里钻，一边说道，"他那张嘴，你还是饶了我吧，就当我没见着他。"

荆杨担心梨雨和夏知秋的安危，要求她们留在安全地带，但二人都执意跟随，荆杨还在犹豫，梨雨就扔下随身携带的摄影器材，换上了一套小号的耐特队服，一溜烟地钻进队伍里，紧挨着路宽。

搜救队刚到重灾区，梨雨便远远地看见正跟随一队武警官兵转移群众的前男友董浩。这哥们儿前段时间换了个微信号加了梨雨为好友，然后陆续给她发了十多张跟一个网红新女友秀恩爱的照片，梨雨一直都没搭理他。见到他之后，梨雨下意识地扭过身想躲开他。

没想到这哥们儿奋力地划动了几下橡皮艇，没皮没脸地直接靠了上来，先是冲着路宽和一众耐特队员们抱拳作揖，大义凛然地说道："辛苦了，各位兄弟注意安全！"

见路宽和队员们都没搭理他，便关心起梨雨来，"看情形，前面很可能要泄洪，你上去就是个累赘，赶紧跟我往回撤！"

梨雨说："你跟我滚一边去！"

这哥们儿不急不恼，又划了几下追上几步，说："天灾无情人有情，我是在关心你。大难面前我们要放下成见，前面的情况我知道，别拿自己的生命安全开玩笑。"转而又斥责路宽，"你脑子也进水了？让自己的女朋友去送死？快把她交给我！"

"别扰乱军心！"路宽横了他一眼，警惕地问道，"你到这里来干什么？"

"救人啊！"董浩头一扬，"大难当前，匹夫有责！这儿是我老家，我有责任和义务。"

梨雨哭笑不得，当场便拆穿他："你老家不是东北么？来这儿浪被困了吧？"

董浩扔下一句"狗咬吕洞宾"后，悻悻而去。但没过多久，梨雨便发现这哥们儿又掉转船头，独自跟在了他们的后面。

到了目的地后，大家才发现董浩所言非虚。他们要去的地方就在当地最大的水库下游，队伍刚到，便接到救灾指挥部的通知，傍晚时将泄洪，要求他们务必在下午五点之前转移完指定区域内的所有群众。

彼时武警部队已经转移了大部分群众，只有极少数还没来得及转移。按照现场总指挥的安排，耐特搜救队主要负责搜寻可能被遗漏的群众。几支队伍数百人协同，几人一组散开，转移工作有条不紊，进行得非常顺利。但就在大家完成任务往回撤退的时候，断后的路宽无意中发现之前他搜过的一幢楼上似有灯光，便将冲锋舟上的几个群众腾到另一艘舟上，嘱咐陈实和两个队友带着他们离开，自己则独自驾舟赶去确认。

等到梨雨发现路宽没跟陈实在一起后，所有在此区域内的救援人员都已经撤退，而离最后的泄洪时间已经不到半个小时了。这时，董浩正好划着自己的橡皮艇靠上来，问梨雨要不要跟他走。

梨雨二话不说，直接跳上船，跟着激将他："董浩，你还是不是个男人？"

董浩嬉皮笑脸："如假包换！怎么着？你这是要回心转意，打算跟爷破镜重圆么？"

"无耻！"梨雨骂了一句后说道，"你要是男人就跟我去救人！"

董浩问："谁？在哪里？"

"我男人！"梨雨拿手一指大坝方向，冲着他吼道："别磨叽了，快走！"

"你这算是求我了吧？好，咱就来个以德报怨。"董浩一边说着，一边掉转船头，疾速向前驶去。

此时，数公里外的一幢居民楼的三楼，一位七十多岁的独居老人正将自己反锁在房间里，坐在床上抱着妻子的遗像，老泪纵横念念有词。屋外，路宽一边敲门一边在苦苦哀求。

董浩奋力全速前进。梨雨问他之前已经撤退了为什么要跟上来，他这回老实得很，说他不是来这儿浪的，他那网红小女友家就在这儿，他也是连夜赶来准备救她的。刚刚她女友告诉他，她一家人已经被武警转移到安全地带了。

虽然之前错会了他的意思，但善良的梨雨心底还是挺感动，说："你终于长进了。"

董浩笑着自己辩护："那次在峡谷，我真不是有意要把你扔下的。我就是怕打雷，一看到闪电，就不由自主地想逃。"

梨雨"扑哧"一下笑出声："小心点儿，劈你的雷正在路上。"

梨雨找到路宽时，对讲机里传来上游开始泄洪的消息。路宽不由分说抱起行动不便的老人立即撤离，但此时洪水已经淹没了楼道，外面的橡皮艇无法靠近，路宽不得不转身往楼顶撤退。而此时的董浩见洪水滔滔，橡皮艇随时都有翻覆的危险，干脆弃船爬上三楼阳台，跟着他们上了楼顶。

楼顶天台上，老人泪流满面，让他们放弃自己赶紧逃生，他无儿无女没有牵挂。此前他一直在躲避搜寻，就是抱定了要与亡妻团聚的决心。路宽向荆杨报告完自己的准确位置后，突然想起老人说过箱子里有妻子的遗物，转身又进到楼内。梨雨的注意力一直在老人身上，一转身发现路宽不见了，便嘱托董浩看好老人，也跟着进了楼。

楼道漆黑不辨五指，梨雨无法确认方向，边呼喊边摸索着蹚水前行。当她终于找到老人的家，刚走进去，房门突然被洪水冲击关闭，在水压之下根本无法打开。因为室内外的水位存在落差，路宽又不敢贸然击碎窗户玻璃，二人一时陷入困境。

室内的水位以肉眼可见的速度迅速抬升，原本还强装笑颜的梨雨见路宽也束手无策，便开始惊慌起来。路宽上前搂住她，一边劝慰，一边观察着室内环境。大水快要漫到他们的胸口，梨雨突然变得无比的安静，闭着眼睛紧紧地依偎在男人的怀里，感受着他口鼻呼出的炙热气息。她想起了去年夏天，想起那个在她绝望时从天而降的男人，想起他声嘶力竭地冲着自己怒吼，想起那滔天的洪水中他坚定的眼神和温柔的抚慰，想起自己曾清晰地听见他心脏跳动如同战鼓擂动的声响。

她开心地笑了一下，怯怯地伸手抚摩着他结实而又滚烫的胸膛。

"路老板，好想就这样永远和你待在一起。"她的声音如梦呓般，眼波荡漾，看不到一丝恐惧。

他微微低头，下巴触到她的额头又迅速离开："别怕，相信我，一定能出去！"

"嗯，我不怕。跟你在一起，我不会害怕。"她颔首，抬头看见他坚毅的脸庞和上扬的嘴角，又缓缓闭上眼睛，"路老板，你能吻吻我吗？"

路宽心头一震，忽听得"嘭"一声巨响，房门突然被撞开，跟着外面的洪水冲进来的董浩，奋力地从水里抬起头来冲着他们喊道："我来救你们了，快走！"

脱险后回到天台，水位仍在继续抬升，已经快要漫到楼顶，但升势已明显减弱。此时，天已擦黑，大部队已经撤退到数十里之外，谁也不知道洪水与冲锋舟哪个先到。路宽做出最坏的打算，将老人转移到楼顶更高的水塔上。谁也没想到，董浩突然脚下一滑，站在他身边的梨雨下意识地伸手去拉，两人双双从塔顶坠落水中。

路宽来不及思量，跟着跳下水，一手一个抓住二人，三人在洪水中挣扎。而此时，来接应的冲锋舟已经到了附近，但在夜色和茫茫大水中无法准确定位，最可怕的是，老天刚消停没多久，又开始下雨了。

看到有手电在晃动，三个人声嘶力竭地叫喊着，但声音很快被洪水淹没。极度的危险中，每一秒都是煎熬。路宽已经精疲力竭，董浩落水时，便被水塔上的一根钢筋刮伤了后背。他本来水性不错，但兴许是难耐伤口的疼痛，竟毫无征兆地突然挣脱路宽的手。路宽和梨雨眼睁睁地看着他在水中浮沉，越漂越远。

万幸的是，站在塔顶上的老人拼命地拍打路宽找回来的那只铁箱子，终使冲锋舟发现了他们。但二人脱险后，梨雨崩溃大哭。而不远处，几个武警战士从冲锋舟上跃入洪水中，将董浩托出了水面……

第十章

01

当一条鲜活的生命因为你，在眼前瞬间消逝，而你却无能为力。没有过这样的经历，你根本就无法理解当事人的锥心之痛。后来的很长一段时间里，梨雨一直在自责那日不该对那个曾令她深恶痛绝的男人口出恶言，后悔让他与自己同行，后悔没有在洪水中抓紧他的手。

失血过多陷入深度昏迷的董浩被就近送到灾区临时组建的救护站。他肺部疑似被刺穿，在场的医护人员都傻了。现场的医疗设备根本不足以支撑这样的手术，伤者的情况刻不容缓，没时间转运也根本无法经受颠簸。而且，救护站没有医生够资历可以动这种手术。

在场的耐特队员都将目光投向了自己的队长——外科医学专家荆杨。

从见到董浩的那一刻起，荆杨就一直沉默不语。跟在场的医护人员的判断一样，他也认为马上要动手术，但却吞吞吐吐，声称自己没有把握。夏知秋知道他有心病，力劝他抛却一切杂念，无论结果如何，都要试一试。梨雨跟着拨通了董浩母亲的电话，征询家属意见。

但荆杨终于下定决心，梨雨却带来一个令人震惊的消息，董母告诉她，董浩患有严重的肝炎。荆杨果断放弃手术，因为伤者的症状告诉他，外伤已经诱发肝功能衰竭，手术已经失去了意义。十分钟后，董浩的脉搏停止了跳动。

梨雨当场昏倒，当大家手忙脚乱的时候，只有夏知秋发现那个刚刚鼓起勇气准备拿起手术刀的男人，此刻正独自靠在手术室外。她看见了他眼里噙满了泪水，身体在微微颤抖。

那天晚上，董浩的遗体被家属接走后，荆杨安排陈实和石小丽连夜护送梨雨回了杭州。临行前，他给陈实的支付宝转了十万现金，嘱咐他回到杭城采购灾区紧缺的物资以耐特搜救队的名义捐赠给当地群众。而其他队员随他原地待命，随时听候救灾指挥部调遣。

陈实雷厉风行，安排好石小丽陪护梨雨后，迅速给自己之前的一个做食品批发生意的客户打了个电话。第二天午后，两辆满载方便食品和纯净水的货车，到达灾区。队员们刚卸完物资，路宽一抬头便看见了车身挂着"卡莎蒂儿珠宝与D城人民心连心"条幅的赈灾车队。没等他反应过来，一身运动装的路崇德便从打头的那辆货车上跳下来。

老路亲自押车，明显是冲着儿子来的。路宽昨天夜里集结的时候，就在微信上跟他说过。这是他上一次回家，父子俩的约定，只要是出任务，必须得事前打招呼，事后报平安。过去的这一天两夜，路崇德除了睡觉手机几乎不离手，一直在关注灾区的消息，他不敢给儿子打电话，担心他会分神。直到今天一早，他在一则"D城泄洪区群众已全部安全转移"的新闻报道里，看到配发的一张身着耐特队服的救援队员的照片，才长舒一口气，临时决定随公司赈灾车队来灾区。没想到，一下车就看见了儿子。

父子俩见面刚聊了几句，路崇德扭头发现了荆杨，便冲他微笑着点点头，结果脑袋没转过来就愣在了那里。过了好一会儿，他才转头问儿子："那个姑娘是你们搜救队的吗？"

路宽抬头看见夏知秋正站在荆杨的身边，便点点头："她是我们的心理辅导师，在杭城电台当主持人。"

路崇德又问："叫什么名字？"

"夏知秋。"路宽看似有点错会了老路的意思，跟着说道，"她跟我们荆队长关系不错。我跟她也才见过几次面，她不常来搜救队。这次是因为她外公家在这儿，才跟了过来。"

"哦。"

看着父亲有点魂不守舍的样子，路宽便问道："爸，您认识她？"

路崇德下意识地点了下头，但很快又摇摇头，"不认识。但她身边的那个是你们荆队长吧，我见过他，还有耿副队长。"

路宽一愣。

路崇德发现自己说漏了嘴，索性就坦白了："之前为了你，他们专门去拜访过我。"

"什么时候的事情？我怎么不知道。"

"你不知道的事情还多着呢。"路崇德笑道，"你只要知道，你在他们的眼里是个香饽饽就行了。好好干，别让他们失望！"

路宽撇撇嘴，还想打破沙锅问到底，老路却冲着他挥挥手，"走了，晚上集团还有个重要会议。记得跟我报平安！"

谁也没想到，就在搜救队准备打道回府时，耐特捐赠的食品被曝已经全部临期，还有一小部分是三无产品。此事不仅引发受灾群众强烈不满，而且很快被几个在本地颇有影响力的自媒体报道。

　　陈实也蒙了，面对荆杨的质询，他委屈得当场拿出发票，一边检讨自己没有把好关，一边声称被卖主蒙蔽，以为自己真拿的是进货价，没想到却被他摆了一道。耿超和路宽跟着为陈实开脱，说他临时受命，在这么短的时间里确实很难把控品质。

　　在街道干部的陪同下，荆杨带着队员们向民众鞠躬道歉。这里的民众有一些是这两天被耐特搜救队转移过来的，亲眼见到他们冒着生命危险在抢险救灾，有人便站出来为他们说了几句，加上随行干部承诺很快会补上新的物资，大家也都选择了谅解。

　　多数队员虽然对陈实心怀不满，但看到荆杨一个人揽下了全部责任，也都心照不宣。看起来这事就算翻篇了，没想到陈实在回去的路上接了个电话，因为一句牢骚，言者无心，听者有意，耿超一回到杭城便去找那个食品批发商去了。

　　路宽还没到家，石小丽就告诉他，她才离开梨雨家。她感觉梨雨的情绪好了很多，又连着两天没休息，这会儿应该正在睡觉。路宽回到家后想想还是不放心，便直奔楼上去找梨雨。结果门怎么都敲不开，电话也无人接听，他给石小丽发了条信息正要下楼，忽然闻到了一丝煤气味。

　　他凑近房门确认煤气味从里面传出来的后，担心撞门摩擦出火花引爆煤气，赶紧掉头从自家阳台爬到梨雨那层，好在梨雨阳台的玻璃门开了条缝，大部分的煤气顺着这里散去。此时的梨雨正趴在桌子上，电脑开着，上面是她正在剪辑的素材。路宽赶紧打开了所有门窗。

原来石小丽刚走，她便去烧水煮面，然后打开电脑整理照片，结果眼皮一沉就趴在桌子上睡着了，煮沸的水溢出浇灭了灶火，房间里便慢慢地开始弥漫煤气。路宽摇醒她时，她一脸蒙，应该是煤气轻微中毒才睡得如此沉。

梨雨的情绪确实是好了很多，坐在阳台上很快便缓过劲来，但二人却陷入了相对无言的尴尬。路宽的心里其实并不比梨雨好受，只是一直在逼迫自己忙碌，不去想而已。好在石小丽去而复返，梨雨便对路宽说道："我有点饿，你随便给我弄点吃的吧。"

路宽想了想，便嘱咐石小丽把陈实也叫来，他要亲自下厨做顿好吃的一并犒劳大家。

陈实直接跑来跟多日不见的石小丽好一顿腻歪，被看不过眼的梨雨给赶了出来，才下楼去了路宽那里。他进来的时候，路宽正在和面，厨房里红红火火，铁锅里焖着红烧肉，砂锅里煲着老鸭汤。

陈实挨个掀开锅瞅了一眼，笑道："这是标准的孕期套餐。路老板这是要喜当爹了么？"

路宽鼻孔哼了声，没搭理他。陈实讨了个没趣，撇撇嘴，闪出厨房兀自在屋里转了一圈，顺手便把音响打开了，里面播放的正是那首 *Summer Snow*。

陈实转头又咋呼起来："你怎么整天都听这玩意儿？就没别的歌吗？"

"关了！"路宽吼道。

陈实不明就里，还以为他因为赈灾物资的事对自己有意见，一边关了音响，一边发起牢骚："遇到个奸商，算我倒霉。"

他话音未落，路宽的手机铃声响了。电话是耿超打来的，一接通便问陈实在不在他身边，得到肯定的回复后，耿超便叮嘱他听着就好，别上火。电话那头讲了好几分钟，路宽屏气凝神地一直听着，但脸上却是青一阵白一阵。

陈实见路宽"嗯嗯啊啊"地回应了几声，直到挂了电话也没说一句话，便下意识地问道："谁打来的？出什么事了？"

路宽看上去情绪有点激动，但他却挥了挥手，不容置疑地说道："没事。你上去陪他们吧，过半小时一起下来吃饭。"

陈实走后，路宽咬紧牙关，照着窗边的人偶就是一记老拳。

几个人下来的时候，路宽屋里的小餐桌上已经摆满了菜，还有一盘形态各异刚出笼的花卷。石小丽惊呼道："哇，这都是你做的？"

梨雨亦是一脸兴奋，那表情里还带着些许感动。她惊叹不已，直接上手拿起摆在盘子中间那个玫瑰花造型的花卷，放在眼前看了又看，闻了又闻，一扫连日来的阴霾。

"我没骗你吧？要是给足路老板时间，他都能把你捏出来蒸上！"陈实在一旁得意地说道。

石小丽跟着捅了下梨雨，说道："妹妹你好福气呀，那位除了会烤地瓜和煮方便面，啥也不会！"

陈实一脸不满："我还会西红柿炒蛋。别长他人志气，灭自家男人威风！"

几个人调笑的时候，路宽却一直面无表情地坐在那里，和之前几个人在一起时的状态判若两人。是的，耿超的电话让他高兴不起来，装都装不出来。

02

路宽并没有急着跟陈实摊牌，第二天一早，他便和耿超一起去了搜救队。昨天耿超在电话里问他，自己说的事情要不要向荆杨汇报？他当场没有表态，直到陈实走了之后，才给耿超发了条信息。

据耿超了解到的情况，那个食品批发商事前已经告知陈实，有一批临期食品和小作坊生产的糕点可以低价处理给他，陈实当时的态度是要数量要速度，只要没变质就可以。老板当时还打算给他回扣，陈实没要，但却收下了他送的一箱价值两千多元的白酒。

那天在回来的路上，陈实坐在耿超的车上，他听到陈实在电话里说自己不该听那个老板的鬼话，才警觉这事情可能不像陈实说的那样是被人蒙蔽。

路宽接着又给那个批发商打了个电话，问他跟陈实认识了多久，为什么会去他那里买东西。那人接电话的时候，市监局的人刚走，他接下来可能会面临巨额罚单甚至被吊销营业执照，气得在电话里大骂陈实就是个灾星，声称要不是陈实说灾民们只要有吃的不会管那么多，他才不敢把这些东西卖给他。跟着又说，陈实之前向他推销保险，他没答应，这次找他的时候就附加了互换条件。

路宽挂完电话，恨不能一脚踹死陈实。卖保险的事，耿超并不知道，所以他昨天晚上虽然很生气，也只是觉得陈实是个老好人加上一时糊涂。所以，今天决定来跟荆杨汇报，是想着让他网开一面。但如今这情况，性质就变了，任谁都无法容忍。

耿超主张把陈实叫过来对质，他潜意识里大约还是在想着挽回。荆杨始终没有表态，但路宽知道，以荆杨的个性，于公于私，他都绝对不会再给陈实机会。

路宽说："队里也不要处理了，我回去找他谈，让他自己寻个理由马上退出吧。"

荆杨和耿超不约而同地点点头。

"另外。"路宽犹豫片刻又再说道，"这事目前就我们三个知道。如果可能的话，就别说出去了，包括石小丽。"

耿超提醒道："他毕竟是你战友，你的好兄弟。好好跟他聊，别发火。"

路宽苦笑着："我知道，我会处理好的。谢谢你们给他留面子。"

那天离开的时候，荆杨将路宽送到了门外，犹豫着说道："有个事我不知道该不该告诉你。你父亲前两天找我了解夏知秋。一开始我还以为他误会了你们俩会有什么关系，但后来我感觉他情绪不对，似乎是藏了什么事。"

路宽一愣："情绪怎么不好了？他还说了什么？"

"就是问夏知秋的情况，没有说其他的事。"荆杨摇头，"我听到他似乎叹息了几声。不瞒你说，我之前和老耿去见过你父亲，感觉他说话的语气跟上次完全不一样。"

路宽想起那天在灾区时，老路问夏知秋的时候也是满脸的不自然。但他一时想不通老路为什么会关注夏知秋，他俩之前都不认识，会有什么关系呢？这几天发生了太多事，他没办法静下来去仔细思量。

陈实接到路宽的电话时，才从那个食品批发商的店里回来，他是去还那一箱白酒的。事实上，在路宽家里的时候，他就感觉到那个电话是耿超打给他的，而且说的就是他采购食品的事。所以，他拿起电话便开门见山，问道："你们在背后偷偷地调查我？"

路宽既没肯定也没有否定："你在哪儿？要是不方便来我这的话，我去找你，咱们见面把事情讲清楚。"

"不用了。"陈实冷冷地说道，"事情差不多就是你们了解的那样，我没什么要辩解的。一人做事一人当，明天我就找荆杨提离队。"

"小丽那边知道吗？你离队得想好怎么跟她说……"

路宽还没说完，陈实便打断他："这就不劳烦路老板操心了。没别的事，我就挂了。"

路宽听出来陈实对自己有意见，这事说白了，有点出卖朋友之嫌。他能理解陈实的不悦，还认定以他的性格，过不了几天这事就能翻篇，却是没想到他竟然会不告而别，不仅寻了个理由退出了搜救队，而且连保险公司的工作也一并辞掉了。最令他郁闷的是，陈实又不接他电话了，微信也不回。而这段时间石小丽也一直没跟他联系，这让他不由自主地感觉，石小丽因为陈实的事迁怒于他。

过了两天，石小丽突然也离开了搜救队，理由是湖北老家的体育局给她安排了体制内的工作。石小丽工作的事，路宽之前就听陈实说过，但那次石小丽拒绝了。路宽终于憋不住给石小丽打电话。

石小丽倒是很平静，跟往常并没有什么不同，一边解释自己确实是要回老家工作，现在已经到了武汉，一边说道："那个事，他早就跟我说了，没有你们想的那么不堪，但他确实是有私心。"

路宽问她："他现在人在哪里？为什么电话也不接？"

石小丽说："自尊心作祟吧，他觉得自己窝囊，不好意思面对你们。人就在杭城，这几天应该是在找工作吧，反正神神秘秘的，跟我也没几句实话。"

"你回老家了，两个人隔这么远……"路宽有点吞吞吐吐地问道。

石小丽在那边笑了，说："他都不担心，你担心啥？你们这么多年了，你还没我懂他。"

石小丽跟着还在电话里劝他，"不用担心我们，你倒是要好好想想该如何面对梨雨。我陪了她几天，看得出来，这个傻姑娘已经爱你爱到了骨子里。"

路宽说："我知道了。"

"你知道个屁！"石小丽忍不住爆粗口，"你就是个死要面子爱摆谱的臭直男，连给梨雨提包都不配。爱就表白，不爱就自觉地滚一边去，从她的世界里消失！"

路宽笑道："你骂得真好，下次别骂了。"

也许是女人特有的敏感吧，梨雨对陈实引发的这件事的反应，远远超出了路宽的预想。她还是认定路宽不懂他这个兄弟，在她看来，陈实一直在跟路宽较劲，她说："你们男人之间的感情我可能不懂，但我知道他企图心这么强又这么努力，很大一部分都是因为你。这一路我能看到的他的所作所为，皆是拼命地想要证明给你看。"

路宽沉默着，内心深处却如洪水过境。

"你从来都没有真正地关心过他，也根本不知道他内心真正的诉求。"梨雨越说越激动，"他应该是特别在乎你对他的看法，而你总是对他的努力和想要达到的目标不屑一顾。他一边不甘平庸，怀揣着梦想，拼命地想要证明自己的不凡；一边又在现实中碰得鼻青脸肿，怯怯地想要仰仗你。而你，只活在自己的世界里，对这一切熟视无睹！"梨雨继续说道，"我们都太自私了，他是被我们'绑架'进搜救队的。你的存在，让他变得没有选择，而我变成了助纣为虐者。我们都习惯将自己的意志强加于人，而对他来说，却是难以承受之重。"

"但他在搜救队找到了真爱。"路宽想反驳，但明显没有底气。

梨雨说："是的，那是老天眷顾他。他应该，也值得被宠幸！"

路宽低着头没再说话，但梨雨却分明看见了一滴泪水从他的唇角滑落。

从D城回来后，夏知秋就多次试图约见荆杨，但荆杨却一直在躲着她。

在她的眼里，这个男人现在不仅是个心理病人，更是一个令她时刻都牵肠挂肚的人。她从出生就没见过自己的生父，是母亲一直单身将她抚养长大的。母亲从小就告诉她，女人要自立，男人没有几个是可靠的。但她在大学期间，还是飞蛾扑火般地爱上了一个比她大了整整十岁的男人。

六年前，当她被那个她曾笃定可以托付终身的男人无情地抛弃之后，她椎心泣血不惜自残。在自闭了整整半年后，她直奔非洲试图寻找母亲嘴里那个抛弃他们母子、另结新欢的男人。在遇到那位联合国难民署的心理顾问之前，她曾想着就在非洲的那片土地上结束自己的生命。

当她终于走出那段阴霾后，打定了主意这辈子不会再爱，不会成家。回国之前，她甚至嘱托一个在妇产科当医生的同学，帮忙留意有没有小生命可以收养。但是，她做梦都没想到，会遇上温文儒雅又犹如邻家大叔般的荆杨，她看到了他的自信与谦卑，也看到了他的果敢和怯懦，不可救药地想要读懂他脸上写满的那些故事。

在D城的那一晚，她很想去安慰荆杨，想问清楚他到底经历了什么，但她终是忍住没有去打扰他，因为她不知道该说些什么，说得多了，在那种情况下又显得不合时宜。可到了第二天，她还是忍不住去找了耿超，以一个心理专家的身份成功撬开了耿超的嘴巴。

看上去正如她所料，但一切又出乎她的意料。

03

荆杨的前妻玛蕾是缅甸裔，五岁的时候与哥哥桑帛一起被经营水族馆的美国商人收养。荆杨与她因潜水相识并一见钟情。玛蕾是资深潜水达人，唱诗班的钢琴伴奏者，认识荆杨的时候，她还在美国海军服役，当时荆杨刚以志愿者身份加入"美国海军潜水和救援培训中心"的医疗小组，玛蕾是他的潜水教练。

三年后玛蕾退役，荆杨向她求婚，但玛蕾却告诉他，要等自己完成在家乡缅甸山区筹建一所学校，和成功挑战世界十大最危险潜水地后才能嫁给他。不料，她在给学校选址的途中，车子翻进了山涧，虽死里逃生但却失去了右臂。建校的事也被迫中止。

朋友们都认定他们的恋情会随之结束，但荆杨却承诺与她一起完成梦想，坚定地迎娶了玛蕾，并将蜜月旅行安排在了佛罗里达州，挑战十大最危险潜水地之一的"尖山天坑"与"魔鬼洞"。孰料，二人在"魔鬼洞"潜水时，荆杨因为氮醉在"魔耳"里迷失方向，玛蕾在救他的时候遭遇水下漩涡不幸罹难。

玛雷的哥哥桑帛在当地有黑帮背景，控告荆杨"蓄意谋杀"他已经残疾的妹妹，官司前后打了一年多。当荆杨被终审判决无罪后，在半年时间里一口气挑战了余下的八个潜水危地。完成这一切后，他独自回到"魔鬼洞"祭奠玛蕾，结果却被尾随而来的桑帛拔枪射伤。之后为了给大舅子脱罪，他又奔波了将近一年。

尘埃落定后，他去缅甸筹建学校，结果又遭遇意外，之后在当地华人的斡旋下，三个月后才脱身。

耿超说完这些，沉默片刻，才说起荆杨以前跟他了解的当兵前的路宽一模一样，是个非常欢脱的人，从来不知愁滋味，到哪里都是人群中的焦点。妻子离世前，他几乎每年都会回国，专门来他家吃一顿表姐做的西湖醋鱼。后来整整五年未归，再见时，他已经与过去那个意气风发的荆杨判若两人。

夏知秋全程一语不发，就那么愣愣地看着耿超。

耿超唏嘘了许久，才再说道："我看得出来，因为你的到来，他整个人都变了。之前他从来不跟我谈论工作以外的事情，像是不食人间烟火。认识你之后，他的话变得越来越多，尤其是这段时间，三天两头厚着脸皮去我家里蹭饭。"

夏知秋不好意思地笑了笑，问道："你们后来都聊些什么？"

"什么都聊，但最后话题总是会扯到你身上。他记着你说过的每一句话，听你的每一期节目，只要聊到你就眉飞色舞，没完没了。"耿超说得这里，突然就笑了起来，"王爱菊同志烦死他了，荆杨每次都是被她赶出家门。"

"荆教授竟然还有这一面。"夏知秋笑弯了腰。

耿超说:"王爱菊同志看得最明白,早就叫我给你带句话。她说,你才是他的解药!"

夏知秋点点头,眼前泛起一片薄雾。那天晚上,她就冲动地给荆杨发了条信息:"走不出那段阴影,就永远救赎不了自己,救人自救就是个笑话!"

发完这条微信后,她明明看到对话框的上方多次显示"对方正在输入",却一直未见他回复。第二天,她提前回了杭城,连着在电台做了三期在D城灾区的所见所闻。她以为自己错会了荆杨的意思,拼命地克制着自己不去想他。为了转移注意力,她还请了几天假,陪着患有阿尔兹海默症的母亲出了一趟远门。

当她在返回杭城的动车上,突然收到荆杨回复她的信息时,终于忍不住潸然泪下。

夏知秋再见荆杨时,他办公室里的那架价值不菲的钢琴已经不见了,取而代之的是两盆盛放的玉兰花。荆杨穿着他初见夏知秋时的衣服,神采奕奕,但人却似瘦了一圈。一见夏知秋,便朗声道:"夏老师看我这样,是不是已经脱胎换骨了?"

夏知秋莞尔一笑,然后指着那两盆玉兰花,说:"这个虽然代表纯洁无瑕,真情真意,但花期太短。"

荆杨赶紧问道:"那你觉得应该换上什么?"

夏知秋凝思片刻,说:"老桩扶桑。四季开花,艳而不俗。若有女子在你面前摘下一枝夹在左耳,便可大胆示爱,与其共浴爱河。"

荆杨说:"遇见你真好。"

夏知秋眼眶泛红，笑道："王爱菊同志叫我们晚上去她家里吃饭。"

这一年的五月一号，是龙大锤和小惠大喜的日子。那天，路宽驾驶着梨雨的红色牧马人领头，几十辆越野车从城南新娘子家里出发，浩浩荡荡穿越整个杭城直奔耐特搜救队训练基地。那天，除了陈实和远在湖北的石小丽，这场婚礼云集了耐特搜救队曾经和现在的所有队员。

傍晚时分，训练场上的草坪突然灯火通明，在穿戴整齐的耐特队员们的簇拥下，龙大锤抱着新娘出场，巨大的投影幕布上播放着梨雨在自己快要出炉的纪录片中，精心剪辑出的以龙大锤为主角的片段。

作为证婚人的荆杨，深情回顾了龙大锤在耐特搜救队这两年多的历程，然后扭头看了眼站在一起的伴郎路宽和伴娘梨雨，朗声说道："这世间唯有信仰与爱情不可辜负，最快意的人生就是去做自己最想做的事，大胆去牵手自己心爱的人。"

梨雨泪眼婆娑，感叹着自己要是有这样一场婚礼该有多幸福。队员们闻言，便呼啦一下站成一圈将她围在中间，叫嚷着谁当新郎，任她挑选。梨雨配合他们，装模作样地巡视了一圈后摇摇头。几个队员便抓住站在人群外的路宽，将他推到梨雨跟前，路宽见逃不过便装傻充愣，说："别让我再当伴郎啦，我长这么帅，会抢了新郎的风头！"

梨雨乐不可支，说："我要找个像大锤哥那样的，谁也抢不走。"说完发现逻辑好像有点问题，红着脸一跺脚，直接从人缝里钻了出去，惹得众人大笑不已。

几天后，搜救队训练的时候，突然来了两个慕名而来取经的外国救援专家，他们声称自己是东南亚人，早就听说过耐特搜救队，尤其对海上搜救机组人员与寻找伯尼小龙的那两次任务津津乐道，这次来中国旅行经过杭城，就顺便来拜访。

　　荆杨核实了对方的身份后，召集队员们准备和两个专家好好交流一番。不想，这二位却兴致盎然地跟他打听起磁山的情况，说这个是值得他们研究的搜救案例，他们准备下一站去那里转转。荆杨不仅如实告之，还好好地招待了他们一番，饭后又领着这二位在训练基地参观了一圈。结果他们大失所望，诟病耐特搜救队的装备太落伍，扔下一句"这根本不像专业团队"后便匆匆而去，将一群等着和他们交流的队员晾在了会议室。

　　队员们都开玩笑地说这两位是来蹭饭的骗子，荆杨也就没太当回事。结果到了第三天，伯尼小龙一早突然给路宽打电话，问他是不是有两个自称救援专家的外国人来过搜救队，然后说这两人是骗子，可能心怀不轨，半年前就曾找过他，希望他能带他们去磁山观光。他当时正好回国了，便将耐特搜救队和陈实的电话号码告诉了对方。前几天这两人又问他回来没有，还是希望他能带他们去一趟磁山。

　　路宽挂了电话，突然想起半年前陈实声称回老家的那一次，时间上正好跟伯尼小龙说的吻合，便怀疑他可能给这两人当了向导，而这两老外很可能就是去那里找传说中的汉代大将军墓。想到这里，路宽不禁打了个冷战，如果真是这样，他们的目的不言而喻，而如果陈实变成了带路党，那就要面临法律的制裁。

　　路宽不敢贸然惊动陈实，思来想去，跑去跟梨雨商量。事实上，陈实离开搜救队后的这两个月，他们就很少联系。陈实的意思是，等他工作稳定下来了，一定会找路宽玩。路宽照顾他的自尊心，既不知道他在干什么，也没有去问，他在耐心地等着陈实来找他。

梨雨也没想到会有这种事，但女人终究是比男人感性，她纠结了半天还是认定即便陈实真的当过这群人的向导，也是受他们蒙蔽。以他的性格，生活再不堪也不至于铤而走险去触犯法律。又担心路宽直接跟他说这事，会加深哥俩的隔阂，于是便决定自己来约陈实，探听他的口风。

陈实并不在杭州，按他的说法，是早就回到了老家贵州，在帮助村里经营那家他之前投了十万元的木材厂。他还要梨雨转告路宽，说自己迟早会杀回杭州，不仅要还他的借款，还要拉着他一起做大事。梨雨跟着又寻了个理由给石小丽打了个电话，确认了陈实确实已经回到贵州老家了。二人这才松了口气，认定陈实跟此事并无关联。

快到中午的时候，伯尼小龙又给路宽打电话，说他一直联系不上那两个所谓的救援专家，他们很可能已经进了磁山。而且，之前听他们的口气，应该是找了个熟悉那里情况的人当向导。

路宽没再犹豫，直接将情况报告给了荆杨。荆杨和耿超商量了一下，决定带几个之前参加过磁山搜救的队员一起过去看看。夏知秋当时正在训练基地，也跟着要去，荆杨拗不过她，召集了几个队员加上夏知秋和梨雨，总共八个人，直奔磁山。

04

果如路宽所料，这两"老外"是冲着古墓去的，而且早在一年前就计划去那里盗墓，包括这次，他们总共去了三次。第一次他们试图自己进磁山，但在山下就被百丈村的村民劝返。第二次是在半年前，邀请伯尼小龙未果后，他们又将自己装扮成野外摄影师，并且花了一万块钱请了个向导，结果在山上待了三天才离开。

这一次，带他们进去的果然是耐特搜救队的一名队员。大家在赶往百丈村的乡道上碰见了独自下山的这名队员，这哥们听说对方可能是盗墓贼，吓得腿得软了。他一直以为这二位是救援专家，一路上聊救援也头头是道。那天他们离开训练基地后，他就接到了对方的电话，要拿五千块钱让他当向导，因为涉及有偿服务，他就不敢声张。

要说这队员也是个性情中人，前天晚上他们在附近小镇休息的时候，他还请他们吃了顿饭，几杯酒下肚，又把那五千块钱的辛苦费转回给了对方。结果昨天刚进山，他们就找借口让他提前离开了。而他之所以在下山后逗留了一天，就是担心这二位会有意外。

荆杨将梨雨和夏知秋安排在了百丈村梨雨先前认识的那个大爷家里，带着余下的人上了山。但就在他们上山的时候，那两个在山上待了整整一天一夜的"老外"已经从另外一条路离开了磁山，几乎与他们擦肩而过。那天正下着雨，几个人在山上折腾到凌晨，先前给他们当向导的那个队员突然接到其中一个人的电话，说他们被困在了悬崖上。

原来他们驾车返回时，车子在雨水中打滑坠入当地最知名的百丈崖，所幸车子被卡在了悬崖的沟壁上。

在赶往出事地点的路上，夏知秋说起自己在非洲的往事，路宽突然想起王不通跟他说过的老路和他生父的故事，再联想到老路在 D 城灾区初见夏知秋时的反应，以及后来他给荆杨打电话的事，便怀疑夏知秋有可能是老路与前妻所生的孩子。

这个想法一度令他无法集中精力开车，在梨雨的多次提醒下，才回过了神。

队员们赶到时，已经天亮，距离事发已经四个小时。现场的情况令人揪心，两个人，一个在车内，一个在车子坠崖瞬间跳车摔成了重伤，而打电话的也正是这位。

荆杨迅速作出决断，命令两个队员带着梨雨和夏知秋绕路去到悬崖底部，负责观测被困车辆和人员，同时为被困车辆万一坠落作好准备。崖顶上的路宽与一名队员配合，绳降到目标处救人，自己和其他队员在崖顶协同。

可当路宽详细观察现场后，不由得倒抽一口凉气。要接近被困地点，必须得经过一段绝险的峭壁，谁能想到会遇到这种事情呢？他们带着的都是平素用来应急的常规救援工具，甚至连电动绞绳都没有。这就意味着利用现有的工具，即使冒险从崖顶绳降到受困车辆边上，也根本无法保证能顺利地将一名生命垂危的伤者带离险境。

最可怕的是，现场的搜救队员们，包括荆杨和耿超在内，都没有过类似的救援经验。而最有经验的龙大锤，因为新婚不久，这次荆杨并没有召集他。路宽倒是信心满满，他作出了一个大胆的想法，由他和另一个队员分别从悬崖两边下到与车辆差不多平行的位置，然后同时横向切入，从空中荡向对方，然后在交会点抓住对方的手，再下到被困车辆处，最后利用绳索将伤者降到崖底。

这个方案看起来可行，但却十分考验个人能力，稍有不慎不仅救不了人，还可能被撞击受伤。关键时刻耿超挺身而出，但这一次不是荆杨在阻止他，而是路宽。他的理由很简单，耿超的年纪注定了反应能力不如年轻人，而且很难保证体力。

现场一时僵持，就在荆杨试图放弃的时候，大家做梦都没有想到，陈实会突然出现。他还穿着那件从部队带回来的作训服，径直走到悬崖边探头看了看，然后冲着目瞪口呆的路宽，说道："有些事等会儿我再跟你解释！你有什么想法，我来全力配合你！"

按照路宽的方案，二人在峭壁之上顺利会合并到达车旁。被困车辆只有两只后轮挂住石头，所幸，这只是一辆微型越野车，车身并不重，但那个被困的老外头破血流已经昏迷，根本没法脱身，强行破拆救人只会导致车毁人亡。

二人商量着先设法固定汽车，结果在操作时，车子下滑，陈实为救在车子下方的路宽，奋力拖车时右腿不慎被卡住。

路宽听见陈实闷哼一声，赶紧抬头问陈实："怎么了？是不是受伤了？"

陈实的右腿此时已皮开肉绽，却咧嘴冲着路宽一笑："完犊子了，好像是断了。"

路宽还以为他在开玩笑："不行你就先上去吧？"

"点太背了，真断了！"陈实看了眼自己被卡住的右腿，剧烈的疼痛令他的声音都在颤抖，"我动……不了了，现在只能靠……靠你了。"

路宽汇报完情况后，荆杨要求他们稳住被困汽车，不要再作任何努力，坚守待援，然后迅速打电话求援。

陈实的一只胳膊穿过已经变形的后保险杠与车身的缝隙，坐在那里紧紧地抱着保险杠。豆大的汗珠从他的额头滑落，他已经精疲力竭，却丝毫不敢松懈。他知道，只要自己一放松，这辆车和下面的兄弟就会跌入深渊。路宽也好不到哪里去，他只有一条腿找到了支撑点，肩膀则扛住车头下方的底盘，拼尽全力在平衡着摇摇欲坠的汽车。

"路老板，兄弟又给你找麻烦了。"陈实声音有点哽咽。

路宽说："你根本不明白，我见到你时有多开心！"

"嗯，我终于给了你一个惊喜。"陈实笑道，"这一刻，咱们才真正算是并肩作战了。"

路宽的眼里一片朦胧："你说过，双剑合璧，无往不利！"

陈实用力地点点头："你肯定很好奇，我为什么会突然出现。"

路宽笑道："你知道吗，我刚在上面束手无策的时候，第一个想到的就是你，我在想，如果你在我身边该有多好。然后，你就出现了！"

"那你有没有想过，我可能跟他们是同伙？"陈实显然是被感动了，沉默良久才又问道。

路宽没有说话。

陈实笑了："是你让梨雨给我打电话的吧？我知道什么都瞒不过你这颗聪明的脑袋！"

"我告诉你，我差点成了他们的同伙，我还收了他们一万块钱。"陈实喘了口气，接着说道，"不过，咱这兵算是没白当，后来想想，这两个家伙肯定不是什么好人。这半年多，我一直在盯着他们，就想等着人赃并获，然后立个大功。"

"你压根儿就没回老家？"路宽的声音，听上去有气无力。

他的眼皮越来越沉重，浑身被汗水浸透，肩膀和那条支撑腿开始变得麻木。持续的用力，让他的呼吸越来越困难，已经开始出现缺氧症状。

陈实说："我不会轻易离开这里的，就像我不会放弃自己的梦想。"

"那你最近在做什么？"路宽的声音越来越弱，眼皮越发沉重。

"说出来吓死你，哥现在是保安司令，手底下有上百号兄弟。老板可喜欢我了，恨不得抱着我亲一口。"

车子猛烈地晃动了一下，陈实下意识地往后猛拉，右腿抽搐了一下，痛得他惨叫一声。就在这瞬间，刚刚几乎失去意识的路宽猛地睁开眼，他晃了晃脑袋，扭头向崖底看去。此时的梨雨，正捂着嘴巴，泪水在眼眶里打着转，刚才那一下晃动，她差点失声尖叫。

别在胸口的对讲机里，传来荆杨的声音："路宽，调整好呼吸。告诉陈实，再坚持几分钟，你们的大队长正在路上。"

"嗯！"路宽像似突然被注入了一股真气，挺了挺已然被车子压弯了的腰身，沉声说道，"放心，我跟陈实都好好的！"

"符大炮又得笑话我们了！"陈实听到荆杨的话，苦笑着说道。他的情况并不比路宽好多少，右腿一直在流血，苍白的脸上已经看不到一丝血色。

路宽笑了笑，垂下脑袋，眼里一片模糊。

"嘿！"有人拍了下他的肩膀，他抬头看去，眼前只有无尽的苍穹。

"我在这儿呢，宽哥。"打招呼的人"咯咯咯"地笑着，"又傻了吧？我怎么会爱上你这么个傻乎乎的小子。"

"姐姐，你唱首歌吧，我快撑不住了。"他低着头，拼尽全力说道。

"路老板，我是梨雨。"对讲机里传来一个温柔如水的声音。

他又猛地抬起头来，眼前是刀刻斧凿般冰冷的岩石，这一刻，他有点迷糊，不知道是在梦里还是在现实中。他微微扬起的嘴角，渗出了一缕血丝。

"我想唱首歌给你听。"那个温柔的声音再次传来，但却又停了，似乎在努力地平息着内心激动的情绪。良久，对讲机里传来歌声：

It's summer snow in the deep blue sea

I try to touch, but it fades away

It must be a dream I will never get

Just like my love that's crying for you

If there were something not to change forever

We could feel it deep, deep in our heart

...

歌声中，一架白蓝红三色相间的 S-76D 救援直升机穿越云海，从天幕深处急速而来……

05

那年初秋的一天清晨，路宽带着他的女友梨雨在杭城某医院的楼梯口，堵住了一个推着轮椅准备进屋的姑娘，然后俯身用力地敲了敲坐在轮椅上的那个男人上着夹板的右腿，戏谑道："哥们儿，起来走几圈。"

那男人抬起左腿奋力地踹了他一脚，然后张开双臂，对身后的姑娘说道："媳妇儿，咱别跟他一般见识，快点抱我回家。"

"好嘞！"那姑娘应着，便将他拦腰抱起。陈实把脑袋靠在她的胸口，一脸得意地闭上了眼睛。

那姑娘抱着他原地转了两圈后，又给他扔回了轮椅上，一叉腰，冲着他吹胡子瞪眼："陈实，你是不是有点太过分了？麻溜地，自己给我爬回去！"

路宽闻言，变戏法似的从背后拿出了一根拐杖递给他，陈实抬起胳膊一挡，双手撑住轮椅的扶手，站起身来，勾起右脚，一蹦一跳地进了屋。

从百丈崖受伤后，陈实在这个医院待了两个多月，今天是他出院的日子。石小丽跟着进屋收拾起衣物，陈实受伤的当天晚上，她就跟单位请了假飞到了他的身边，这两个月她一直守在这里，一分钟都没离开过。

路宽说："老路托我问你，要不要回他那里上班，集团的办公室副主任。"

陈实问："这是什么级别？年薪到得了百万么？"

话意未落，便见石小丽从里间冲出来，拎起他的耳朵："陈实，你想死了是吧？"

陈实赶紧告饶："媳妇儿，我错了。我就是想知道自己身价到底有多少。"

路宽不明就里，说："工资不低了，差不多跟子公司的副总一个级别呢。再往上走两步，年薪百万应该没问题。"

"那还是算了吧。我媳妇儿怕我跑了，要把我绑在她裤腰带上才放心。"陈实说完，又笑道，"荆杨不是说这世上唯有信仰与爱情不可辜负么？我的信仰是发大财，是金子在哪儿都能发光，但媳妇不是哪儿都能找到的。"

梨雨一脸不舍地问道："你要去湖北？"

"对呀！"陈实故做痛苦状，"她叨叨了两个月都没说服我，昨天晚上放出狠话，说如果不跟她走，她就打断我的另一条腿。"

石小丽急眼了，叫道："陈实，你瞎说八道的谁信啊？到了湖北，没人给你撑腰了，看姐怎么收拾你！"

梨雨乐不可支，瞄了眼路宽，笑道："果然是一物降一物啊。"

陈实又跟着贫嘴："梨雨，我把路老板托付给你了，我不在的日子里，你帮我好好照顾他。"

梨雨说："终于看出来了，我就是个打酱油的，你俩才是真爱！"

那天一行人刚走出医院，耐特搜救队的队员们穿戴整齐地站成两排。荆杨高声说道："欢迎回来！"

陈实愣在那里，半晌才语带哽咽地冲着大家敬了个军礼，说道："兄弟们，认识你们是我陈实一生的荣耀。我要投奔我媳妇儿了，咱们江湖再见！"

石小丽说："等他好了，我们就一起参加湖北的救援组织。咱们山水相连，隔空相望！"

荆杨肃然而立："请坚持那份热爱，奔赴下一场山海！"

送走陈实，梨雨在机场的咖啡馆里，看着一脸离愁的路宽，嗫嚅了许久才幽幽说道："有两个事情，我必须得告诉你。"

路宽缓过神来，看着她。

梨雨说："陈实哥退役的时候，就誓言要在三年内给村里修一条路，当时他承诺的是捐赠一百万。这些年他省吃俭用和折腾着创业，就是为了信守这个承诺。"

见路宽没说话，她又接着说道："这个秘密是我上次去看他的时候，小丽姐偷偷跟我说的。她说她也才知道，还要我保守这个秘密。但我觉得，有必要告诉你。"

路宽点点头，仍然在沉默。但他端着杯子的那只手却微微地抖动着，努力了几次才把咖啡送进了嘴里。

"那条路后来纳入了当地政府的'村村通'工程，但他还是给村里捐了十万。他说养育之恩比天大。"梨雨哽咽着，"小丽姐说，他受伤前的那两个月白天当保安，晚上送外卖。"

路宽红着眼，却是笑了："你说得没错，他是在跟我较劲。我有这样一个重情重义的兄弟，值了！"

"另外一件事情。"梨雨说着又突然停住，然后抓住路宽的手，"我调查清楚了，你猜对了一半，她不是老路的女儿，是你同父异母的亲姐姐。"

路宽把头埋到了臂弯里。梨雨一直抓着他的手："我知道你可能很难接受这个事实，更能想到这件事对知秋姐和她的母亲会意味着什么。我觉得，你可以开诚布公地找她聊一聊。还有你自己的身世，是时候让老路明白你已经知道了。"

"你再帮我一次好吗？"良久，路宽才在胳膊上蹭了蹭眼睛，说道，"用同样的方式，帮我告诉他们。"

"嗯。"梨雨用力地点了点头。

翌年元旦刚过，历时两年半，以"耐特搜救队"和多个杭城民间救援组织为原型的纪录片《拯救者》，开启了全国展映。导演梨雨将最后一站放在了武汉，时间安排在了1月23日下午，放映场地就在石小丽工作的武汉某体育馆。

梨雨和路宽等人搭乘头一天最后一班航班到达武汉，结果刚在石小丽家附近的酒店办理好入住手续，武汉市"新型冠状病毒感染的肺炎疫情防控指挥部"便发布通告，次日10时起武汉封城。

两个人本来分住在不同的房间，听到通知后，路宽毫不犹豫地退掉一间，厚着脸皮信誓旦旦地声称自己绝不会占梨雨便宜后，挤进了她的房间。

武汉仿佛被按下了暂停键，所有居民和旅客都停止了流动。陈实一早在视频中看见二人穿着睡衣同居一室，便笑称他们是这个世上最幸运的人，是老天给他们安排了一场蜜月。

除夕夜，天还没黑，路崇德就迫不及待地要跟儿子视频。路宽刚按下接听键，路崇德就在那边兴奋地叫道："小子，快猜猜我跟谁在一起过年！"

路宽淡定地回道："我姐呗，还能有谁？"

路崇德拿起手机晃了晃，镜头对准了正在包饺子的夏知秋和荆杨，一脸得意地说道："没想到吧，我女婿也来了！"

夏知秋把脸怼到镜头前，叫道："你女朋友呢？让我看看。"

路宽说："你这脸真大，能不能离远点儿？隔离了呀，不能走动的！"

"不对！"路崇德一边叫着，一边抢过手机说道："小子，撒谎呢，我刚看见她了！"

梨雨嗖一下，奔到路宽身边，还没等他反应过来，便冲着手机喊道："路伯伯，知秋姐，荆队长，我祝你们新年快乐！"

路宽撇撇嘴，轻声对梨雨说："老路诈你的，又上当了吧。"

路崇德显然是听到了儿子的话，说："你小子，连老子都敢骗。等到解封了回来，给我老老实实去登记，我还等着抱个大胖孙子呢。"

　　四天后的大年初三凌晨，来自浙江由一百多名医生组成的首批支援武汉的紧急医疗队下榻路宽居住的酒店。路宽第一时间找到他们，拿出身份证、退伍证、急救证和耐特搜救队的队员证，成功说服领队，让他随队担任志愿者。而梨雨和几个住在酒店的外地旅客，则被安排在了酒店内负责医疗人员后勤保障。

　　当天傍晚，医疗队司机路宽在医院的后门看见一个熟悉的身影，正一瘸一拐地从一辆车身上写着"诚实快餐集团，诚不欺人"十个鲜红大字的面包车上往下搬运盒饭。他兴奋地叫着陈实的名字，这小子看见路宽，张开双臂奔上来就要和他拥抱。

　　路宽闪身躲过，说道："陈总，你这生意做大了呀。哪有集团总裁自己送外卖的？"

　　"工人们都隔离了，这是小丽跟我搭伙做的，每天两百份，免费供应。"陈实说完，又一脸傲娇地笑道，"我的目标是明年杀回杭城，请你当我们的面点师，开一千家连锁店，做中国快餐连锁第一品牌！"